太 空 战

——下一冲突域背后的科学技术

War in Space

The Science and Technology Behind Our Next Theater of Conflict

［美］琳达·道森（Linda Dawson） 著
汤亚锋 芦 雪 王 培 译

中国宇航出版社
·北 京·

图书在版编目（CIP）数据

太空战：下一冲突域背后的科学技术 /（美）琳达·道森（Linda Dawson）著；汤亚锋，芦雪，王培译. -- 北京：中国宇航出版社，2022.11

书名原文：War in Space: The Science and Technology Behind Our Next Theater of Conflict

ISBN 978-7-5159-2147-1

Ⅰ.①太… Ⅱ.①琳… ②汤… ③芦… ④王… Ⅲ.①外层空间战—研究 Ⅳ.①E869

中国版本图书馆CIP数据核字(2022)第201437号

责任编辑　舒承东　　**封面设计**　宇星文化

出版发行	中国宇航出版社		
社址	北京市阜成路8号 (010)68768548	**邮编**	100830
网址	www.caphbook.com		
经销	新华书店		
发行部	(010)68767386 (010)68767382		(010)68371900 (010)88100613(传真)
零售店	读者服务部 (010)68371105		
承印	天津画中画印刷有限公司		
版次	2022年11月第1版		2022年11月第1次印刷
规格	880×1230	**开本**	1/32
印张	7.5	**字数**	216千字
书号	ISBN 978-7-5159-2147-1		
定价	48.00元		

本书如有印装质量问题，可与发行部联系调换

前　言

我曾于2017年经施普林格出版社出版了第一本书，即《太空探索蕴含的政治与危险》，该书初步总结了人类太空探索以及政治对NASA未来（尤其是在登月后）发展的影响。太空探索的未来越来越依赖于其他国家和私营企业。第一本书全面概述了“新”的美国太空计划，该计划在过去50年中发生了巨大变化。

《太空战》总结了有助于实现太空防御和外层空间武器化的科学技术。尽管本书亦论述了与美国有敌对关系的其他国家的活动，但讨论的重点仍是美国的相关工作，并由此总结了相应的防御计划。对可能发生的太空战的讨论理应包括美国如何卷入太空竞赛的历史总结，并定义航天器在地球轨道上的地位。在对作为作战域的外层空间进行全面研究后，对于采用威慑手段成功防止太空战这一问题，笔者仍然保有期待。

我是科幻小说描绘的外层空间冲突故事的热心读者，但作为一名科学家和工程师，我知道，对于生活在地球上的人们来说，现实比书籍和电影所描绘的要严峻得多，也更令人担忧。我想通过本书介绍太空探索、地球轨道上的存在和军事行动如何在整个太空竞赛中相互交织以及未来的演变方向。

我曾从事航空航天工程领域的工作，其中包括参与NASA在休斯敦的航天飞机计划，在第一次发射前和前几次发射活动均有所参与，受聘为任务控制中心的航空航天飞行任务控制员。NASA 的航天飞机是第一款在重返大气层时像飞机一样运行的飞行器，需要开发一系列操作工具。在 20 世纪 70 年代中后期，航天飞机轨道器已经完成设计、开发和制造。NASA 聘用我时，他们正准备用波音 747 飞机运输原型“企业号”航天飞机并开展跌落测试，以测试其滑翔能力。我逐渐熟悉航天飞机和 NASA 的各项任务，并了解轨道器在再入机动期间的稳定性。在点火离轨后，轨道器将多次进行“S 形”转弯，以便在着陆前降低航天器的速度。除此之外，没有其他组合飞机/航天器曾在地球大气层之外以高超声速飞行。不过，还存在很多未知领域。我的小组研究了 SR－71、X－15 等其他高超声速航空器和实验性推举装置，试图深入了解轨道器作为滑翔机运行的方式。事实证明，轨道器非常稳定，在下降过程中从未出现不稳定状况。

我的主要任务之一是协助制定轨道器的飞行规则，主要用于再入以及中止再入操作。制定这些规则需要开展大量脱轨和再入模拟，我利用航天飞机宇航员驾驶的再入模拟器开展了部分研究。我还负责估计出现稳定性问题时，控制飞行器需要多少燃料。脱轨点火后，仅利用一个小型反向控制喷嘴控制轨道器，该喷嘴通常用于在大气层最上端进入或轨道机动期间的轨道机动和控制。如果控制喷嘴出现故障或另一个控制问题需要喷嘴保持开启或关闭，则由相对的反向控制喷嘴保持开启以补偿和维持飞行器控制。这种故障会消耗更多的燃料，为了节省燃料和减轻重量，这种喷嘴只能用于处理较小故障。因此，我们将最可能或最不可能发生的故障进行了排序。经过大量模拟，当时最终的再入阶段燃料需求采用了我对再入阶段失败的模拟研究成果。

我目前是华盛顿大学的退休教授、作家，同时致力于推动女性参与科学、技术、工程和数学（STEM）课程。我希望女性能从我的职业生涯中得到启发，在太空科学领域找到自己的道路。

最后，我希望本书能够为读者提供技术和历史背景，以便了解航天器与我们日常生活的密切联系，以及敌人的威胁如何引发太空战，及其对我们现有生活方式的破坏作用。航天科学和天体研究对于人类未来以及地球的保护和改善至关重要。与在地球上一样，为维持外层空间的和平，外交手段必须成为人们的首选。

美国华盛顿州塔科马市

琳达·道森

致　谢

感谢施普林格出版社的莫里·所罗门（Maury Solomon）支持我完成这本讲述太空战故事的专著，感谢汉娜·考夫曼（Hannah Kaufman）耐心指导我完成手稿。此外，感谢我姐姐朱迪·布罗曼（Judi Brodman）对本书的编辑和对我的鼓励，感谢我丈夫艾伦（Allan）对我一如既往的支持。

目　录

第 1 章　没有卫星的生活

太空如今已然成为潜在的战场……空军希望确保“太空优势”，这句话意味着“我们应拥有免受攻击和机动的自由”。

——美国战略司令部司令官约翰·海顿将军[1]

引　言

我们的日常生活越来越依赖当前环绕地球运行的太空技术。随着全球技术进步，世界也更加依赖卫星网络进行通信和授时。完全或部分依赖卫星正常运行的业务包括电视转播、紧急通信、商业交易、军事监视以及天气和气候预测及评估。

有很多种方式可以干扰卫星信号。一些是自然干扰，如大规模的太阳风暴；而另一些则可能是人为干扰，如网络攻击、敌国使用的激光武器或人造空间碎片造成的破坏。有证据表明，目前已经有国家具备干扰或摧毁关键卫星网络的能力。

人们越依赖卫星通信系统及其性能，就越容易受到自然或人为攻击。世界各国政府开始着手解决其太空基础设施的弹性问题，并加强对网络安全和数据传输方式的管理。

让我们想象一下没有卫星的日子会是什么场景……

一、卫星服务中断情况下的假想时间表

未来某一天的中午

新的一天一如往常，没有爆炸，没有警报，没有关于即将发生的袭击或突发灾难的恐慌短信。太阳照常升起，人们的生活一如既往，只不过似乎有一些轻微骚动。

大多数居民都能通过手机收取最新的电子邮件或短信，不过，

早上大多数电视信号出现中断或完全消失，大多数居民在继续当天活动时会遇到一些不便。开车的人注意到导航系统已经离线，顾客不能用银行卡支付午餐费用，包裹投递人员难以定位目的地，也很难将包裹扫描进系统，飞机上的乘客能够离线看电影、工作或玩游戏，却浑然不知机组人员无法与空中交通管制通信，没有卫星电话，那些在远海或驻扎在沙漠中的人们如今已经与世隔绝。在许多人看来，这似乎只是短期故障，但这正在逐渐成为长久的现实。快速通信正慢慢停止，世界不再紧密地捆绑在一起。

下午四点

越来越明显的是，一定是哪里出了很大的问题，但是没人可以确定哪个单一事件能够造成如此广泛的破坏。没人预料太阳耀斑或任何自然现象会导致如此广泛的破坏，也没人报告任何爆炸或恐怖活动。

担忧演变成危机，政府开始发布安全预警，总统和总理们开始召集应急小组。由于各种异常事件层出不穷，特别是全球定位系统（Global Position System，GPS）突然失灵，全球稳定面临的威胁不断加剧。

这一切意味着什么？这是怎么发生的？哪些人、哪些事受到随之而来的混乱的影响？

GPS 和时间信号

GPS 是无声的伙伴，帮助我们从一个地方导航到另一个地方（见图 1 - 1）。GPS 服务由“导航星”（测时测距导航系统的简称）卫星网络提供，该卫星网络每 12 小时绕地球一周（详情参见第 2 章）。GPS 也已成为众多企业和服务的重要支柱，它提高了交付效率，同时为紧急服务指明具体方向，以便更快帮助有需要的人。在全球范围内，GPS 可为在偏远地区降落飞机和跟踪所有运载工具提供必要数据，为军事行动传送敌方位置和部队动向的相关信息，任何在偏远地区旅行的人，包括海上渔民和远方徒步旅行者，都会因无法进行 GPS 通信而陷入困境。

图1-1　在开阔地带，支持GPS的智能手机的定位精度可达到4.9米[2]
（图片来源：美国空军）

GPS卫星为时间同步提供了重要链接（见图1-2）。地面接收器，包括汽车、智能手机或平板电脑，可接收来自轨道卫星的时间信号，利用外层空间时间信号与接收器存储时间之差计算其到卫星的距离。此外，如果有三颗卫星可用，则可以确定接收器的经纬度。

不知不觉中，世界开始依赖这些来自太空的准确时间信号。复杂网络之间相互连接和通信，建立了按时间进行同步的基础设施。互联网协议和方法以及其他复杂的商业和金融交易均依赖准确的时间戳，数据包连同它们各自的时间戳在计算机之间传输。时间同步是计算机网络运行的关键因素，如果不能精确进行时间同步，计算机就会面临风险，从而演变为紧急情况。如今，关键基础设施控制着如此多的应用程序，我们却仍不能确定其是否已做好应对GPS出现重大中断的准备[3]。

晚上八点

GPS信号停止传输时，备用系统就会启动，转而使用地面精确时钟。然而，在几个小时内，系统中就会不知不觉地出现微小误差。

图 1-2　全球定位系统Ⅲ卫星激光测距（GPS Ⅲ SLR）
（图片来源：NASA）

即便不同位置的时间误差仅为几分之一秒，也会导致系统再次跳闸。互联网传输速度变慢，最终完全停止工作，云等资源也会停摆。

支持主要资源管理服务运作的各个系统也同样陷入危机。能源部门的电力系统需要精确的 GPS 输入信息以同步电力网络服务，从而变得高效可靠，而现在电力系统已经接收不到数据。与此同时，全球金融服务和计算机系统无法相互通信和传输数据。依赖于时间戳的自动取款机、信用卡和市场交易被迫停止。人们在商品支付、银行交易和接收包裹时面临困难。依赖 GPS 数据进行安全高效运营的交通系统可能面临危险。飞机收不到用于飞行和协助着陆的 GPS 辅助导航数据，商业车队和铁路系统的控制管理系统无法提供交通数据和碰撞规避信息[4]。

当电网正在努力满足需求时，发生了第一次停电。许多计算机化的系统被切换为人工应急系统，从而导致延迟和混乱。某些城市的交通信号灯和铁路信号默认为红色，还会导致交通问题。卫星电话服务失灵，移动电话不再具备 GPS 功能。

晚上十点

到此时，航空管理机构必须决定是否停飞商业航班。由于卫星通信和 GPS 失灵，取消了大部分航班。预测和了解未来天气模式的能力是攸关航空安全的关键因素。使用气球以及地面和船舶观测的传统气象方法仍然很重要，但现代预测方式越来越依赖卫星数据。航空业需要对湍流、大风和恶劣天气做出预报，以便做出实时安全对策，并改变受影响的飞行航线。尽管飞机雷达能够探测恶劣天气或湍流，但机组人员仍十分依赖地面人员提供的近实时信息，在某些情况下，还会借助其他飞机提供的信息。飞机能够利用信息更新和预警信息实时了解飞行航路上的天气模式，并做出相应改变。这些数据对也许无法直接观测的偏远地区或海上更为重要。如果没有气象卫星数据，飞机可能会飞入剧烈的雷暴中，产生严重湍流，造成机上众多乘客受伤或受到惊吓。由于航班取消，旅客被滞留在远离家乡的不同地方[5]。

午夜

首个"没有卫星的一天"[6]即将结束，其带来的影响是压倒性的。目前各项日常活动均受到影响，恐慌渐渐成为常态，通信、运输、电力和计算机系统陷入严重的混乱，安全预警达到历史最高水平。各国正在实施紧急措施，如向内陆城市派遣国民警卫队。政府官员警告称，食品供应链很快就会崩溃。没有电视或电脑的人们只能收听当地电台的新闻广播，这一系列混乱背后的原因成为人们的谈资。

每天都会出现新的挑战，各项服务进一步中断，备份系统只能提供基本资源。救援人员再也无法得到卫星图像，曾几何时，这些图像是进行全球救灾的重要工具，科学家们再也无法跟踪气候变化的长期影响，也无法提供显示北极冰盖减少、农作物健康状况、大气环境问题或部队调动的数据。是否对城市实行军管以防止发生抢劫和暴力行为？敌国是否会因我们缺乏情报数据乘虚而入？

讽刺的是，卫星技术原本并非为普通民众而设计，现在却已成为人们生活中不可或缺的一部分。与我们息息相关的基础设施越来越依赖太空技术，我们也都与卫星有着千丝万缕的联系，没有卫星，世界将会截然不同。

二、太空战：时间就是一切

2016 年 1 月，美国空军将一颗 GPS 卫星切换为离线状态时，意外地将一个不准确的时间（误差仅为百万分之一秒）上传到了其他 15 颗卫星的时钟。这导致所有卫星失去时间同步，全球依赖 GPS 授时的设备中断超过 12 小时。北美部分地区的紧急服务停摆，尽管备份系统及时接管并阻止了一场重大灾难的发生，但全球通信网络开始出现故障，电网出现异常，在某些地区，有两天甚至连英国广播公司的数字广播节目也无法接收[7]。

我们可以将全球定位系统视为为人们提供地图和方向的卫星网络，该系统借助时间形成密切联系，才能实现导航数据的计算和传输。GPS 星座（至少需要 24 颗卫星）中的每颗卫星都装有多个原子钟，该原子钟将铯-133 原子振荡精确次数所需时间当作一秒钟的精确时长。这些原子钟利用协调世界时（Universal Time Coordinated，UTC）（世界各地使用的时间标准）[8]进行同步，精确到纳秒。卫星不断地向地球传送其时间和位置信息，手机、飞机等地面设备可通过内置的 GPS 接收器获取信号，并利用信号接收时间的微小差异确定精确位置。

国土安全部称，总统政策指令[9]确定的 16 个关键行业中，有 11 个都依赖精确授时，这些关键行业会对通信（包括手机）、金融、配电和其他相关网络等民用基础设施造成影响。依赖精确授时的军事能力包括安全通信、数据链、传感器管理、电子战、网络战及其管理以及指挥和控制[10]。

美国军方要求发展可靠的后备能力，以减少对卫星数据的依赖。为此，美国军方必须通过全新方式来全面识别美国授时系统面临的威胁，即开展能够创建、维护和改进授时源和授时精度的网络战。不依赖 GPS 或导航系统测量和分配授时的方法有很多，包括国防部高级研究计划局（Defense Advanced Research Projects Agency，DARPA）的芯片级原子钟和手掌大小的增强稳定性的原子钟(ACES)[11]。

GPS 问世前，各国驾驶员多使用罗兰远程导航系统(LORAN)。罗兰是一种陆基接收器和发射器系统，最早发展于第二次世界大战期间，到 20 世纪 90 年代中期，罗兰塔式网络已经覆盖北美、欧洲和部分其他地区，主要是美国和加拿大。GPS 于 1995 年开始投入民用后，远程导航系统的应用有所减少，因为 GPS 更精确，应用范围更广。然而美国海岸警卫队继续开发改进版的罗兰，建成了被称为“增强型罗兰”（eLORAN）的改进版本。增强型系统将能够提供与 GPS 相当的定位精度，此外，该系统使用抗干扰信号，广播功率可达数十万瓦。与 GPS 不同，“增强型罗兰”甚至可以在室内、水下、城市场景、自然峡谷或山谷中接收信号[12]。

三、全球网络

GPS 并不是唯一的全球卫星系统，名为“格洛纳斯”（GLONASS）的俄罗斯高轨道卫星导航系统于 20 世纪 90 年代初投入使用，与 GPS 类似，其在 20 世纪 70 年代最初用于军事用途，后来也变为民用。与 GPS 一样，GLONASS 系统能够利用太空卫星信号确定物体的位置。苏联解体后，该项目投入资金骤减，导致系统年久失修。然而，21 世纪初，俄罗斯通过了联邦全球导航计划，使 GLONASS 系统得以保存并进行了现代化改造。俄罗斯选择与 GPS 密切合作，而不是与其直接竞争。俄罗斯人声称已经开发出一种能够接收 GPS、GLONASS 系统和其他导航系统信号的芯片组。在某些偏远地区，接收某网络信号可能比接收另一个网络信号更容易。商用汽车导航设备直到 2007 年才面世，且体积较大，成本较高。人们认为，未来进一步的发展将开发出适合商业应用的改进设备。GLONASS 系统仍然主要用于弹道导弹跟踪等军事用途[13]。

欧盟正在开发另一种名为“伽利略”（Galileo）的国际卫星系统，将其作为 GPS 的民用替代系统。目前该系统正在测试阶段，预计到 2020 年将实现由 24 颗卫星和 6 颗备份卫星组成的完整网络。欧盟已经注意到卫星导航服务市场的增长，并有意与 GPS、GLONASS 系统和中国北斗卫星导航系统展开竞争[14]。

北斗卫星导航系统目前处于有限运行状态，预计将于 2020 年正式投入运行，印度和日本也在开发其他卫星导航系统[15]。

四、GPS 如何受到干扰

2012 年，美国国土安全部对 GPS 进行了风险评估，结果显示，该系统信号微弱可能是个问题，很容易对其进行干扰。可以采用几种不同的方式通过陆基信号源对 GPS 进行干扰。黑客可能会向关键资源设备发送错误数据，导致系统断电和定位错误。信号干扰器能够让手机服务和紧急通信失灵，使消防员、警察和紧急医疗救助不得不采取旧方法来开展任务。人们只能进行现金交易，如果没有自动取款机，可能很难获得现金。锁定干扰设备的时间越长，受影响的系统就越多，从而造成混乱[12]。

还有一种名为“诱骗装置”的更复杂的干扰设备，会产生虚假信号诱骗 GPS 接收器接收，从而将更改过的时间和位置数据传输给不知情的用户，而不会触发任何异常提示和预警。有证据表明，俄罗斯正在测试一种新的 GPS 诱骗设备。2017 年，黑海一艘船上的 GPS 报告称，该船位于距离黑海约 32 千米的附近机场，但检查显示导航设备运行正常。为调查这一问题，该船船长联系了附近的其他船只，他们的 GPS 信号也显示处于同一个机场。虽然该事件尚未得到证实，但据信约有 20 艘船只受到影响，专家认为，这是第一起已知的 GPS 诱骗案例[16]。

除给出错误位置外，诱骗还会导致通信故障和市场失灵，而几乎完全可以利用软件代码来实施这一威胁。人们过去认为 GPS 面临的最大威胁是用噪声掩盖卫星信号对其造成干扰，虽然这确实会造成混乱，但人们很容易检测到干扰，如果采用这种方法造成信号丢失，GPS 接收器就会发出警报。而诱骗是一种更隐蔽的技术，模仿真实信号，从地面站生成虚假信号骗过卫星接收器。“干扰只能让接收器无法工作，而诱骗会让接收器一块撒谎。”英国皇家导航学会前主席、顾问大卫 · 拉斯特（David Last）如是说[16]。

过去几年，美国国土安全部一直高度关注 GPS 干扰问题，并给出了卫星系统面临的人为和非人为威胁。非人为威胁包括太空天气、空间碎片、软件缺陷和人为错误等，其中，太空天气可能是最具破坏性的威胁，太阳耀斑爆发时产生的高能辐射曾使卫星失灵，图 1-3 显示了 2014 年太阳活跃区域发出中等强度太阳耀斑。大型耀斑产生的有害辐射能够穿过地球大气层，尽管这不会影响地面的人类活动，但会影响 GPS 和通信信号在地球大气层中的传播[17]。

迄今为止，防止 GPS 信号丢失的方法涉及与其他全球导航卫星系统的互操作性，例如俄罗斯的 GLONASS 系统、欧洲 Galileo 系统或中国北斗系统；另一种方式则是采用更可靠的时钟，美国国家标准与技术研究院（NIST）的计量学家隆巴迪（Lombardi）发表了许多关于这一主题的文章，“传统手机信号塔时钟有一个振荡器，与手表的振荡器类似，”他说，“在没有信号的情况下，振荡器几分钟内便会偏离容差范围。”开发更好的时钟技术能提高时钟在信号中断时的抗偏离能力，目前各国也正在开发备用系统，从而确保在自然和非自然因素导致重大外部中断的情况下，系统更加可靠[17]。

启　示

当今的日常活动，无论是民用还是军用，都依赖环绕地球的卫

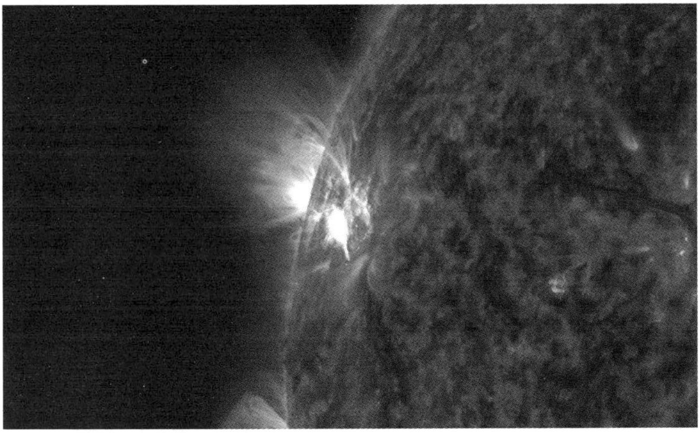

图 1 - 3　太阳发出中等强度太阳耀斑并在 2014 年 11 月 5 日达到峰值
（图片来源：NASA/太阳活动观测卫星）

星网络，这些太空网络现在是许多商业和军事行动基础设施的重要组成部分。由于这种技术的性质，以及许多关键服务都与其基础设施相关，GPS 网络已成为遭受未来攻击的软肋。有证据表明，俄罗斯曾干扰乌克兰接收 GPS 信号，类似事件并不少见。显然，为实现人们日常生活不可或缺的资源互联，需要一个更为可靠的系统。

很少有技术能够像精确授时一样，对国家安全和我们的日常生活产生如此广泛的影响。美国国防部致力于开发新系统以应对威胁，与此同时，授时对现代战争具有举足轻重的影响，人们对此应有一个清晰的认识。为防患于未然，美国应深思熟虑，采用全面理性的指导原则和策略，否则，就会面临如下风险：人们不得不重新启用数个形式各异、不具互操作性且存在漏洞的授时系统，以此替代功能良好但也同样存在漏洞的单个 GPS 授时组件。

参考文献

[1] Ignatius, David. The Washington Post. 16 Mar 2017. War in space is becoming a real threat. [Internet][cited 2018 Apr 20]; Available from: https://www. washingtonpost. com/opinions/war - in - space - is - becoming - a - real - threat/2017/03/16/af3c35ac - 0a8f - 11e7 - a15f - a58d4a988474_story. html? noredirect=on&utm_term=. 4f1aea9fd3fb.

[2] GPS. gov. [Internet].c2017. GPS Accuracy. [cited 2018 Apr 20]; Available from: https://www. gps. gov/systems/gps/performance/accuracy/.

[3] Jackson, William. GCN Technology, Tools and Tactics for Public Sector IT. 12 Nov 2013. The serious side of GPS, where timing is everything. [Internet] [cited 2018 Apr 20]; Available from: https://gcn. com/articles/2013/11/12/gps - timing - position. aspx? m=1.

[4] Homeland Security. National Risk Estimate: Risks to U. S. critical infrastructure from Global Positioning System disruptions. 2011. https://rntfnd.org/wp - content/uploads/DHS - National - Risk - Estimate - GPS - Disruptions. pdf.

[5] Union of Concerned Scientists. What are satellites used for? https://www. ucsusa. org/nuclear - weapons/space - weapons/what - are - satellites - used - for#bf - toc - 3.

[6] The Arthur C. Clark Foundation. A day without satellites. 22 Dec 2015. [Internet] [cited 2018 May 29]; Available from: https://www. clarkefoundation. org/2015/12/a - day - without - satellites/.

[7] Glass, Dan. The Atlantic. 13 Jun 2016. What happens if GPS fails? [Internet] [cited 2018 Apr 20]; Available from: https://www. theatlantic. com/technology/archive/2016/06/what - happens - if - gps - fails/486824/.

[8] Timeanddate. com [Internet] How does an atomic clock work? c2018. [cited 2018 Jul 20]; Available from: https://www. timeanddate. com/

time/how - do - atomic - clocks - work. html.

[9] Department of Homeland Security. dhs. gov. [Internet] [cited 2018 Apr 22]; Available from: https://www. dhs. gov/critical - infrastructure - sectors.

[10] Hawkes, Tom & McMahon, Blake. Defense One. 10 May 2017. Time warfare: threats to GPS aren't just about navigation and positioning. http://www. defenseone. com/ideas/2017/05/time - warfare - anti - gps - arent - just - about - navigation - and - positioning/137724/.

[11] Burke, John. DARPA. Atomic Clock with Enhanced Stability. https://www. darpa. mil/program/atomic - clock - with - enhanced - stability.

[12] Glass, Dan. The Atlantic. 13 Jun 2016. What happens if GPS fails? [Internet] [cited 2018 Apr 20]; Available from: https://www. theatlantic. com/technology/archive/2016/06/what - happens - if - gps - fails/486824/.

[13] Information and Analysis Center for Positioning, Navigation and Timing, Russia. C. 2018 [Internet] [cited 2018 Jun 20]; Available from: https://www. glonass - iac. ru/en/guide/.

[14] European Commission. Growth: Internal market, industry, entrepreneurship and SMEs. C. 2018. http://ec. europa. eu/growth/sectors/space/galileo_en.

[15] GCN: Jackson, William; 12 Nov 2013. Technology, Tools and Tactics for Public Sector IT. [Internet] [cited 2018 July 03]; Available from: https://gcn. com/articles/2013/11/12/gps - timing - position. aspx? m =1

[16] Hambling, David. New Scientist. 10 Aug 2017. Ships fooled in GPS spoofing attack suggest Russian cyberweapon. [Internet] [cited 2018 Apr 21]; Available from: https://www. newscien - tist. com/article/2143499 - ships - fooled - in - gps - spoofing - attack - suggest - russian - cyberweapon/.

[17] Glass, Dan. The Atlantic. 13 Jun 2016. What happens if GPS fails? [Internet] [cited 2018 Apr 20]; Available from: https://www. theatlantic. com/technology/archive/2016/06/what - happens - if - gps - fails/486824/.

第 2 章　太空成为未来战场

不存在所谓的“太空战争”，有的只是战争。如果敌人将战争延伸到了太空，我们必须想办法对付它。

——美国战略司令部司令约翰·海顿将军[1]

引　言

谈起外太空战，大多数人的脑海中便会浮现科幻小说和《星球大战》等流行影片中描绘的场景。其中典型画面包括大量的太空战斗机和装载各种射击武器、粒子束武器和太空鱼雷的大型运载工具。在大型天体（如行星）进行军事活动，往往会使用奇特武器摧毁人类文明，甚至摧毁整个天体。即使这样的太空战可能成为现实，但距离真正实现无疑还需要数百年的时间。

尽管如此，鉴于存在个人或团体破坏或摧毁目标卫星的可能，如今应及时防患于未然。目前，美国卫星和外太空监视设备主要用于通信、军事防御和获得科学数据。虽然这些卫星可为地球进行的军事活动提供支持，但不会在外太空引发侵略活动。还有一些国家已经展示了可用于干扰卫星运行的技术。

本章主要讨论卫星科技、空间传感器和武器，这些都是军事行动和军事防御的重要内容。

一、外太空可能成为战场

毫无疑问，当前的世界紧张局势已经升级。在核武器研制、洲际弹道导弹、太空卫星及其运载系统等领域，许多国家相关技术的开发速度令人震惊，而这些国家并非都是美国友邦。如今世界上大约有 14 个航天国家有能力建造和发射在大气层之外飞行的航天器

（俄罗斯、美国、中国、英国、法国、加拿大、日本、印度、以色列、乌克兰、伊朗、朝鲜、韩国、新西兰）。但随着美国航天飞机计划在 2011 年落下帷幕[2]，可以说美国至少暂时失去了在大气层之外飞行的能力。越来越多的国家（超过 80 个）[3]通过其他航天国家将自主开发的卫星（多为通信卫星）送入轨道。对太空实验和太空活动产生日益浓厚的兴趣并期待以此提升科学水平的国家更是不胜枚举。

图 2－1 显示了 2017 年按国别/地区细分的 90 次公开轨道发射情况。其中美国以 32％的发射量居于领先地位，俄罗斯和中国紧随其后，分别为 23％和 20％。新西兰异军突起，表明太空探索的商业机构正在全球各地兴起。虽然大多数国家都以和平为目的参与太空活动和太空探索，但美国、俄罗斯、中国、伊朗和朝鲜等航天国家之间的紧张关系日益加剧，由此构成的安全威胁促使这些国家转变政策，将外太空纳入军事防御的组成部分。鉴于外太空可能演变为冲突战场，美国不得不审慎思考如何防御搭载武器的洲际弹道导弹、如何打击侵略或在太空中使用武器的行为。

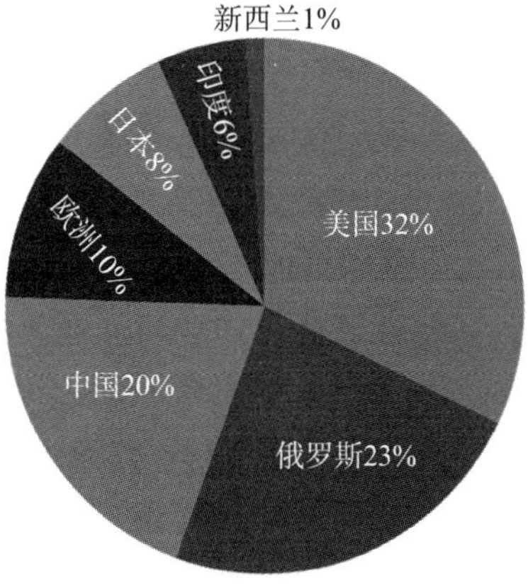

图 2－1　2017 年各国的轨道发射情况

（图片来源：Spaceflight101.com）

在全球范围内，装备了强大的火箭的军舰、兵器和地面装置数量不断增加，通过精确制导，它们可以将火箭发射到外太空以摧毁敌人环地轨道的航天器。此外，越来越多的“检查”卫星被送入轨道，这些卫星能够根据指令跟踪、干扰或摧毁其他航天器[4]。

由于很多航天器具有和平应用和军事应用的“双重用途”，因此很难确定已有多少武器被送入轨道。表面上看，检查卫星的任务是清除轨道碎片。但在收到指令后，检查卫星可通过激光、炸药或直接撞击来摧毁其他卫星。但在攻击目标之前，检查卫星将呈现出无攻击性的假象。美国卫星的数量居于世界首位，主要用于通信或监视，指向地球表面，有一些朝向外太空，进行太空巡逻。这些卫星能够跟踪发射火箭或航天器机动而产生的热羽流，并可将追踪信息通过中继卫星发送到地面站。据美国表示，美国所有卫星均未装载武器，不具有双重用途[5]。

如果地球轨道上发生军事冲突，则将严重破坏卫星网络，而正是这些卫星网络使世界各国得以进行通信、导航、军事侦察和科学研究。因此，从技术层面看，摧毁卫星或破坏卫星功能将导致人类文明发生倒退。掌管美国太空司令部的空军将军约翰·海顿在《60分钟》节目中讲道：“人类文明将退回到二战时期，甚至回到工业时代[4]。”

在过去，冲突可能发生在空中、陆地和海上。而近几十年以来，战争已经有能力扩展到大气层之外的外太空。1967 年，为全面规范外层空间的探索和利用（包括月球和其他天体），100 多个国家共同签署了一项国际条约——《外层空间条约》（在第 3 章中将进一步讨论该条约，具体条约见附录 A）。该条约规定各国应和平利用外层空间，外层空间探索应符合所有国家的利益，禁止将核武器或大规模杀伤性武器带入外太空或放置在外空及其他天体上，严禁在太空任何地方建立军事基地和开展军事活动演习[6]。

随着外层空间商业机会的增加，美国以《2015 太空资源探索和利用法》为蓝本，制定了新的《空间法案》。《空间法案》体现了美国获取太空资源的商业设想，如从小行星等天体提取贵金属[7]。这违反了1967年的《外层空间条约》，该条约规定太空探索应基于所有国家的福祉。然而根据该《空间法案》，开采和提取资源（包括铂金和水两种宝贵的太空资源）仅仅只是为了美国私营企业的牟利。《空间法案》规定："在外层空间取得的任何小行星资源，均为取得该资源的实体的财产，该实体应有权享有该资源的一切财产权[8]。"这项立法旨在激励和促进私营太空产业的发展，使私营太空产业与美国政府项目分开。

由于过去几年的政治、经济和技术环境不断发生变化，1967年的《外层空间条约》遭受了大量质疑。最初，只有美苏两国有能力将航天器送入轨道并探索外层空间。然而目前已有多个国家拥有这种能力，且各国的航天计划不同程度地违反或挑战了该条约，甚至违背了关于太空探索目的和空间武器化的总体原则。

在1991年海湾战争中，美国领导的联合部队将伊拉克人赶出了科威特，这是首次利用外层空间服务军事目的的例子。虽然这场冲突并非发生在外太空，却被视为"第一次太空战"。这是因为在管控军事冲突和导航民用活动方面，美国和联军部队高度依赖全球定位系统（GPS）卫星和其他类型的卫星能力[9]。

GPS导航卫星群位于大约20197千米高度的中地球轨道上。图2-2展示了GPS卫星网络。GPS卫星的轨道与地球赤道的倾角约为55°。此倾斜度确保在世界任何地方的任何给定时间，在地平线15°以上至少可观测到四颗卫星。每颗卫星每天环绕地球两圈[10]。位于赤道正上方地球静止轨道上的卫星以与地球相同的角速度旋转，并持续保持在同一地点的上方。该位置的独特性使之成为监视、通信和气象卫星的首选轨道[11]。

多年来，人们已经离不开在轨卫星。如今，随着现代军队和世界经济愈发依赖卫星支持，各国高度重视保护这些轨道资产。若具备太空能力的国家之间发生冲突，很可能会将战火延伸至距地球表面数千千米之外。

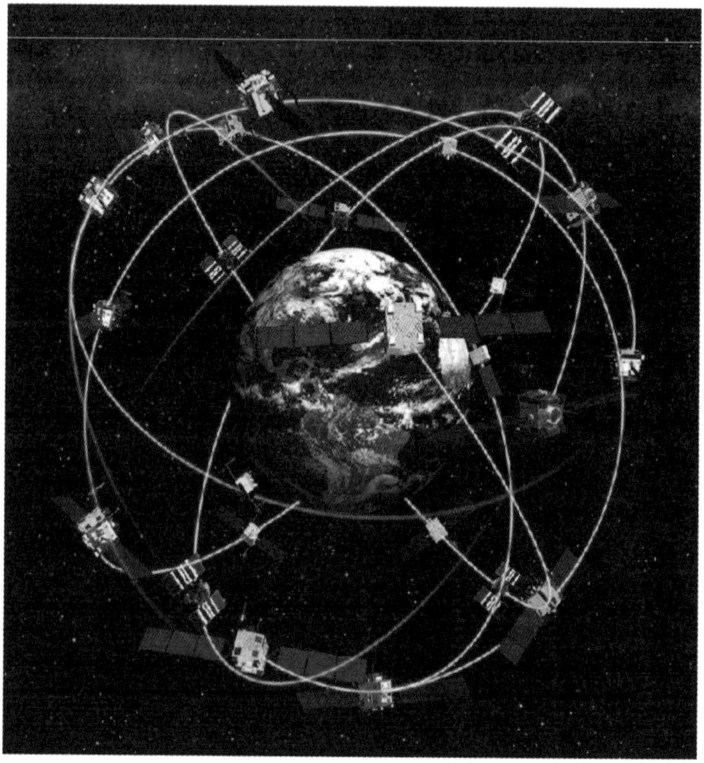

图 2-2　与赤道约呈 55°倾角的 GPS 卫星网络
（图片来源：美国海洋和大气管理局）

过去几年，美国、俄罗斯和中国这三个世界超级大国一直在稳步提升其天基武器能力，并重点研究卫星防御技术。以下分别概述三个大国的相关工作。

二、中国

相对于美国和俄罗斯来说，中国的太空计划虽进展缓慢，但目前也已经加入了亚洲地区的太空竞赛。2003 年，中国航天取得重大成果，成为继俄罗斯和美国之后第三个实现载人航天的国家[12]。亚洲蓬勃发展的经济为中国的太空计划和军事任务注入了资源。中国之所以渴望成为亚洲太空主导者，主要是受获取地区性主导地位的驱动——增强国家威望，促进科技发展[13]。

中国的工作重心是月球探索。在过去十年间，中国向月球发射了多种绕月飞行的探月飞行器，成功执行了一系列嫦娥（1～3）任务。2013 年，嫦娥三号月球车着陆月球表面，中国成为继俄美之后第三个完成月面软着陆壮举的国家（见图 2－3）[14]。嫦娥四号和嫦娥五号飞船将用于月球背面探索，预计在 2020 年之前尝试执行月球背面软着陆。迄今为止，尚没有任何国家进行过月球背面探索活动[15]。

图 2－3　月球上的中国探测器

（图片来源：欧洲航天局/中国国家航天局）

如上所述，中国在航天技术上雄心勃勃，希望将人类送入月球轨道并在月球着陆，甚至计划在月球表面建立基地。此外，中国还计划在 21 世纪 20 年代前登陆火星。中国探月工程总设计师吴伟仁在接受 BBC 电视采访时表示，“我们的长期目标是实现月球探索、着陆和定居，我们希望载人登月工程在月球停留更长时间，并在月表建立研究基地[16]。”

中国宏大的登月计划使一些人担心中国会率先控制月球资源，

从而补充其陆地资源。月球拥有丰富的稀有矿物和贵金属，其价格高昂，广泛用于电子和工业领域。例如，月壤富含氦-3，可用于生产核电而不会产生放射性废物，而这种元素在地球上属于稀缺资源[17]。

中国不断扩展其太空活动，包括计划建造大型空间站、新的综合发射场和更大推力的火箭，以及开发月球和火星探测任务的尖端机器人[18]。

2007 年中国进行了一项近地轨道试验。2015 年，中国对其大气层外的飞行器进行了测试，中国媒体报道称其为导弹防御拦截飞行试验。但据美国报道称，此次试验中的导弹具有撞击并摧毁卫星的能力，有能力摧毁美国卫星[20]。

卫星系统是美国和其他国家和地区（包括欧洲和俄罗斯）赖以维护国家安全的重要手段，中国的试验成为了世界范围内密切关注的对象[21]。

2016 年，中国发射了“遨龙一号”航天器，其任务是清理太空中漂浮的人造碎片，即所谓的太空垃圾。然而，也有报告指出该飞行器是一种两用反卫星武器。此项技术可用于瞄准和接近外国卫星，无需摧毁卫星，便可达到使卫星失灵的目的。这些外国卫星资产会因此而暂时甚至永久失去通信和情报收集的能力[22]。

共轨反卫星系统配备有星载武器，例如炸药、动能武器、激光器、干扰机，甚至机械臂。反卫星飞行器与目标卫星发射到同一轨道，然后移动到卫星附近。自 20 世纪 90 年代以来，中国投入资源进行定向能武器的研发，其原理是通过高度聚焦的定向能量激光器干扰甚至摧毁航天器[23]。

根据 2015 年美国兰德公司的报告，太空战将成为美中武装冲突的重要内容。该报告指出，中国投资了具有“卫星通信、情报、监视与侦察，卫星导航，气象，以及载人、无人和星际间勘探”能力的尖端空间技术。此外，中国还开发了控制或拒止敌国在冲突中使用天基资产的技术[24]”。中国关注和研发反卫星武器不失为维护区域安全和提升区域影响力的一种切实可行的途径，而且中国必然意识到美国对太空资产的依赖性[24]。

三、俄罗斯

在20世纪的美苏冷战期间，苏联扮演着核心角色，因此俄罗斯太空探索的历史和经验与中国大不相同。在冷战结束之后，俄罗斯延续了宏大的太空计划，其中包括导弹和火箭开发、空间站部署、太空运输和深空探索。俄罗斯未来的太空规划范围十分广泛，与中国的规划有些类似，包括开发反卫星导弹测试、月球和火星探索、建立登陆基地等。

俄罗斯联邦航天局在维护国际空间站方面发挥了重要作用。2011年，美国航天飞机计划落幕后，俄罗斯启动了向国际空间站（International Space Station，ISS）运送美俄两国宇航员的项目。这项计划饱受争议。首先，每运送一位宇航员需支付高达8 000余万美元；其次，在冷战时期，美苏两国在太空竞赛中你争我抢，如今这两个曾经的对手却齐心协力地共同解决美国的太空运输问题。但美俄两国关系近来再次变得紧张，因此美国正寻求减少对俄罗斯太空运输技术的依赖，通过商业载人运输计划重新获得独立性[25]。

美苏两个超级大国之间的关系错综复杂，两国的太空计划也有着千丝万缕的联系。由波音公司和洛克希德·马丁公司组建的联合发射联盟是美国国防部火箭发射的供应商，该联合发射联盟制造的宇宙神运载火箭使用俄罗斯RD-180发动机提供第一级推力（见图2-4）。2016年，美国参议院就《国防授权法案》举行了辩论，讨论是否允许国防部继续使用俄罗斯火箭发动机将与国家安全相关的卫星送入轨道。2015年，美国空军将埃伦·马斯克的太空探索技术公司认证为军方发射服务的竞争供应商，至此，联合发射联盟垄断美国国防部的火箭发射的局面被打破。由于俄罗斯不断发动军事挑衅，因此众多议员都支持尽快使美国的军事太空计划摆脱对俄罗斯的发动机的依赖。一旦禁用俄罗斯发动机，那么联合发射联盟将无法使用宇宙神运载火箭进行军事发射。而联合发射联盟另一款德尔它运载火箭的成本比宇宙神高出约 35%，因此联合发射联盟的德尔它号相对于太空探索技术公司的猎鹰 9 号并不具备价格优势。

最终，参议院通过的授权法案修正案规定，在 2022 年底之前最多可使用 18 台俄罗斯 RD－180 发动机。在此之前，众议院已经投票通过了继续使用俄罗斯发动机的法案，因此辩论结束，联合发射联盟获胜。向太空运送情报收集卫星和美国宇航员的这种涉及国家安全的敏感性活动却要依赖俄罗斯发动机，虽然这样的方式看似离谱，但当时美国太空探索技术公司不具备将重型卫星运送到高轨道的能力，在此情况下，使用俄罗斯发动机的宇宙神运载火箭是最经济的选择。如果美国太空探索技术公司能够成功说服议员们，那么只要该公司有能力完成轨道运输任务，几乎所有军事载荷需求便都能收入囊中[26]。

图 2－4　使用俄罗斯发动机的宇宙神火箭发射升空（图片来源：美国空军）

自太空竞赛初期以来，俄罗斯就在火箭设计和开发方面具有优势。但近年来由于俄罗斯发动机出现了可靠性问题，且发射有效载荷的成本过于高昂，加上资金管理不善，因此俄罗斯航天工业陷入了财务困境。资金的延迟和可能存在的腐败问题导致新发射设施的建造工程被搁置下来。俄罗斯联邦航天局未来十年的预算减少了35%[27]。俄罗斯联邦航天局的负责人科马罗夫在2015年的新闻发布会上表示："考虑到现行经济状况、汇率的变化以及通货膨胀水平的变化，建造新发射设施的项目费用在过去的一年发生了重大变化[28]。"

俄罗斯即将推出以国际空间站技术为基础设计的空间站计划。俄罗斯联邦航天局前局长兼俄罗斯太空部队指挥官奥列格·奥斯塔彭科表示："俄罗斯正在考虑建造一个可观察到90%俄罗斯领土面积的高纬度空间站，并考虑将其作为未来的探月基地[28]。"其次，俄罗斯联邦航天局还在开发一种新的载人航天器，用于向国际空间站运送宇航员和补给品[29]。最后，俄罗斯计划在大约20至30年后开展火星探索和建立月球基地的更高级任务。这些计划的进展同样依赖于稳定的拨款支持。

一直以来，俄罗斯积极开发反卫星防御技术，在2016年对PL-19"努多尔"导弹的第五次测试中首次获得成功。俄罗斯进行导弹测试的理由与美国和中国如出一辙：保护对军事和通信至关重要的外太空资产。据猜测，俄罗斯可能还开发了能够通过撞击破坏其他卫星运行的卫星[30]。

2017年，为加强国防建设，俄罗斯总统弗拉基米尔·普京要求利用空间技术开发弹道导弹发射遥感卫星，他要求在2020年之前至少发射15颗此类卫星。此外，普京还表示俄罗斯希望与外国公司合作，购买更多的外国卫星并购买俄罗斯轨道卫星之外的遥感数据[31]。

俄罗斯最近的军事发展反映了在外层空间占主导地位的重要性。为应对中美两国可能正在进行的太空军事任务测试，俄罗斯对开发先进技术和武器高度重视，以便不输给这两个国家。但人们很难了解俄罗斯为未来的太空利用所做的具体工作。俄罗斯在2013年发射的三颗近地轨道卫星便是该国的秘密任务之一。俄罗斯为这些卫星披上了维修航天器的“外衣”，声称其用于补充燃料或清理碎片，但这些卫星的真实能力或真正使命却无人知晓。多年来，这些卫星一直处于休眠状态，直到近年来宇宙-2491、宇宙-2499 和宇宙-2504 卫星才纷纷被唤醒。2017 年，人们发现这些卫星的移动轨迹异乎寻常。据说这是因为俄罗斯人正在进行反卫星能力测试，通过搜索或匹配目标卫星的轨道，向目标卫星移动并作用于目标卫星[32]。

早在半个世纪前的 1963 年，苏联就发射了其“杀手”原型卫星，也就是如今所说的反卫星系统。“杀手”卫星可在靠近目标卫星后使用炮弹摧毁目标卫星。20 世纪 60 年代，苏联一直在进行“杀手”卫星的秘密飞行试验。1968 年，苏联成功拦截并摧毁了一颗在轨目标卫星。但直到 1991 年反卫星系统才得以完全投入使用。升级后的反卫星系统代号为 IS-MU，即使目标卫星启动规避机动功能，也有能力追踪敌方卫星。在宣布反卫星系统服役后不久，随着冷战的结束，俄罗斯总统鲍里斯·叶利钦为了节省资金而终止了该计划[33]。

大约在十年后的 2000—2010 年，由于中美两国展示出可攻击和摧毁太空中的卫星的能力，为实现与两国的抗衡，俄罗斯反卫星计划重新浮出水面。俄罗斯军方启动了更低成本的反卫星系统，该系统由改装的弹道导弹组成，配备用于撞击敌方卫星的武装卫星。2010 年 1 月，俄罗斯联邦航天局局长奥斯塔彭科在报告中指出，俄罗斯正在开发应对太空威胁的手段。奥斯塔彭科表示：“俄罗斯正在开发侦察和打击航天器，俄罗斯秉持‘不进行太空战争’的政策，但作为军人，应当做好一切准备。俄罗斯不会主动发起太空战争，但必将具备足够能力以快速有效地应对他国挑起的太空战争[33]。”

纵观历史，俄罗斯政府关注的太空军事应用显然与美国导弹防御系统的发展密切相关。从冷战时期到过去几十年，俄罗斯采取的行动总体上与美国同步，目的是紧跟全球打击系统关键技术的发展进程。

由于起步较早，俄罗斯的反卫星系统处于领先地位。现在的俄罗斯卫星则更加先进，能够干扰甚至永久破坏敌方卫星的电子设备，尤其对敌方的 GPS 信号极其有效。截至 2017 年底，俄罗斯拥有世界第三大卫星星座（134 颗），仅次于美国和中国（分别拥有 579 颗和 192 颗）。当将欧盟的卫星合为一体时（218 颗卫星），则俄罗斯的星座数量退居世界第四位。其中，美国、俄罗斯和中国拥有的军事卫星数量分别为 151 颗、81 颗和 58 颗[34]。

俄罗斯历来提倡在全球舞台上公开讨论外层空间的军事应用问题。2008 年，俄罗斯和中国向裁军谈判会议提交了《防止在外空放置武器和对外太空物体使用或威胁使用武力条约》草案。该提议遭到国际社会（特别是美国）的反对，美国拒绝接受该条约对其太空活动的约束。2006 年，美国科技政策办公室做出以下声明：

> 美国将反对制定旨在禁止或限制美国进入或使用太空的新法律制度或其他限制措施。拟议的军备控制协议或限制性规定不得损害美国为美国国家利益在太空进行研究、开发、测试和操作或其他活动的权利。[35]

2014 年，俄罗斯和中国政府提交了其外太空条约草案的修正案。两国在修订案中添加了如下解释："我们认为制定具有法律约束力的禁止在外层空间放置武器规定是加强全球稳定、人人享有平等和整体安全的最重要手段之一[36]。"但最新的条约草案中仍未提及使用反卫星系统或激光等软杀伤武器暂时或永久性损坏卫星能力的问题（见图 2－5），也未涉及共轨武器或直升式武器等技术进步问题（例如用于瞄准太空资产的陆基导弹）。此外，尽管空间碎片或碎片清除问题可能导致与天基武器同样的威胁，但条约草案中并未涉及此类问题[36]。除非美国改变其太空政策，否则外太空条约草案的未来仍存在不确定性。

据美国消息人士称，2016 年底，俄罗斯可能进行了反卫星武器的测试。在测试中俄罗斯反卫星武器没有产生碎片，由此看来俄方没有摧毁任何目标。此次反卫星武器测试恰逢特朗普赢得大选后准备入主白宫之际，因此可被视为俄罗斯在太空能力方面的展示。

最重要的通信和导航卫星距离地表有数万千米，想要摧毁这些

图 2－5　2014 年中俄提交的外太空条约草案建议禁止在外层空间放置武器，但并未涉及可能摧毁卫星的陆基武器等问题
（图片来源：美国国防部）

卫星极可能需要借助洲际弹道导弹。但通过摧毁近地轨道卫星同样可以展示俄罗斯的太空实力，正如美国在 2008 年使用弹道导弹系统摧毁轨道正在下降的卫星，展示了美国太空实力[37]。

虽然俄罗斯加入了关于外层空间非军事化的谈判，但仍继续投资建造用于控制卫星轨道的地面设施，并瞄准太空导航和通信系统进行电子战[37]。随着时间的推移，俄罗斯开展的这些活动迟早会浮出水面。据“人造卫星新闻社”报道，美国空军上将约翰 · E. 海顿怀疑中俄两国已经开发出激光武器和干扰武器等瞄准天基军事资产的技术。海顿在 2017 年里根国防论坛上表示：

自第一次海湾战争以来，美国的对手们一直在观察我们……尤其是中国和俄罗斯，在过去的二十多年里毫不避讳地始终关注着美国的一举一动。中国和俄罗斯都公开进行了武器测试，制造了干扰武器和激光武器等从地面进行操控的太空武器。[38]

海顿将军认为，俄罗斯和中国建设太空能力的目的显然在于“改变全球力量平衡”，这是对美国的挑衅。此外，海顿将军指出，由于目前没有明确的太空军事冲突交战规则，因此任何国际规则都难以监控军事冲突[38]。

四、美国

关于美国弹道导弹防御和外层空间卫星技术领域的发展历史，在第 3 章会做出具体陈述。本节聚焦于美国与中俄两国的对比，以及美国最新的尖端太空武器。

1985 年，美国利用垂直飞行的 F－15A 战斗机发射了冷战时期最后一枚反卫星导弹（见图 2－6）[39]。在此后的三十年间，俄罗斯和美国不再公开进行外太空军事化试验，也不再参与外空军事化活动。2002 年，为防御朝鲜等“流氓国家”的核攻击，布什总统退出与俄罗斯签订的禁止发展反弹道导弹武器条约。美国也因此能够开展拦截导弹的部署活动。但美国退出该条约的行为同时也违反了 1967 年初达成的和平利用太空协议[40]。

正如前文所提到的，在 2007 年，即美国退出禁止发展反弹道导弹武器条约的 5 年之后，有的国家测试了基础反卫星系统，美国借此机会扩充了其地球轨道武器库。2009 年，美国军方将先进技术风险降低卫星发射到 1 287.5 千米高的轨道上。该航天器装有红外相机，能够检测火箭发射和其他航天器的热力轨迹，并可将详细的跟踪数据传送至地面基地。在与其他航天器和地面传感器协同作用下，这颗风险降低卫星可跟踪 1 000 多颗活动卫星。

根据空军发布的简报，2010 年发射的天基太空监视卫星是一种类似望远镜的航天器，“能够清晰、无阻碍地观察”在 627.6 千米高度的轨道上绕地运行的空间驻留物体。其中“空间驻留物体”一词

图 2－6　1985 年 9 月 18 日，一架全面改良的 F－15A 战斗机在加利福尼亚州爱德华兹空军基地上空发射了一枚反卫星导弹（图片来源：美国空军）

即指卫星。地面雷达网络和天基太空监视卫星是对轨道传感器的补充。由于对其他国家的卫星进行观察和跟踪不具有攻击性，因此归属于和平用途。此外，美国军方的航天器也能够靠近敌方卫星从事检查、干扰或破坏活动[41]。

2010 年，美国空军的 X－37B 太空飞机首次成功发射（见图 2－

7)。X-37B 太空飞机既是一种武器，也可作为运载工具将武器运送至地球轨道，其体积只有航天飞机的四分之一。此航天器可搭载火箭进入近地轨道，而返回地球时与飞机的着陆方式相同。这些微型机动航天飞机是美国空军“实验测试计划的一部分，该计划旨在验证可靠且可重复使用的无人太空试验平台的技术”。实际上，X-37B 太空飞机也可用来攻击其他航天器。但微型航天飞机被限制在近地轨道上，而其他机动卫星可在更高的轨道上运行，这使得它们能够更好地“检查”和跟踪敌人的航天器[41]。

图 2-7　X-37 先进技术验证机滑翔着陆的艺术想象图

（图片来源：NASA）

2006 年，美国军方将微型卫星技术实验卫星（MiTEx）（类属机动卫星）发射到近地轨道。微型卫星技术实验卫星体积很小，每颗仅重 500 磅，因而可以更好地躲避敌方传感器的探测。自 2014 年以来，地球同步空间态势感知计划的在轨卫星体积更加庞大，并且位于距离地表 22 000 英里（原文如此——译者注）的 GPS 位置。据美国空军称，这些卫星能够监视其他卫星，并且可以“在目标卫星附近机动，从而识别异常分辨率并增强监视能力[41]”。

2008 年，配备先进雷达的美国海军巡洋舰伊利湖号发射了一枚改装的反弹道导弹拦截器。火箭以近 35 405 千米/小时的速度击中并摧毁了一颗报废的卫星。如今，美国拥有数十艘军舰，运载着数百枚相同的 SM－3 导弹，导弹数量足以摧毁中俄两国大部分近地轨道卫星[41]。

在某些国家进行反卫星试验后，美国意识到对手的射程能力完全足以打击美国停泊在地球静止轨道上的关键国家安全卫星。为应对这种形势变化，美国国防部于 2015 年增加了 50 亿美元的太空安全支出，其中包括宣布启动建立“太空作战中心”，以应对来自中国和俄罗斯的太空威胁。但 3 年多来，该中心的创建并未获得太大的进展[42]。

美国希望和平利用外层空间，而非将太空变成军事战场。中国和俄罗斯历来主张启动《防止外空军备竞赛条约》的议程，提出禁止外太空武器化和利用外太空进行侵略性军事行动。此外，中俄两国还共同向联合国提交了防止在外空部署武器的条约草案[43]。如果军控条约对美国发展国家导弹防御系统构成了制约，那么美国极有可能反对签署该条约。2001 年，美国退出《反弹道导弹条约》，继续开发陆基和海基导弹防御系统，这些系统可以用作反卫星武器[44]。如今，美国以安全为由，甚至考虑退出 1967 年的《外层空间条约》，以便为卫星或其他航天器的武器化铺平道路。

启　示

外层空间始终被视为未来人类探索的重要领域。载人登月任务和近地轨道上的活动只是探索浩瀚宇宙的一小步。无人探测器探索太阳系的外部区域，并发回了科学发现。在和平太空探索的表面之下，各国之间的竞争暗流涌动，此外，各国也在蠢蠢欲动，企图通过对自然天体的探索来争权夺利。

美国的许多太空任务都具有双重目的：一是为和平目的积累科学数据，造福全人类；二是利用太空及航天器压制敌方，甚至开展秘密军事行动。为适应不断变化着的太空应用并维护国家影响力和国家安全，其他航天国家必然也会进行类似的双重目的的任务，这点已不足为奇。

从中、美、俄三国复杂的咄咄逼人的活动中可以清楚地看出，这些国家必须寻找更好的解决方案，使得在保护全球科学发现和太空探索的同时，维护自身安全，保障国家防御。

参 考 文 献

[1] Villasanta, Arthur. D. 27 Feb 2017. US will fight and win a space war—and is preparing for it. [Internet] chinatopix. com. [cited 2018 April 14].Available from: http://www. chinatopix. com/articles/111937/20170227/will - fight - win - space - war - preparing. htm.

[2] NASA. NASA. gov. Space Shuttle Era. https://www. nasa. gov/mission_pages/shuttle/flyout/index. html.

[3] Nwyo. [Internet]. Nwyo. com; c2018. Satellites by countries and organizations; [cited 2017 Dec 10]. Available from: https://www. n2yo. com/satellites/? c=&t=country.

[4] Reuters Staff. 10 Aug 2015. When it comes to war in space, US has the edge. [Internet]. Reuters. com. [cited 2017 Dec 10]. Available from: https://www. reuters. com/article/axe - space/column - when - it - comes - to - war- in - space - u - s - has - the - edge - idUSL1N10M2OW20150811.

[5] Axe, David. 10 Aug 2015. When it comes to war in space, US has the edge. [Internet]. Reuters. com. [cited 2017 Dec 12]. Available from: http://blogs. reuters. com/great - debate/2015/08/09/the - u - s - military - is - preparing - for - the - real - star - wars/.

[6] NASA. [Internet]. nasa. gov; c2017. Outer space treaty of 1967. Last updated June 25, 2012. [cited 2017 Sep 04] Available from: https://history. nasa. gov/1967treaty. html.

[7] Fecht, Sarah. [Internet]. popsci. com; Senate votes to legalize space mining. 11 Nov 2015. [cited 2017 Sep 5]. Available from: https://www. popsci. com/congress - votes - to - legalize - asteroid - mining.

[8] Congress. [Internet]. Congress. gov; c2017. H. R. 2262—US commercial space launch competitiveness act 114th congress (2015 - 2016). [cited 2017 Sep 10] Available from: https://www. congress. gov/bill/114th - congress/

house - bill/2262.

[9] Anson, Peter and Cummings, Dennis. "The First Space War: the contribution of Satellites to the Gulf War," RUSI Journal 136 (1991): pp. 45 - 53.

[10] Howell, Elizabeth. Space. com. 26 Apr 2018. Navstar: GPS Satellite Network. [Internet] [accessed 8 jul 2018] Available from: https://www. space. com/19794 - navstar. html.

[11] NASA. gov. 04 Sept 09. Earth Observatory. Three Classes of Orbits. [Internet] [accessed 8 jul 2018] Available from: https:// earthobservatory. nasa. gov/Features/OrbitsCatalog/page2. php.

[12] Staff. [Internet]. Space. com. Making history: China's first human spaceflight; 28 Sept 2005 [cited 2017 Sept 20]; Available from: https:// www. space. com/1616 - making - history - china - human - spaceflight. html.

[13] Dawson, Linda. The Politics and Perils of Space Exploration. Springer Nature, 2017.

[14] Staff. [Internet]. Space. com. China lands on the moon: historic robotic lunar landing includes first Chinese rover. 14 Dec 2013 [cited 2018 Jun 20]; Available from: https://www. space. com/23968 - china - moon - rover - historic - lunar - landing. html.

[15] Staff. [Internet].Space. com. Chang'e - 4: visiting the far side of the moon; 25 May 2018 [cited 2018 Jun 20]; Available from: https:// www. space. com/40715 - change - 4 - mission. html.

[16] Harrington, Rebecca. Tech Insider. China plans to reach Mars by 2020 and eventually build a moon base. Apr. 21, 2016. http://www. businessinsider. com/china - plans - mars - moon - landings - 2016 - 4.

[17] Moon potential goldmine of natural resources July 16, 2009 by Jean - Louis Santini https://phys. org/news/2009 - 07 - moon - potential - goldmine - natural - resources. html.

[18] David, Leonard. Space. com. 03 Dec 2014. China Has Big Plans to Explore the Moon and Mars. [Internet] [cited 09 Jul 2018] Accessed from: https:// www. space. com/27893 - china - space - program - moon - mars. html.

[19] Shalal - Esa, Andrea. Reuters World News. 13 Jan 2013. China's space

activities raising U. S. satellite security concerns. [Internet] [cited 09 Jul 2018] Accessed from: https://www. reuters. com/article/us - china - usa - satellites/chinas - space - activities - raising - u - s - satellite - security - concerns - idUS - BRE90D08620130114.

[20] Branigan, Tania. The Guardian. 12 Jan 2010. China successfully tests missile interceptor. [Internet] [cited 09 Jul 2018] Accessed from: https://www. theguardian. com/world/2010/jan/12/china - tests - missile - interceptor.

[21] Asia's space plans worry. Eastern Eye. 2013 Dec 20; Sect. 17.

[22] Staff. [Internet] Spaceflight 101: China's new orbital debris cleanup satellite raises space militarization concerns. [cited 2018 Jan 5]. http:// spaceflight101. com/long - march - 7 - maiden - launch/aolong - 1 - asat - concerns/.

[23] Vasani, Harsh. The Diplomat. 19 Jan 2017. How China is weaponizing outer space. [Internet] [cited 2018 Jan 3]. Available from: https:// thediplomat. com/2017/01/how - china - is - weaponizing - outer - space/.

[24] Rand report. The US—China military scorecard: forces, geography, and the evolving balance of power. 1996 - 2017. RAND corporation; 2015. pp. 227 - 244.

[25] CBS/AP. 06 Aug 2015. NASA: Seats on Russian rockets will cost U. S. $490 million. [Internet] [cited 09 Jul 2018] Accessed from: https:// www. space. com/16748 - international - space - station. html.

[26] Thompson, Loren. Forbes. 7 Jul 2016. Why SpaceX lost its bid to ban Russian rocket engines. [Internet] [cited 2018 Jan 10]. Available from: https://www. forbes. com/sites/lorenthompson/2016/07/07/why - spacex - lost - its - bid - to - ban - russian - rocket - engine - debate/#3990a47c5f52.

[27] Kottasova, Ivana. Economic crisis at heart of Russia's pride: its space program. 27 April 2015. [Internet] [cited 2016 Jan 16]. Available from: http://money. cnn. com/2015/04/27/news/economy/russia - space - crisis - cosmodrome/.

[28] Roscosmos: High - latitude orbital station may become lunar expeditions' base. Interfax: Russia & CIS General Newswire. 16 Dec 2014.

[29] Russian News Agency. Russia's new manned spacecraft to be 3. 5 times

cheaper than US Dragon. 22 Jan 2016. [Internet] [cited 2017 June 16]. Available from: http://tass. ru/en/science/851562.

[30] Williams, Weston. Russia launches anti - satellite weapon: a new warfront in space? Christian Science Monitor. 22 Dec 2016. [Internet] [cited 2017 June 16]. Available from: https://www. csmonitor. com/USA/Military/2016/1222/Russia - launches - anti - satellite - weapon - A - new - warfront - in - space.

[31] Kremlin events. [Internet] [cited 2017 Dec 16]. Available from: http://en. kremlin. ru/events/president/news/54539.

[32] Simha, Rakesh Krishnan. How Russia's sleeping satellites could wreak havoc on the west. Russia Beyond. 25 May 2017. [Internet] [cited 2017 Dec 16]. Available from: https://www. rbth. com/defence/2017/05/25/russias - sleeping - satellites - wreck - havoc - on - the - west - 769276.

[33] Zak, Anatoly. The hidden history of the soviet satellite - killer. Popular Mechanics. 1 Nov 2013. [Internet] [cited 2017 Dec 20]. Available from: http://www. popularmechanics. com/space/satellites/a9620/the - hidden - history - of - the - soviet - satellite - killer - 16108970/.

[34] Luzin, Pavel. Space power: what is Russia's military strategy in outer space? The Intersection Project: Security. 25 Oct 2017. [Internet] [citcd 2017 Dec 22]. Available from: http://intersectionproject. eu/article/security/space - power - what - russias - military - strategy - outer - space.

[35] Jaramillo, Cesar. In defence of the PPWT treaty: toward a space weapons ban. Project Ploughshares. 2009 Vol. 30 Issue 4. [Internet] [cited 2017 Dec 23]. Available from: http://ploughshares. ca/pl_publications/in - defence - of - the - ppwt - treaty - toward - a - space - weapons - ban/.

[36] Listner, Michael and Rajagopalan, Rajeswari Pillai. The 2014 PPWT: a new draft but with the same and different problems. The Space Review. 11 Aug 2014. [Internet] [cited 2017 Dec 23]. Available from: http://www. thespacereview. com/article/2575/1.

[37] Sciutto, Jim and Starr, Barbara. Sources: Russia tests anti - satellite weapon. 21 Dec 2016. [Internet] [cited 2018 Jan 4]. Available from: https://www. cnn. com/2016/12/21/politics/russia - satellite - weapon -

test/index. html.

[38] Sputnik News. US gen. alleges Russia, China building weapons against military assets in space. 12 Mar 2017. [Internet] [cited 2018 Jan 4]. Available from: https://sputniknews. com/military/201712031059654917 - us - general - weapons - russia/.

[39] Aviation. com staff. How to down a satellite: go back 22 years. Livescience. 20 Feb 2008. [Internet] [cited 2018 Jan 5]. Available from: https://www. livescience. com/4832 - satellite - 22 - years. html.

[40] Neilan, Terence. Bush pulls out of ABM treaty; Putin calls move a mistake. 13 Dec 2001. New York Times [Internet] [cited 2018 Jan 6]. Available from: http://www. nytimes. com/2001/12/13/international/bush - pulls - out - of - abm - treaty - putin - calls - move - a - mistake. html.

[41] Axe, David. US has the edge in 'war in space'. Arab Times. 13 Aug 2015. Accessed 2018 Jan 7: http://www. arabtimesonline. com/wp - content/uploads/pdf/2015/aug/13/18. pdf.

[42] Vasani, Harsh. The Diplomat. 19 Jan 2017. How China is weaponizing outer space. [Internet] [cited 2018 Jan 3]. Available from: https://thediplomat. com/2017/01/how - china - is - weaponizing - outer - space/.

[43] NTI. Proposed Prevention of an arms race in space (PAROS) treaty. 29 Sep 2017. [Internet] [cited 2018 Jan 5]. Available from: http://www. nti. org/learn/treaties - and - regimes/proposed - prevention - arms - race - space - paros - treaty/.

[44] Arms Control Association. Aug 2002. [Internet] [cited 2018 Jan 3]. Available from: https://www. armscontrol. org/act/2002_07 - 08/abmjul _aug02.

第3章　太空战场环境

战争与太空探索均能彰显人类特有的坚定探索精神，不过两者也许是水火不容，当其中一种行为大行其道时，另一种行为就可能不会发生。

——弗兰克·怀特（Frank White），《总观效应》，1981年[1]

引　言

战场可以定义为参与作战的整个陆海空区域[2]。评估战场军事行动的可进入性、可负担性和适当性是军事战略中的一项内容。外层空间是个既危险又严酷的环境。

人类无法在保护地球的大气层之外生存。这种太空环境对航天器的建造材料也提出了很高要求，因为这些材料将长时间暴露在极端温度和辐射中。如果将外层空间视为一个战场，那么首先应能够应对这种环境下作战所面临的各种挑战，然后才能获得优势。此外，作战收益必须超过将有效载荷送入轨道的成本与可能被双方摧毁的资产价值的总和。

经过数十年的研究，如今科学家对长期暴露于外层空间的真空环境中对人体和航天器材料的影响有了更深入的了解。不过，到目前为止，太空环境下还没有发生过战争。尽管如此，各个航天国家都清楚地意识到，如果将军事行动引向太空，可能会导致诸多危险。

一、外层空间环境

外层空间的假想分界线位于地球表面上方100千米处。根据定义，此空域位于地球大气层之外。空旷的太空中几乎没有气体分子，因此接近真空。但是，外层空间中也存在一些体积很小的粒子，每立方厘米大约有五个，并且距离太阳越远，密度越低。这些粒子由尘埃、宇宙射线和太阳风传播的等离子体组成，并受到磁场等诸多因素的影响[3]。

外层空间环境不存在大气压，但存在极端温度。和地球与太阳同等距离的天体，若在阳光照射一侧，其温度可高达 120 ℃（248°F）以上，若在阴影一侧，温度可降至-100 ℃（-148°F）。辐射和光等电磁波可以在太空中自由流动[4]。

外层空间可分为近地、行星际和星际三个区域。行星际空间（可用望远镜看到）延伸到太阳系的边缘，与星际空间和日球层相交（太阳系布局见图 3-1）。日球层像一个包裹并保护着太阳系的气泡，由太阳风中的磁性粒子与星际空间相互作用而形成。行星际空间和星际空间之间的交界处为日球层顶，据信距离太阳大约 110～160 个天文单位。天文单位的数值是地球和太阳之间的平均距离，约为 1.58×10^8 千米[3]。

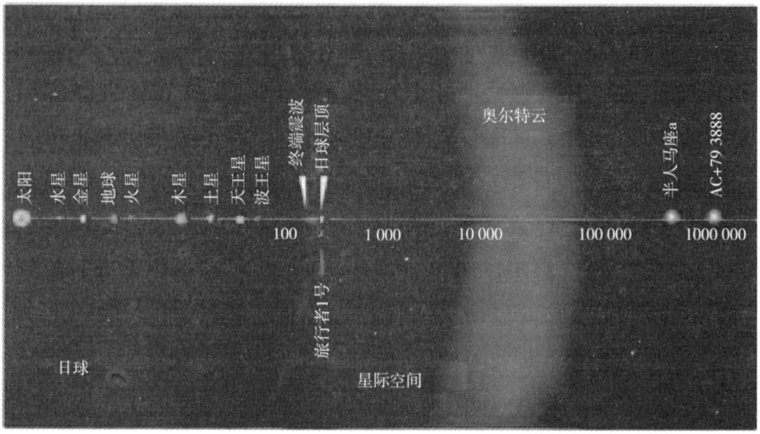

图 3-1　太阳系在对数尺度上的布局

（图片来源：NASA 戈达德航天飞行中心）

航天器逐渐远离地球中心时，地球引力将不断减弱，直至达到微重力或接近零重力。加上“微”这个前缀是因为重力测量值接近于零，但不完全等于零。微重力对人体功能、材料和工艺都有重大影响。多年来，人们通过外层空间实验发现并记录了其中的许多影响[4]。

在外层空间的极端环境中行动的人类和航天器需要某种保护。航天器需要由能够耐受极端温度和辐射的材料制成。由于在自然环境下人类无法在外层空间生存，因此人工环境必须能够提供生命可以生存的环境。

本书重点介绍了无人驾驶航天器、卫星、武器、导弹以及其他可能用于外层空间军事冲突的技术。因此，了解外层空间对上述物体制造材料的腐蚀、辐射等长期影响非常重要。本章重点讨论影响外层空间军事行动的主要问题，并阐述太空军事战区与传统战争场景的不同之处。

二、进入外层空间的代价与挑战

进入和利用外层空间代价不菲。首先，若要成功发射有效载荷，必须克服地球的引力影响。为此，需要建造一种能够将自身及运载物送入轨道的发射系统，即火箭。航天器的速度需要达到 28 164 千米/小时才能挣脱重力的束缚[5]。这个过程需要消耗大量燃料，并且这些燃料又重又贵。将卫星等有效载荷送入轨道的费用取决于发射系统的类型。目前将 1 磅（1 磅＝0.454 千克）重的物体送入轨道的费用为 1 万美元[6]。太空探索技术公司的所有者、企业家埃隆·马斯克（Elon Musk）计划将这一费用降至每磅 1 000 美元以下[7]。

为了保护航天器免受太空恶劣环境的影响，必须使用某些昂贵材料。与无人航天任务相比，载人航天任务的费用是个天文数字，因为生命支持和冗余系统必须满足最高安全标准。本书讨论航天器在地球轨道上的军事用途时，没有计入这些额外费用。

三、外层空间环境对航天器的影响

如上所述，外层空间环境极端恶劣，几乎完全真空并存在各种粒子，更不用说还存在紫外线辐射、带电粒子辐射、等离子体和极端温度了。再加上未知轨道碎片撞击的持续威胁，太空飞行挑战重重。

地球上的航天器建造材料在上述危险环境中十分脆弱，可能会发生系统组件降解或污染。这些风险因材料类型、厚度和承受的应力水平的不同而相异[8]。重要的是要研究长期暴露在太空中会对各种材料造成何种影响，以确定最适于建造航天器的材料。由于太空环境很难模拟，因此在外层空间进行材料研究无疑是最好的方式。早在 20 世纪 70 年代初，评估太空中材料耐用性的实验就已开始进行，最初使用的是长期暴露装置（Long Duration Exposure Facility，LDEF）。1990 年，在近地轨道运行 5 年多后，该在轨装置由航天飞机回收，并返回地球。该装置测试了航天器材料、组件与系统长时间暴露于外层空间环境后的性能。国际空间站是测试长期太空环境影响的理想实验平台，甚至可以将实验对象送回地球进行飞行后分析。其中部分影响的研究与观察结果如下[8]。

近真空的影响

如果暴露于接近真空的环境中，外表面将释放气体，这些气体会溶解、困留或吸收进材料中。脱气后的分子沉积在外表面上，如果外表面较冷，沉积速度会加快。由此产生的分子污染会影响航天器组件以及外表面的光学特性。

原子氧侵蚀

地球表面上方 161～1 996 千米被定义为近地轨道（Low Earth Orbit，LEO）环境，该环境会导致大多数非金属材料严重降解。在与国际空间站同高的外层空间，原子氧是导致材料降解的主要因素。当短波长紫外线辐射与高层大气中的分子氧发生反应时，会产生原子氧。氧原子可以使许多金属氧化，并能与含有碳、氮、硫和氢键的材料发生强烈反应，造成侵蚀。特氟龙等含氟聚合物暴露在紫外线辐射下的时间越长，对原子氧的反应就越强烈。即使涂有原子氧保护层的材料，也会发生降解。如果航天器表面使用的材料受到侵蚀，将大大缩短航天器的在轨寿命。可能导致材料遭到原子氧侵蚀的因素还包括航天器相对于太阳的轨道参数和方向以及太阳活动。图 3 - 2 显示了原子氧侵蚀和紫外线辐射对航天器材料造成的影响[8]。

图 3 - 2　太空实验中飞行前和长时间暴露飞行后遭到原子氧侵蚀和紫外线辐射的降解情况（图片来源：NASA）

辐射

辐射是一种以射线、电磁波或粒子（光子）形式形成的能量。这种能量的传播速度非常快，通常以光速传播。非电离辐射包括可见光、热辐射、无线电波、微波、雷达等无害波。这些辐射在我们周围随处可见，穿过物质时也不会破坏化学键或从原子中去除电子。在光谱的另一端，电离辐射有足够的能量从原子中去除电子，产生带电粒子。这个过程会产生极不稳定的原子。X 射线和宇宙射线都是电离辐射。外层空间辐射包含太阳活动期间射向太空的粒子、宇宙辐射（可能是来自超新星的高能亚粒子）以及被困在范艾伦带中的粒子，这些都属于电离辐射[9]。图 3 - 3 所示的 NASA 信息图介绍了太空中的各种辐射类型。

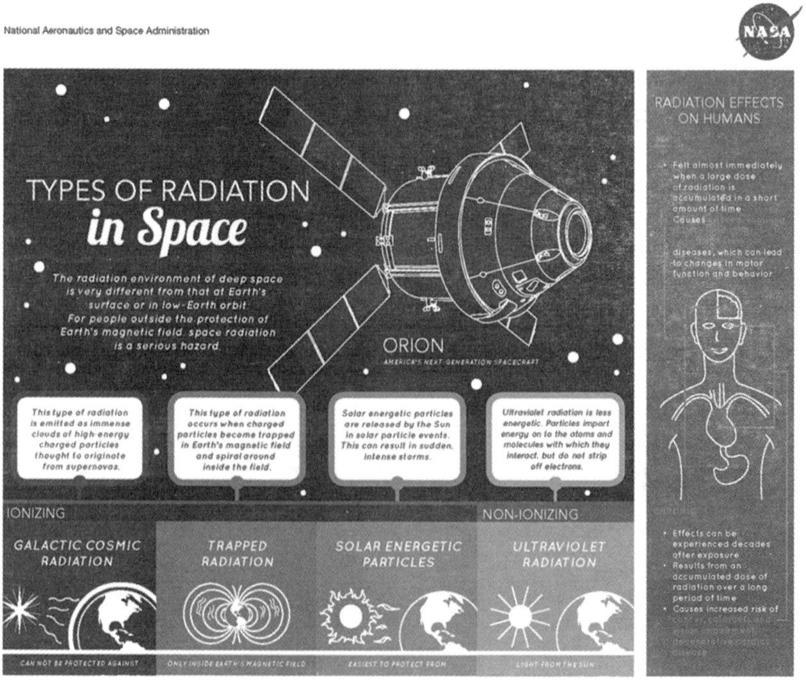

图 3-3　太空辐射信息图

（图片来源：NASA）

紫外线或太阳光子是一种源自太阳的电磁辐射，以波或粒子的形式传播。其波长范围很广，称为电磁光谱。光谱上的常见名称包括无线电波、微波、红外线、可见光、紫外线、X 射线和伽马射线。太阳光子会损伤暴露于太空的国际空间站外表材料。紫外线通常会使材料变暗（见图 3-4），而原子氧往往会使材料变淡。紫外线辐射还会损害聚合物，在接近真空的环境中导致颜色发生明显变化。图 3-5 中哈勃望远镜的外部绝热层可显示原子氧侵蚀和辐射对航天器材料的影响[8]。

地球磁场使有害辐射流偏离地球，从而保护地球免受有害辐射的影响。范艾伦带是环绕地球的两大区域，可以将电荷困在其中。

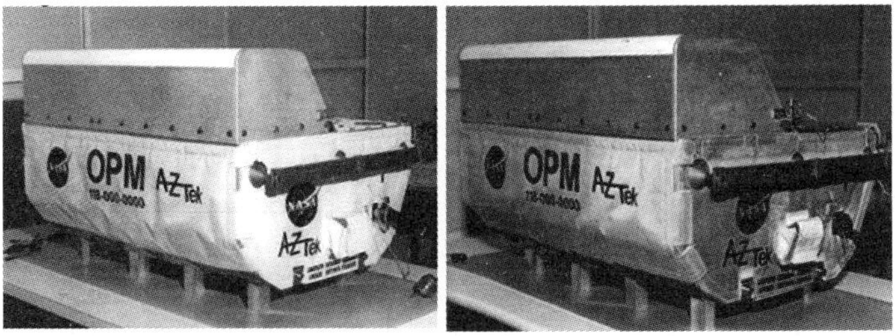

图 3-4　光学性能监控器飞行前和在和平号空间站上飞行 9 个月后绝热层因紫外线照射而变暗的图像（图片来源：NASA）

图 3-5　哈勃太空望远镜暴露在太空 19 年后多层绝热材料外层出现严重降解（图片来源：NASA）

太阳活动期间，范艾伦带外围区域充满高能带电粒子。太阳风暴等活动十分强烈时可能会产生北极光或影响电网，并损坏卫星[10]。

穿过范艾伦带进入外层空间的难度很大，因为这片区域的带电粒子密度过高。这些辐射带的高度各不相同，内带中心距地球表面约 2 993 千米，外带中心距地球表面约 14 967 千米至 19 956 千米，也有人估计这个距离可延伸至 38 141 千米。大多数近地轨道活动远没有达到这个范围，例如位于地球上方约 386 千米处的国际空间站尚未达到最低高度。地球同步通信卫星在地球上空约 35 785 千米的辐射带外缘运行[12]。

外层空间中的高能粒子无处不在，而且移动速度极快，单靠屏

图 3－6　环绕地球的范艾伦带，其中黄色代表辐射，绿色代表辐射带之间的空间[11]
（图片来源：NASA/戈达德航天飞行中心）

蔽很难阻拦。波辐射必须用厚屏蔽层加以阻拦。厚材料可能质量大、密度高，在运输或用于建造航天器时存在问题或成本过高。为防备太空辐射的电离效应，需要开发新技术或研制新材料。美国军方在制造针对炸弹爆炸的抗辐射设备方面拥有丰富的经验，这些经验可运用于军用航天器的设计。

2014 年底，NASA 成功完成了“猎户座”多用途载人飞船试验飞行，测量了深空辐射对耐辐射星载电子器件的影响。结果表明，“猎户座”飞船在极具挑战性的辐射和热环境中飞行时，其高度精密的航天电子系统仍能正常运行[13]。

微处理器、固态存储器和网络接口等电子元件容易受到辐射的影响。大多数现代电子元件的设计初衷不是为了在辐射环境中运行。近地轨道的辐射水平与更高轨道或深空的辐射水平不同。如果设备在近地轨道上的暴露时间较短（5 年以内），且能耐受偶尔的数据干扰，那么可以使用商用现货电子器件，这尤其适用于小型卫星等重视成本的设备。但是，军事和时敏型侦察设备可能需要使用专门的器件[14]。

如今的抗辐射太空处理器通常是以现有的商用或军用计算机为

基础的单处理器系统，并以最大的吞吐量、容错能力和功率水平运行。据空军和 NASA 太空专家预计，为满足未来任务的需求，这些能力还需要更加多样。如果电子器件暴露在电离辐射中，静电荷将逐渐积聚，并可能释放出来，进而导致设备损坏甚至发生故障。航天电子设备也面临着诸多问题，可能是完全烧毁，也可能是偶尔发生单粒子翻转、比特差错或数据丢失。这些问题可能会导致存储数据受损，最终影响传输的可靠性。

电子设备可以通过多种方式实现抗辐射能力。最常见的一种方法是对“总剂量辐射”（即设备在出现问题之前，预计在整个生命周期中承受的辐射量）进行抗辐射处理。可以使用纠错电路和三重冗余，利用两个好结果来战胜一个损坏的结果，以减少辐射的影响。也可以在电子器件周围设置屏蔽装置，对航天电子设备进行抗辐射加固。不过这种方法成本很高，而且屏蔽物包装很重，导致发射费用上升。另外，抗辐射电子器件的需求相对较少，这进一步推高了这类器件的成本。可能的解决方案包括利用冗余子系统、选择性屏蔽和选择性商用现货电子器件，提高可靠性。图 3 - 7 为 NASA “猎户座”飞船。该飞船于 2015 年进行了试验飞行，标志着 NASA 火星之旅向前迈进了一步，并对所使用的抗辐射设备进行了验证[14]。

柯蒂斯-怀特公司的计算机工程师正在研制冗余多核处理器。该处理器不仅可以防止出现辐射诱发的单粒子效应，还可以在发生翻转时快速复原且不引起中断。柯蒂斯-怀特公司为“猎户座”飞船和太空发射系统运载火箭提供加固耐用且符合太空运行要求的数据采集与网络技术。“猎户座”EM - 1 将使用柯蒂斯-怀特公司开发的 MnACQ - 2000 微型网络数据采集系统（如图 3 - 8 所示）。该系统为可紧凑堆叠的元件，用于分析仪器数据，并将数据传输到指定的网络节点。“猎户座”EM - 1 内的每个商用现货元件都配有一个耐辐射电源[15]。

抗辐射电子元件的另一种开发方法是从头开始进行“抗辐射设计”。这种方法可能成本昂贵、耗费时间，但有时也是开发保护人类

图 3-7　NASA“猎户座”飞船使用的航天电子设备和电子器件经过了加固和抗辐射处理，可承受极端辐射与温度（图片来源：NASA）

图 3-8　柯蒂斯-怀特公司为 NASA“猎户座”飞船和太空发射系统提供抗太空辐射的 MnACQ-2000 微型网络数据采集系统（图片来源：NASA）

生命或确保成功完成轨道和深空重要任务的关键电子元件的唯一方式。

电子元件的技术进步，特别是现代芯片的尺寸减小，有助于减少电子元件在总剂量辐射中的暴露。如今开展的抗辐射设计项目中包括高性能航天计算（HPSC）处理器小芯片计划。美国政府太空专家（NASA和新墨西哥州柯特兰空军基地的美国空军研究实验室）正与波音公司联手开发新一代抗辐射微处理器，以满足各种太空应用需求。NASA戈达德航天中心于2017年初授予了波音公司价值近2 600万美元的合同。高性能航天计算处理器的应用领域包括军事侦察与武器系统、载人航天器、居住舱与运载工具，以及机器人科学与探索平台。系统应用不仅涵盖小型卫星，也涵盖庞大复杂的民用和军用设备与任务。NASA还希望波音公司为太空任务，尤其是远离地球的深空任务开发可以自行管理电力需求的技术，以保护电力资源。高性能航天计算计划于2020年底或2021年初结束，之后将做好部署准备。

除高性能航天计算计划外，NASA专家也在考虑其他关于抗辐射计算机组件的计划，例如通用图形处理器（GPGPU）、现场可编程门阵列（FPGA）以及易失性和非易失性存储器。但这些计划一如既往地面临资金不足的问题[14]。

等离子体

宇宙中99.9%为等离子体。根据定义，等离子体是物质的第四态（固体、液体、气体、等离子态）。等离子体的运动方式与极热的气体类似，即原子分裂成能够独立移动的电子和离子。这些带电粒子能够导电并受磁场的影响。等离子体环境随太阳活动和距离地球表面的高度而变化。电子可以作用于任何航天器表面，而离子只能作用于前缘表面。在这个过程中，负电荷将会积聚，从而导致高压太阳能电池组更有可能发生中断。负电荷还会作用于释放航天器静电荷的导电涂层[16]。

极端温度

航天器绕地球运行时会进入和离开光照区。航天器材料的热特性决定了其在极端温度下的温度波动幅度。通常而言，温度会在−120 ℃至+120 ℃之间呈周期性变化，但其他因素可能会导致温度波动更大。为防止温度超过最高运行温度，航天器上需要配备冷却系统。合适的建造材料（铝）可以使热量沿着卫星的结构散发。也可以在航天器表面使用合适的涂料和隔热毯。这些技术都属于被动热控系统。

任何轨道上的卫星都需要利用表面涂层管理轨道上的热负荷。散热器可用于管理电子器件内部产生的热量。热控制的方法不止一种，但大多会导致卫星预算严重超支。因此，可以使用成本较低、性能可靠的部分有源或无源器件，以合理控制温度。

启　示

美国和苏联早期开展太空任务时，人们对外层空间环境给航天器和人类造成的有害影响知之甚少。确定人类可以进行太空飞行并在太空中探索和工作之后，人们转而关注长期暴露可能导致的各种问题。除了环境问题，我们还了解到外层空间的轨道碎片和小行星碎片可以摧毁航天器，并产生更多碎片。清除这些轨道碎片并保护未来的航天器免受此类碰撞仍是一项挑战。最后，所设计的航天器材料需要能够承受极端温度变化和不同类型的高辐射。

未来的科技研究必须围绕轨道航天面临的各种危险进行试验。嵌入式计算技术的快速发展也给卫星和航天器设计者带来了压力，他们必须设计出成本较低的可靠系统。

参考文献

[1] White, Frank. The overview effect: space exploration and human evolution, third edition. AIAA. org. c2014. Accessed: https://arc. aiaa. org/doi/book/10. 2514/4. 103223.

[2] Miriam - Webster Dictionary. Accessed from: https://www. merriam - webster. com/dictionary/theater%20of%20war.

[3] Cessna, Abby. Universetoday. com. What is interplanetary space? 5 Jul 2009. [Internet]. [cited 2017 July 09]; Available from: https://www. universetoday. com/34074/interplanetary - space/.

[4] NASA Quest. NASA. [Internet]. Quest. nasa. gov. The outer space environment; Feb 28, 2013 [cited 2015 July 23]; Available from: http://quest. nasa. gov/space/teachers/suited/3outer. html.

[5] Gannon, Megan. Space. com Staff Writer. 23 Aug 2013. Incredible technology: how to make reusable rockets for cheap space travel. [Internet] [cited 2017 Jul 23]. Available from: https://www. space. com/22470 - reusable - rocket - launches - incredible - technology. html.

[6] NASA [Internet].nasa. gov msfc. Advanced space transportation program: paving the high way to space; c2008 [cited 2017 July 23]; Available from: https://www. nasa. gov/centers/marshall/news/background/facts/astp. html.

[7] Kramer, Sarah and Moser, Dave. 20 Jul 2016. Here's how much money it actually costs to launch stuff into space. [Internet] [cited 2017 Jul 25]. Available from: https://www. businessinsider. com/spacex - rocket - cargo - price - by - weight - 2016 - 6 # does - this - sound - ridiculously - expensive - 10.

[8] NASA. [Internet] nasa. gov. The International Space Station (ISS) Researcher's Guide. NP - 2015 - 03 - 015 - JSC.

[9] Teodorescu, H. & Globus, A. 2005. Radiation passive shield analysis and design for space applications. SAE Technical Paper 114:179 - 188.

[10] NASA. [Internet] nasa. gov. Van Allen probes. https://www. nasa. gov/mission_pages/rbsp/science/index. html.

[11] NASA Science. Science News. [Internet]. Science. nasa. gov; c2014. Van Allen probes discover new radiation belt; Feb 28, 2013 [cited 2015 July 09]; Available from: http://science. nasa. gov/science - news/science - at - nasa/2013/28feb_thirdbelt/.

[12] Editors of Encyclopedia Britannica Online. [Internet]. Britannica. com; c2014. Van Allen radiation belt; [cited 2015 July 09]; Available from: http://www. britannica. com/science/Van - Allen - radiation - belt.

[13] Cole, Sally. [Internet] Military Embedded Systems. Orion spacecraft's avionics designed for reliability in deep space. 13 Mar 2015. Mil - embedded. com. [cited 2017 Sep 09]; Available from: http://mil - embedded. com/articles/orion - avionics - designed - reliability - deep - space/.

[14] Military Aerospace Staff. Radiation - hardened space electronics enter the multi - core era. 21 Jun 2017. [Internet] Militaryaerospace. com. [cited 2017 Nov 5]. Available from: http://www. militaryaerospace. com/articles/print/volume - 28/issue - 6/technology - focus/radiation - hardened - space - electronics - enter - the - multi - core - era. html.

[15] Wranovics, John. Curtiss - Wright ships miniature network space data acquisition system for NASA's Orion spacecraft program. 3 Apr 2017. [Internet] curtisswritghtds. com. [cited 2017 Nov 10]. Available from: https://www. curtisswrightds. com/news/press - release/cw - ships - miniature - network - space - data - acquisition - system - for - orion - spacecraft - program. html.

[16] NASA. [Internet] nasa. gov. Plasma, plasma, everywhere. https://science. nasa. gov/science - news/science - at - nasa/1999/ast07sep99_1.

第 4 章　空间碎片武器化

解决空间碎片问题是当前人类面临的最大环境挑战之一，但也可能是最不为人知的挑战。

——休 · G. 路易斯（Hugh G. Lewis）博士[1]

引　言

我们经常仰望夜空，看到流星、国际空间站和卫星划过天际。有成千上万的物体绕地球运行，在夜空下，几分钟内，用肉眼就可以看到卫星和空间碎片。人们还可以举起手机对着夜空，用手机上的天空追踪器应用程序观察航天器和空间碎片在空中的运动。空间碎片包括运行中的人造航天器和卫星、太空垃圾（由碰撞或爆炸产生的报废航天器或单个物体），以及围绕太阳运行的流星等自然天体。

数十年来，人类将数以百计的卫星和火箭发射到太空，它们一旦寿命终结，就会成为太空垃圾。太空垃圾包括报废卫星、曾用于将卫星送入轨道的废弃上面级火箭，甚至还有宇航员不小心丢失的物品，比如埃德 · 怀特（Ed White）在 1965 年第一次美国太空行走时意外掉落的手套；再比如 NASA 宇航员海德 · 斯特凡尼斯海宁 · 皮珀（Heide Stefanyshyn - Piper）2008 年在舱外修理国际空间站上的太阳能电池板时从她手中滑落的工具包[2]。据估计，目前绕地球飞行的碎片多达 75 万块[3]，且飞行速度非常快，最低为28 164 千米/小时，这是维持稳定轨道所需的最低速度。即使只是一小块碎片，由于移动速度非常快，也足以损坏甚至摧毁刚好在其运行路径上的航天器或卫星[4]。

每当空间碎片靠近卫星或航天器，就有可能发生轨道碰撞，这样的情况每天都会出现。人们能够报告卫星或航天器之间即将发生碰撞的风险，但并未达到电影《地心引力》等流行文化中所描绘的水平。尽管如此，我们仍然可以预测空间碎片造成的严重破坏，其破坏程度丝毫不亚于人造高速武器所导致的后果。

航天器（即使已经退役的航天器）能够在地球轨道上停留很长时间，直到大气阻力最终将其拽回地球，而这一过程可能需要数年甚至数十年的时间。在落回地球之前，除非退役航天器能够进行脱轨燃烧，否则其仍是一块太空垃圾。大多数碎片位于近地轨道，这也是载人航天器和卫星最常见的运行区域（距地球表面约 159～1 931 千米的区域）[4]。受重力和地球大气层影响，物体运行轨道逐渐降低，一旦低于近地轨道高度，将很快被吸回地球。本章探讨如何处理空间碎片以确保太空轨道安全问题。

一、轨道碎片碰撞动力学

从地球表面发射的航天器需要加速到至少 40 234 千米/小时（11 千米/秒）才能完全摆脱地球引力，这需要巨大的能量。要将卫星发射到稳定的地球轨道，不一定要使其完全达到逃逸速度，但必须达到能够平衡地球引力与卫星继续运行的趋势或惯性所需的轨道速度，航天器所受引力指向地球中心，足以使卫星保持在环绕地球的轨道上。为了在 241 千米高的近地轨道上稳定运行，航天器必须加速到 27 359 千米/小时[5]。处于 241 千米高轨道上的物体仍受地球引力作用，除非其使用小型星载推进器提高速度，否则最终轨道高度将会降低。如不加以修正，卫星速度会逐渐降低，最终落回地球。

如果地球上方 241 千米高的轨道上有多个物体，应该使其保持稳定，并与其他物体保持安全距离。然而，向更高轨道发射物体时，会穿过其他轨道，因此可能出现路径交叉，甚至与沿途物体碰撞。尽管人们对国际空间站和其他高风险航天器也进行某些监视活动，但却没有类似于美国联邦航空管理局（FAA）那样负责太空活动的全球机构，本章下文将进行详细论述。

某些航天器可以规避碰撞，但并非所有航天器都配备了能按需机动以规避另一高速运行物体的装置。随着在轨和穿过轨道的航天器数量的增加，发生碰撞的可能性越来越高。在过去几年里，小型航天器的发射数量大大增加，而且没有减少的迹象。图 4-1 显示了过去 60 年各国的发射次数。自 1957 年以来，各国平均每年发射 143 个航天器，到 2017 年底，各国共发射了 8 593 个航天器（卫星、载人飞船和行星探测器），其中很大一部分要归因于 20 世纪 60 年代到 70 年代初美国和苏联开展的太空竞赛。自 20 世纪 90 年代起，私营企业和其他国家开始发射航天器，并在过去 5 年达到顶峰[6]。

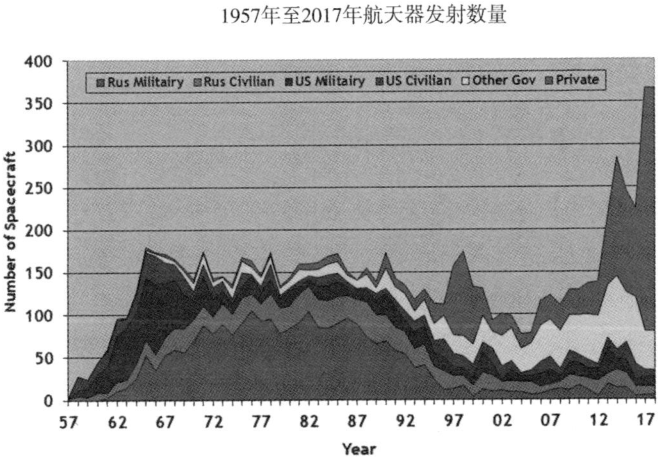

图 4-1 1957 年至 2017 年航天器发射数量

（图片来源：克劳德·拉弗勒（Claude Lafleur），cooptel. qc. ca）

由于大量物体在近地轨道上运行，碰撞似乎不可避免。即使是小碎片，由于速度非常快，也可能与其他物体碰撞并引起爆炸。碰撞产生的成百上千个碎片将继续运行，并与该轨道上的任何物体保持相同速度，这种碎片的轨道周期为 90 分钟，这意味着它们绕地球一圈需要一个半小时。在电影《地心引力》中，重大碰撞产生的碎片在 90 分钟后再次出现，并与其他物体发生碰撞。

轨道碎片对应的动能取决于其质量和速度的平方 $\left(E=\frac{1}{2}mv^2\right)$。碎片在标准近地轨道（距地球表面 200 千米）上的运行速度约为 7.7 千米/秒，当与不同轨道倾角的碎片碰撞时，撞击速度通常更高（达 9.65 千米/秒）。1 毫米大小的物体几乎不会造成伤害，但如果该物体增加到 3 毫米大小，就会产生类似于子弹的能量。随着碎片尺寸和质量的增加，动能也会增加。5 厘米大小的物体产生的碰撞类似于与公共汽车相撞，10 厘米大小的物体产生的碰撞相当于一颗大炸弹。1 毫米至 1 厘米大小的碎片很可能无法穿透航天器，但接近 1 厘米大小的碎片更有可能穿透关键部件。当碎片大小接近 10 厘米时，任何撞击都会产生更多的小碎片，对其他航天器造成威胁[7]。

卫星碰撞产生的碎片会引发与沿途其他物体的连锁反应。所有在轨碰撞碎片都将高速移动，直到与其他物体相撞，或在很久以后受重力吸引返回地球，在地球大气层中燃烧殆尽。1978 年，NASA 科学家唐纳德·凯斯勒（Donald Kessler）提出“凯斯勒现象”理论，该理论描述了拥挤的近地轨道上的持续撞击过程。从第一次爆炸开始，产生成百上千的碎片，每一块碎片都可能与其他航天器相撞，产生数百或数千个碎片，在其他物体的运行路径上高速运动。很快，整个近地轨道将七零八落，任何卫星都无法毫发无损地穿过近地轨道到达更高的轨道。凯斯勒在 2012 年《太空安全》杂志的一篇文章中给出了最为充分的解释：“更准确地说，级联过程是连续的，并且已经开始，轨道上的每次碰撞或爆炸都会慢慢导致未来碰撞频率的增加。”凯斯勒表示，避免碰撞呈指数级增长的最佳方法是减少轨道上已退役的航天器和其他物体的数量[8]。

人类将航天器送入轨道已有数十年的历史，但很少有人试图清理轨道上的报废航天器或碎片。除非拥有在轨航天器的国家共同努力解决这一问题，否则局势终将失控，这是科学家最大的担忧之一。这一问题技术复杂，成本高昂，很难进行国际协调。其中一个问题是，由谁领导这项工作，以及如何设计清理服务的报酬。

从图 4-2 可以看出地球上方不同高度的碎片数量（2013 年 1 月），碎片主要出现在 500～1000 千米高度附近，这是大多数卫星的轨道高度。其中出现了两个峰值，分别对应两次产生大量碎片的碰撞事件。经确定，第一次是 2009 年 2 月 10 日两颗通信卫星的碰撞事件，铱星-33（美国）和苏联时代的报废卫星（宇宙-2251）相碰撞，产生了数十万个碎片。大多数碎片最终会降低轨道并落回地球，但在此之前，它们仍将在未来几十年内对其他航天器构成潜在威胁[9]。

铱星-33号和宇宙-2251号卫星的碰撞极大地改变了近地轨道中碎片的数量和分布情况

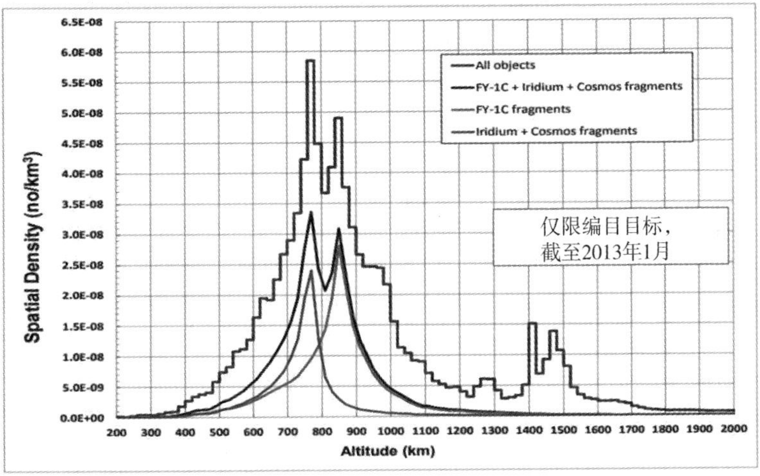

图 4-2　2013 年地球上空各高度的空间碎片密度

（图片来源：NASA）

第二次则是一项动能杀伤飞行器（KKV）试验，由此导致的碰撞产生了数千个碎片，其中大部分碎片将在地球轨道上连续运行数十年。这次特殊碰撞产生了有史以来由单个在轨事件形成的最大碎片云[10]。

地球同步卫星位于赤道上方约 41 843 千米（原文为 26 000 英里——译者注）处，与地球的自转周期相同，这使得它们可以在不消耗大量燃料的情况下长时间保持在地球上方大致相同的位置，通常用于电信信号和其他应用。地球静止轨道上的卫星不容易坠入地球大气层，因此，人们会利用此类卫星的剩余燃料将其送入所谓的“坟墓轨道”。然而，在几乎没有监管的情况下，人们常常选择直接在原地废弃卫星（见图 4 - 3）。

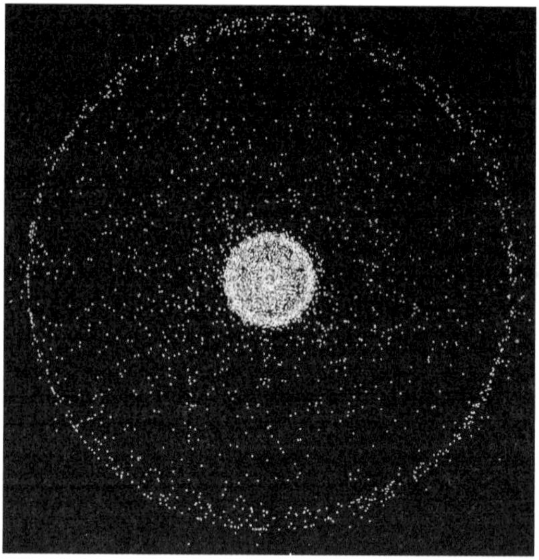

图 4 - 3　环绕地球的空间碎片。极地视角图像显示近地轨道和地球同步轨道上的碎片密度（图片来源：NASA）

如图 4 - 4 所示，轨道上的空间碎片越来越多，多年来，在轨物体数量的增加对所有航天器都有影响，包括国际空间站以及提供重要通信和监视服务的私人和政府卫星。随着碰撞概率的增加，这些服务有可能完全中断数天或数周时间。此外，由于无法使用航天飞机等轨道器进行交会和修理，目前美国无法修复损坏的卫星。最好是能够规避威胁或事先采取防御措施以保护航天器。提前预警能够为我们争取时间，以分析数据并确定救助航天器或宇航员的行动方案，然而，并不是所有航天器都具备这样的能力。最近，在 2018 年 7 月，欧洲航天局曾改变一颗卫星的轨道，避免其与约 122 米外的一块太空垃圾发生碰撞。CryoSat-2负责研究冰川、海平面，遇到撞击物体的概率很小[11]。2018年6月，唐纳德·特朗普总统签署了一项指令，要求将空间碎片危害和太空交通管制纳入政府重点事项，从而使美国重新在外层空间发挥领导作用。

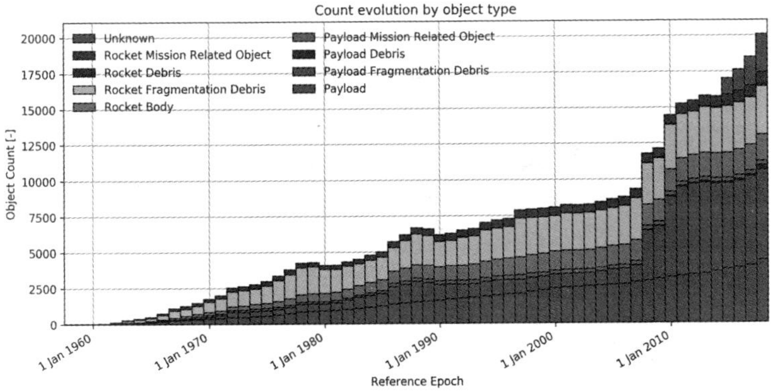

图4-4　在轨太空物体和碎片数量随时间的增长情况

（图片来源：NASA）

如前所述，由于航天器、太空垃圾和卫星以极高的速度绕地球飞行，因此即使是轻微碰撞也会造成巨大破坏。大块的空间碎片可以分解成更小的碎片，这些小碎片更难追踪，但仍然能够撞击现役卫星。如果某国航天器意外或蓄意与其他国家的航天器相撞，就会导致国际问题。为防止碰撞，有必要像美国联邦航空管理局监控飞机一样对太空进行监管。然而，这是一项极其复杂的工作。美国空军太空监视系统——被称为“太空篱笆”的雷达系统，在1961年到2013年间一直处于运行状态，直到2013年进行技术升级。该系统能够探测到约30 578千米高的太空物体和碎片，为避免碰撞，需要对物体进行识别、编目和利用。美国太空编目由范登堡空军基地的联合太空作战中心（JSpOC）负责维护，他们从其他来源收集和分析数据，生成地球轨道航天器的综合视图。“太空篱笆”系统退役后，人们担心缺乏追踪物体的能力，因此采取了雷达监视系统等临时措施，该系统在过渡期间的表现一直十分优秀[12]。

新“太空篱笆”系统即将建成，由强大的电子转向雷达系统构成，预计在 2019 年投入使用（见图 4－5）。2014 年，美国空军和洛克希德·马丁公司签订了一份价值近 10 亿美元的合同，用于改造在伊拉克和阿富汗战区首次测试的光学和激光追踪技术。新系统位于太平洋夸贾林环礁，将能够追踪多达 20 万个在近地轨道运行的轨道碎片。“以前，空军只能追踪识别篮球大小的物体，”政府项目经理达纳·威利（Dana Whalley）称，“新系统将能识别小到垒球大小的物体，这将显著提高我们的能力[13]。”

图 4－5　拟于 2019 年建成的新“太空篱笆”系统可定位太空垃圾、小型卫星和轨道武器（图片来源：《大众机械》杂志）

新“太空篱笆”系统将用于向位于加利福尼亚的范登堡空军基地联合太空作战中心提供第一阶段数据。当雷达探测到一个绕地球运行物体时，将报告该物体并计算其运动轨迹，更新现有记录或在编目中创建新记录。“太空篱笆”系统可以定位一个在轨物体，预测其未来运动路径，并预测任何可能发生的碰撞。此外，它还将把追踪物体的能力扩展到更远的地球静止轨道，并加强了近地轨道的跟踪能力[14]。

与所有电子产品类似，卫星尺寸正不断缩小。随着小型卫星市场的不断增长，“太空篱笆”系统对小型物体的追踪能力的出现恰逢其时。除追踪民用卫星外，它还具有重要的军事价值，能够识别和追踪反卫星武器，其中包括旨在破坏和使天基通信和侦察硬件失能而发射的卫星。这并不是新的威胁，俄罗斯就曾制造出能够在目标附近机动并监视、使其失能或捕捉目标的航天器。新的“太空篱笆”系统将成为监测轨道上任何军事化企图的重要组成部分[15]。

新“太空篱笆”计划将在波长较短的 S 频段范围内运行，取代旧系统中使用的甚高频；还对系统架构进行了改进，以提高探测和分析能力；采用更宽的频段，可以识别数以万计的先前未能追踪到的太空物体。此外，通过在世界各地选择更好的位置安装网络传感器，还能扩大该系统的扫描区域[12]。

按照目前的分辨率，研究人员已经对超过 2 万个约篮球大小的轨道物体进行了编目，然而，据估计，还有成千上万个比棒球还小的碎片，由于其速度很快，仍可能损害现役航天器。“太空任务面临的最大风险来自不可追踪的碎片。”NASA 轨道碎片首席科学家尼古拉斯·约翰逊（Nicholas Johnson）如是说[16]。

在过去的 50 年中，人们至少确定了 9 次非机密卫星之间的碰撞，碰撞风险逐年增加，人们对国际空间站也经常发出空间碎片接近预警。航天器可以给碎片让路以规避碰撞，但计划和执行规避机动可能需要一天以上的时间。如果威胁迫在眉睫，机组人员将不得不转移到较小的逃生飞船上[16]。

有人建议用激光炮减慢物体速度或消除太空垃圾。就在最近，俄罗斯联邦航天局向俄罗斯科学院提议，将一架 3 米长的光学望远镜改造成太空垃圾销毁器，用于向太空垃圾开火，使用激光烧蚀将其气化，通过破坏化学键去除金属表面层。日本和中国都提出了类似的概念[17]。

还有人提议发射一种类似于垃圾车的航天器，收集较小的碎片和报废卫星。航天飞机可能符合这一要求，但由于该计划已被取消，美国没有类似的可用航天器。俄罗斯开发出了一种用于执行长期任务的核动力航天器，负责收集或销毁碎片，这一想法很有发展前景，但人们对核推进系统及其带来的危险有所顾虑。这种航天器能够机动到其他轨道并执行各种任务，将火箭级或卫星拉到较低轨道并清除碎片，因此这一概念具有发展潜力[18]。

日本宇宙航空研究开发机构（JAXA）最新提出用磁网拉近并捕获金属碎片，该机构已与一家捕鱼设备公司合作开发了一种特殊的网，可用于捕获在轨太空垃圾。该带电网由超薄不锈钢和铝制成，首先用于捕获碎片并减缓碎片速度，使其在地球大气层中完全燃烧殆尽[19]。

上述方法各有利弊，但令人欣慰的是，人们对如何清除太空垃圾至少开展了大量研究。与之同样重要的是，应设法限制轨道碎片的数量，让每个公司或发射国对自己的在轨航天器负责。这涉及到执法以及确定责任人问题，1967 年《外层空间条约》中概述的准则规定："各国都应对本国在外层空间的活动负起责任，包括政府和非政府实体开展的活动。"此外，该条约还规定"各国应避免对外层空间造成有害污染"[20]，但各国并没有完全遵循这一规定。目前，清理空间碎片需要拥有在轨航天器的国家就程序达成一致，但尚不能确定各国是否愿意合作以及合作范围。许多国家已经开始关注空间碎片问题，中国为保护本国太空资产最近成立了追踪和处理空间碎片的机构[21]。

2008 年"铱星"与俄罗斯卫星发生碰撞后，联合国成员国通过了一项决议，旨在制定空间碎片准则，呼吁将退役航天器从近地轨道上清除[22]。联合国外层空间事务办公室主任马兹兰·奥斯曼指出："迅速实施空间碎片相关减缓措施是人类的共同利益，尤其有利于为我们的子孙后代保护外层空间环境[23]。"该决议首先提出促进外层空间可持续利用、防止外层空间环境污染的指导方针，这些措施突显出外层空间问题不仅对科学家极其重要，对更广泛的国际社会来说也是意义重大。联合国的指导方针给出一系列缓解措施，涉及航天器规划、设计、制造和运行等各个方面。对任务早已结束却仍留在近地轨道上的航天器，规定要限制其运行寿命，并将其从拥挤的近地轨道上移除，这一点至关重要。迄今为止，上述指导方针由各国自愿遵守，并不具有强制力[23]。

二、立方体卫星和小卫星粉墨登场

立方体卫星属于纳米卫星，是以 10 厘米×10 厘米×10 厘米标准尺寸（单元或“U”）构成的研究型航天器，其大小可以是 1U、2U、3U 或 6U，每个单元的重量通常不到 3 磅[24]。NASA 为立方体卫星开发人员提供了在太空进行科学研究和技术验证的低成本途径，从而为学生和科学家的研究工作提供支持。立方体卫星由商业现货组件制成，安装在标准框架上。NASA 利用“多微卫星轨道部署设备”（P－POD）部署立方体卫星，其立方体卫星发射计划使小型卫星有效载荷有机会搭载大型发射计划升空（国际空间站使用立方体卫星的方式见图 4－6）。

小卫星的日益普及不仅将增加太空垃圾的数量，还提高了发生灾难性碰撞的概率。为降低风险，现行国际指导方针建议，将立方体卫星的最长寿命设为 25 年，并采用某种内置方法使其脱离轨道进入地球大气层。英国南安普敦大学的休·路易斯表示：“一些立方体卫星运营商故意将寿命超过 25 年的卫星送入轨道，有些卫星的寿命甚至长达 100 年[25]。”

在过去的 10 年里，立方体卫星更为普及。各国在 2003 年至 2012 年间共发射了 100 个立方体卫星，而仅在 2013 年就又发射了 100 个立方体卫星。路易斯和他的同事对立方体卫星发射数量进行推断，以便模拟未来 30 年每年发射数百个立方体卫星会造成何种后果。随着时间的推移，在未来 30 年出现立方体卫星与其他航天器相距 16 千米的情况将多达 1 600 万次，甚至更多。尽管科学界对模型参数存在分歧，但都一致认为需要认真研究立方体卫星的风险。第一次立方体卫星碰撞发生在 2013 年，导致厄瓜多尔第一颗立方体卫星全损。电路板大小的小卫星“精灵”可能因体积太小而无法被地面雷达探测到，因此难以进行追踪，且增大了未来碰撞概率[25]。

图 4－6　安装在日本机械臂末端的纳米发射架公司发射器完成一组立方体卫星的部署后，位于国际空间站一名宇航员拍摄了这一场景（2014 年 2 月 25 日）（图片来源：NASA）

三、卫星星座

一网公司和太空探索技术公司计划建造由数百颗卫星组成的星座，分布在近地轨道和中地球轨道。一网公司保证将在下一个 10 年结束前为全世界提供高速互联网访问服务，并在近期将该计划扩展为由 2 000 多颗卫星组成的网络。太空探索技术公司设想的大型星座与之类似，大约由 4 500 颗卫星组成。

“如果我们任务后处置的成功率为 95％，且这些待处置轨道卫星的寿命很短，就仅会产生 26 000 个新物体，发生 40～45 次灾难性碰撞，”路易斯称，“在没有星座的情况下，大约也会发生 37～38 次灾难性碰撞，所以这并不会造成显著增长。但是，如果任务后处置的成功率下降，情况就会迅速改变[26]。”

如前所述，现行国际准则建议卫星在轨时间不得超过25年，但路易斯认为这还不够快。“透过模型，我们可以看到，那些已经运行25年、处于衰减轨道上的卫星其实还与其他卫星相互影响，我们认为这会带来一些后果。”路易斯说道[26]。一网公司预计明年开始发射航天器，并承诺将在卫星服务结束后的5年内使其脱轨。

四、太空赏金

空间碎片涉及很多法律问题。根据海事法，任何个人或组织都可以在未经该船所有者许可的情况下移走弃船，不过依照1967年《外层空间条约》，该规定并不适用于航天器。“一旦航天器发射升空，它就永远都属于你。”詹姆斯·邓斯坦（James Dunstan）如是说。他是一位专门研究太空问题的律师，也是华盛顿特区莫比乌斯法律集团的创始人。因此，即使俄罗斯卫星已经报废，并对正在运行的航天器构成威胁，美国也不会将其从轨道上清除[27]。

邓斯坦与位于华盛顿特区的智囊团，即进步与自由基金会，共同创建了一个经济模型，详细说明了私营企业如何应对清除空间碎片的问题。首先将由一个国际机构设定基本价格，私营公司能够与卫星所有者竞标购买相关权利，以便拥有该航天器并使其脱轨。一旦航天器成功脱轨，该公司可以获得奖励，奖金来源于卫星所有者必须支付的新税款。另一种方式是建立新系统，以利用宝贵的航天器材料。邓斯坦估计，地球轨道上有大量材料，如废弃火箭上面级的高级铝材等，可以将这些空燃料箱收集起来，将其制成低成本的空间站，或者用作其他卫星的保护材料[27]。

启　示

一些专家认为，我们正在接近“凯斯勒现象”，即两个物体在太空中意外碰撞会产生更多的碎片，这些碎片又会与其他物体碰撞并产生更多的碎片。轨道上的碎片会一直扩散，直到近地轨道充满碎片，其他卫星无法通过[28]。正如本章所述，2009 年发生的“铱星”和“宇宙”卫星碰撞事件可以被视为“凯斯勒现象”的早期预警信号。这次碰撞可能产生了数十万个较小的碎片，目前尚无法从地球上追踪到这些碎片。在轨卫星的连锁碰撞将对地球产生灾难性影响，破坏全球通信和成像，同时破坏国家情报工作。

过去的任务留下的残骸一直在太空中飘荡，其中包括没有作用的火箭级和宇航员丢失的设备，甚至还有手套等小型物品。螺栓、镜头盖和各种小物体要么留在轨道上，要么重新进入大气层并燃烧殆尽。阻止向“凯斯勒现象”发展的唯一方式是清除太空中越来越多的物体，首当其冲的就是那些报废航天器或碰撞产生的碎片。

这一解决方案所采用的技术是一把双刃剑，因为只要这种技术具备摧毁报废卫星的能力，就也可以摧毁现役卫星。这种技术产品可以用作武器，具有重大军事意义。然而，无论人们如何看待这一问题，也无论面临何种风险，显然，人们必须采取措施，以防止外太空成为垃圾场。

参考文献

[1] Radowitz, John. [Internet] Mirror. co. uk. 19 Nov 2016. [cited 2018 Jul 16]; Available from: https://www. mirror. co. uk/science/space - junk - one - humankinds - greatest - 9289084.

[2] Clark, Stuart. 2010. Who you gonna call? Junk busters! . New Scientist, 2017(2777), 46 - 49.

[3] Science Editor. [Internet] telegraph. co. uk. 740, 000 pieces of debris orbiting Earth threaten future of spacecraft, warn experts. 21 Apr 2017. [cited 2018 Jul 16]; Available from: https://www. telegraph. co. uk/science/2017/04/21/750000 - pieces - debris - orbiting - earth - threaten - future - spaceflight/.

[4] Zenko, Macah. F P. [Internet]. Foreignpolicy. com; c2014. 135 million pieces of junk are orbiting Earth at 18,000 mph—and US space dominance is in danger of being ripped to shreds. ; 21 Apr 2014 [cited 2017 Oct 12]; Available from: http://foreignpolicy. com/2014/04/21/waste - of - space/.

[5] NASA, [Internet]. nasa. gov; c2001. What is an orbit?; Sep 10, 2003 [cited 2017 Oct 19]; Available from: https://www. nasa. gov/audience/forstudents/5 - 8/features/orbit_feature_5 - 8. html.

[6] Lafleur, Claude. [Internet]. Spacecraft Encyclopedia, c2017. [cited 2017 Oct 24]; Available from: http://claudelafleur. qc. ca/Spacecrafts - index. html.

[7] The Aerospace Corporation. [Internet].aerospace. org; c2017. Space debris basics. [cited 2017 Oct 24]; Available from: http://www. aerospace. org/cords/all - about - debris - and - reentry/space - debris - basics/.

[8] Space Safety Magazine. [Internet]. aerospace. org; c2014. The Kessler Syndrome. [cited 2018 Jul 18]; Available from: http://www.

spacesafetymagazine. com/space - debris/kessler - syndrome/.

[9] David, Leonard. [Internet]. Space. com; c2014. Effects of worst satellite breakups in history still felt today; June 28, 2013 [cited 2016 Feb 15]; Available from: http://www. space. com/19450 - space - junk - worst - events - anniversaries. html.

[10] Johnson, Nicholas et al. [Internet].NASA. gov archives. The characteristics and consequences of the break - up of the Fengyun - 1C spacecraft. 2007. IAC - 07 - A6. 3. 01 [cited 2017 Oct 12]; Available from: http://ntrs. nasa. gov/archive/nasa/casi. ntrs. nasa. gov/20070007324. pdf.

[11] Bartels, Meghan. [Internet] Space. com. Europe's ice - watching satellite dodges space junk in orbit. 10 Jul 2018. [cited 2018 Jul 12]; Available from: https://www. space. com/41126 - european - satellite - dodges - junk - in - orbit. html.

[12] Defense Industry Daily Staff. Don't touch their junk: USAF's SSA tracking space debis. Defense Industry Daily. 26 Aug 2014.

[13] Hennigan W J. Watching over a cosmic minefield; Lockheed's 'space fence' surveillance system will track debris orbiting earth. Los Angeles Times. 05 Jul 2014.

[14] Pappalardo, J. [Internet].Space. com; New 'Space Fence' will spot space junk, small sats and orbital weapons. 16 Apr 2018. [cited 2018 Jul 19]; Available from: https://www. popularmechanics. com/space/satellites/a19831013/space - fence - update/.

[15] Mola, Roger. Air & Space Magazine. [Internet]. Airspacemag. com; How things work: Space Fence. Feb 2016. [cited 2018 Jul 19]; Available from: https://www. airspacemag. com/space/how - things - work - space - fence - 180957776/.

[16] Truong K. Wayward space junk prompts astronauts to shelter in cosmic lifeboat. The Christian Science Monitor. 16 Jul 2015.

[17] Staff. [Internet]. Syfy. com; Russia's sci - fi laser cannon is going to obliterate space junk. 19 Jun 2018. [cited 2018 Jul 19]; Available from http://www. syfy. com/syfywire/russias - sci - fi - laser - cannon - is - going - to - obliterate - space - junk.

[18] Anonymous. 'Space towboats' to have nuclear engines. Interfax: Russia & CIS general news wire [Moscow].11 Feb 2010.

[19] McCurry J. In space, no one can hear you clean: The Guardian. 2014 Feb 28;Sect. 25.

[20] Zenko, Micah. [Internet]. Foreignpolicycom; c2015. Waste of space. ; April 21, 2014 [cited 2015 Aug 08]; Available from: http://foreignpolicy. com/2014/04/21/waste - of - space/.

[21] Zhao L. Agency set to track, deal with space junk. China Daily (Hong Kong ed.). 2015 Jun 10;Sect. "Constellations of Satellites".

[22] Robin McKie and MD. National: Warning of catastrophe from mass of 'space junk': Failure to act would be folly, says report to UN. The Observer. 2008 Feb 24;Sect. 25.

[23] United Nations, [Internet]. un. org; c2015. Space debris: orbiting debris threatens sustainable use of outer space. ; 2008 [cited 2015 Aug 09]; Available from: http://www. un. org/en/events/tenstories/08/spacedebris.shtml.

[24] NASA, [Internet].nasa. gov; c2017. Cubesats overview; [cited 2017 Oct 14]; Available from: https://www. nasa. gov/mission _ pages/cubesats/overview

[25] Marks, Paul. 2014. CubeSat craze is recipe for disaster. New Scientist, 223 (2988), 10.

[26] Pultarova, Leonard. [Internet].Space. com; c2017. Could Cubesats trigger a space junk apocalypse?; April 19, 2017 [cited 2017 Oct 15]; Available from: https://www. space. com/36506 - cubesats - space - junk - apocalypse. html.

[27] Clark, Stuart. 2010. Who you gonna call? Junk busters! . New Scientist, 2017(2777), 46 - 49.

[28] Sommer M. UB researcher studying space junk. Buffalo News. 2014 Jan 19.

第 5 章　美国太空计划及其与军方的关系概要

毫无疑问，太空是一个作战域，不是我们想要如此，而是对手正在威胁太空的和平利用。

——美国空军太空司令部副司令大卫·汤普森少将，2017 年 4 月 4 日[1]

引　言

为了了解当前及未来外层空间的整体应用情况，有必要反思太空探索史以及 NASA 与美国军方之间的关系。

本章详细介绍了美苏太空竞赛期间政治和火箭技术的演变情况，此次太空竞赛随着美国登月而到达高潮。两国凭着登月后的不断努力创建了一个巨大的太空环境科学数据库，与此同时，侦察和破坏航天器的技术也在不断进步。

一、太空竞赛：早期的太空军事应用

历史上，自从二战期间火箭研发开始，直到冷战和太空竞赛到来之前，航天飞行和军事冲突一直存在着千丝万缕的联系。第二次世界大战期间，苏联是美国的盟友，两国通力对抗共同的对手——纳粹德国。1945 年初，丘吉尔、罗斯福和斯大林三巨头会面，以确定战后格局，并提议成立联合国，以此促进国际和平。仅仅几个月后，美国就向日本的两个主要城市投掷了原子弹，展示了其最先进的致命武力，并最终导致了二战的终结。尽管苏联拥有巨大的人力资源，但斯大林清楚地认识到，苏联在武器能力上落后于美国。因此，到 1945 年底，冷战粉墨登场[2]。

作为纳粹德国投降时和解协议的一部分，在德国佩内明德火箭工厂工作的火箭科学家被送往美国或苏联。包括著名科学家和工程师维尔纳·冯·布劳恩（Werner von Braun）在内的德国火箭科学家开发了V-2火箭，这是当时最先进的导弹和弹头运载系统。冯·布劳恩及其同事的精力主要用于开发军事系统，因此推迟了他们的载人航天梦。冯·布劳恩和一百多名德国科学家被送往美国，使用V-2备件研发导弹技术。1946年，更新版本的V-2成功发射，这次是用于和平目的，配备了相关仪器，用于研究地球高层大气[3]。20世纪50年代初期朝鲜战争爆发后，美国的军事重点仍然是研发弹道导弹。冯·布劳恩被任命为美国陆军弹道武器计划负责人，他的工作重点是开发中短程“红石”（Redstone）弹道导弹和中程“丘比特”（Jupiter）弹道导弹[3]。

在接下来的几年间，美国和苏联各自发展了自身的军事能力，包括核弹和导弹运载系统。与此相关的大部分工作都是秘密完成的，与此同时，两国还采取了一系列咄咄逼人的行动，导致政治紧张局势不断加剧。双方科学家都十分关注发射人造地球卫星和使用火箭进行太空探索问题。然而，各国更关注的是借助太空实现军事优势而非科学探索。早在20世纪40年代中期，美国就提出要发射人造地球卫星，但遭到了人们的冷嘲热讽。1946年，美国陆军航空兵资助了道格拉斯飞机公司的“研究与开发项目”，旨在对地球轨道卫星的开发和军事应用进行可行性研究[4]。相关报告预测，“美国若能成功研发人造卫星，将能激发人类的想象力，还可能在世界上产生反响，其影响力堪比原子弹爆炸[5]。”尽管美国海军和陆军航空队表示有兴趣开发用于军事目的的卫星，但杜鲁门总统对研发太空系统并不感兴趣，而是更倾向于航空研究。因此，在“研究与开发项目”之后，美国没有再进行太空研发活动，这使得美国落后于苏联秘密开发的地球轨道卫星和改装的导弹发射系统[4]。

苏联弹道导弹计划的发展之路与美国十分类似，即苏联火箭工程师与来自佩内明德的德国投诚科学家协同工作。20世纪50-60年代，苏联在谢尔盖·科罗廖夫（Sergei Korolev）的领导下取得了众多太空成就，在德国人的帮助下对 V－2 进行了改进，并于 1947 年首次发射升空。科罗廖夫从事的卫星研究却很少得到支持[6]。当时，苏联的注意力都集中在研发弹道导弹和获得相对于美国的军事优势上。在 20 世纪 50 年代末期，冷战不断升级，美国与苏联之间的核战争一触即发[7]。

20 世纪 50 年代初，关注地球高层大气研究的几位国际著名科学家推动了美苏两国卫星的发展。詹姆斯·范·艾伦（James van Allen）带领一群美国科学家开展了一项国际计划，即使用各种方法研究高层大气。与此同时，美国国防部也开始关注火箭和高层大气的科学研究，但侧重点在于实现美国在科技领域的领先地位。国际地球物理年（International Geophysical Year，IGY）——从 1957 年 7 月开始的长达一年的强烈太阳活动期——为 67 个国家提供了研究太空环境的绝佳机会。美国于 1954 年提出一项建议，即将人造卫星送入地球轨道。苏联没有提出任何类似建议，被美国的这项建议弄得措手不及。尽管如此，为了在技术上跟上步伐，苏联准备更加专注于太空探索[8]。

1955 年年中，艾森豪威尔总统宣布，美国正在准备发射小型地球轨道卫星，以此作为国际地球物理年的献礼。此后不久，苏联也表示打算在两年内发射一颗人造地球卫星。这两个声明引起了全世界的关注[8]。20 世纪 50 年代中期，美苏之间的紧张局势不断加剧。尼基塔·赫鲁晓夫是共产党中冉冉升起的一位政治新星，最终于 1958 年成功当上苏联部长会议主席[9]。苏联和美国拥有截然不同的意识形态，双方都有意采取激进措施以确保胜利。然而，由于两国都拥有核武器能力和投放核武器的所需手段，因此两国领导人都认为，和平共处是比战争更好的选择。因此，科学、技术和太空探索方面的进步便成为两国彰显各自优势的象征。

1957 年 10 月 4 日，苏联将世界上第一颗人造卫星斯普特尼克一号（Sputnik－1，见图 5－1）送入轨道。这次任务取得了成功，同时也震惊了整个世界。美国科学家因在外层空间科学与技术方面落后于苏联而倍感沮丧。斯普特尼克卫星的升空彻底改变了世界。世界各地都可以听到该卫星发出的清晰可辨的无线信号，这仿佛时刻在提醒美国，他们再也无法宣称资本主义民主共和制优越于苏联的共产主义制度[10]。此外，美国也意识到，苏联如果有能力将斯普特尼克人造卫星送入轨道，这就意味着苏联同样有能力利用携带核武器或常规武器的弹道导弹攻击其他国家[11]。

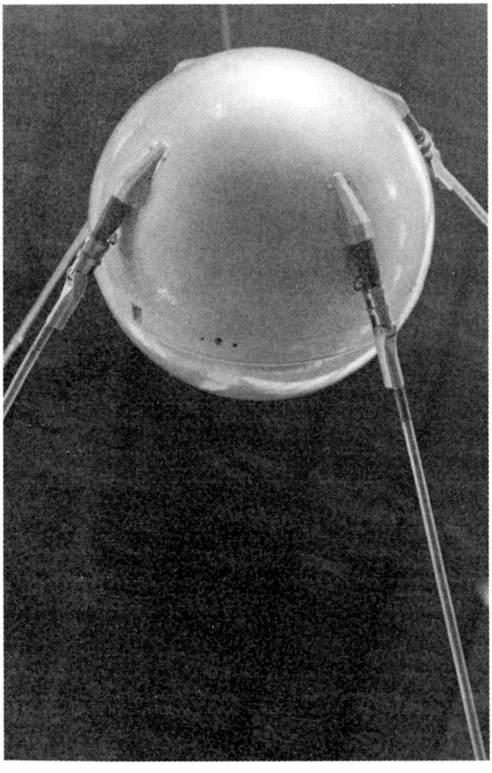

图 5-1 1975 年巴黎航空展上展出的斯普特尼克一号卫星等比模型

（图片来源：NASA）

鉴于这些事件，美国政府官员重新评估了他们的政治优先事项。艾森豪威尔政府因忽视太空在推动军事进步方面的重要性而处在舆论的风口浪尖。艾森豪威尔总统始终认为“斯普特尼克”人造卫星只是一场没有任何实质内容的廉价炫耀，但他现在有义务重新审视实现美国霸权方面的既定策略。美国现在落后于苏联，这对艾森豪威尔的领导能力构成了直接挑战[12]。

美国国防部同时出资两个项目，即由维尔纳·冯·布劳恩的陆军红石兵工厂团队领导的“先锋”（Vanguard）项目和“探险者”（Explorer）项目。丘比特火箭于 1958 年 1 月底成功发射，并搭载了一颗带有小型科学有效载荷的卫星——探险者一号，用于太空磁辐射的测量。1958 年 10 月 1 日，美国国会将国家航空咨询委员会（NACA）与其他政府机构合并后成立了 NASA。NASA 发射了一系列“探险者”航天器，旨在推动进行各种科学实验[13]。

美国和苏联当时都大举投资外层空间任务。艾森豪威尔总统有意与苏联合作，认为这种合作关系可以确保双方致力于和平利用太空。然而，赫鲁晓夫对这种合作却兴趣索然。因此，美国转而提出和平进行太空活动的基本法律框架，并最终导致了 1967 年《外层空间条约》的诞生[11]。

之后，苏联的航天计划将注意力转向了月球探索，首先是使用无人探测器进行月球探索。1959 年 1 月，苏联月球一号（Luna 1）成功发射，成为第一个绕太阳运行的人造物体，随后，月球二号和月球三号也分别于 9 月和 10 月相继发射，月球二号人为撞向月球，而月球三号则成功绕月飞行，并拍摄了月球表面的图像。美国先驱者四号（Pioneer 4）于 1959 年 3 月成功进行了一次掠月飞行。艾森豪威尔的关注点似乎没有受到这些发展的影响，因为太空任务并不能增强国家安全，而且成本高昂，没有明显的回报。因此，他只赞同进行具有特定目的的外层空间科学实验项目[14]。

1958 年底，NASA 设立了第一个载人航天项目，名为“水星”计划，其目的是确定人类在太空生活和工作的能力。NASA 曾多次进行组织变革，以整合相关工作，便于该局就月球任务进行长期规划，这是继“水星”计划之后的进展。“先锋”和“先驱者”计划，以及陆军弹道导弹局及其“土星”火箭计划，都转交由 NASA 负责。

许多科学家都反对这种自我强加的太空竞赛所带来的仓促行事方式。1958 年科学顾问委员会在向总统提交的一份报告中指出，美国一些最杰出的科学家更关注地球相关科学，而不是与苏联的太空竞争。科学家们还认为，对空间科学的热衷可能会削弱其他领域的科学研究。此外，随着与苏联太空竞赛的不断升级，更平衡的科学预算没能获得通过[15]。

1959 年，NASA 为“水星”载人计划挑选了七名宇航员。与此同时，科罗廖夫也计划发射一系列东方号（Vostok）飞船，这些飞船能够在 1961 年之前将第一批苏联人送入轨道[16]。

艾森豪威尔的副总统理查德·尼克松在 1960 年美国总统大选中败给约翰·肯尼迪。尽管艾森豪威尔对费用不菲的太空计划并不感兴趣，但他为 NASA 设立的组织结构确实提高了登月竞赛的效率。肯尼迪总统试图推进与苏联的合作。他在就职演说中表示：“让我们双方都努力创造科学奇迹，而不是制造恐慌。让我们携手探索星辰宇宙[17]。”

然而，苏联却一路领先。苏联宇航员尤里·加加林（Yuri Gagarin）于 1961 年 4 月 12 日被送入太空，成为首位进入外层空间并绕地球飞行的人类。美国人艾伦·谢泼德（Alan Shepard）紧随其后，于 5 月 2 日执行了“水星”任务；随后是约翰·格伦（John Glenn），1962 年 2 月 20 日执行了多轨道飞行任务[17]。

几年来，美国的太空计划一直比苏联落后一步。苏联获得了许多第一：首次将动物送入轨道、首次将人类送入太空、首次载人轨道飞行、首次将女性送入太空，以及首次实现多人太空任务。之后，苏联在多方面拔得头筹，包括：首次实现卫星的商业应用、首次多人飞船飞行、首次舱外活动、探测器首次绕月飞行、探测器首次月球着陆，以及率先实现载人飞船的交会对接活动[18]。

约翰·肯尼迪总统在第一次国情咨文演讲中，要求美国太空计划在十年内将人类送上月球。他决心在太空竞赛中超过苏联，因为他觉得必须阻止共产主义的进一步蔓延。肯尼迪的演讲暴露了这一雄心勃勃的目标背后的动机：

> 我认为，美国应在十年内实现让人类登上月球并安全返回地球的目标。在此期间，没有任何一个太空项目会比这更加震撼人心，也没有任何一个太空项目会比深空探索更加重要；而且，没有任何一个太空项目会如此困难或代价如此之大[19]。

肯尼迪这一大胆的政治宣誓震惊了 NASA 和整个世界。虽然总统可以提供资金和资源，但这种尝试仍充满风险。苏联清楚地意识到了所存在的挑战。按照肯尼迪总统的指示精神，NASA 启动了相关工作。紧随“水星”计划之后的是多人“双子座”计划，最后是阿波罗计划，终于完成了让人类登上月球并安全返回地球的任务。这项登月计划的促成因素与冷战这一背景密不可分。当时，几项重大事件不断加剧了美国和苏联之间的紧张局势，包括 1961 年修建柏林墙、1962 年古巴导弹危机，以及东南亚战争的爆发。两国不止一次地几近爆发核战争。在肯尼迪于 1963 年 11 月被暗杀之后，美国决定完成肯尼迪的梦想，并更加坚定了上述决心。林登·约翰逊在宣誓就任总统后，便致力于实现肯尼迪的登月愿望[11]。

在实现成功登月的过程中，苏联和美国宇航员都付出了生命的代价。终于，在 1969 年 7 月 20 日，阿波罗 11 号指令长尼尔·阿姆斯特朗成为第一个登上月球表面的人类（见图 5－2），美国也凭此超越了苏联。当然，当尤里·加加林成为第一个进入太空的人类时，苏联的成就感与这时的美国并无二致。

二、后阿波罗时代的太空活动

1970 年之后，NASA 开始探讨登月之后的目标，包括研发空间站和可重复使用的航天飞机。为了发射天空实验室空间站，最后三次登月被推迟到 1973 年至 1974 年之后。NASA 决定，阿波罗 17 号

图 5 - 2　宇航员巴兹·奥尔德林在阿波罗 11 号月球表面舱外活动期间准备部署实验包，摄于 1969 年 7 月 20 日（图片来源：NASA）

将是最后一次载人登月，这标志着一个时代的结束[20]。

最后一次阿波罗任务发生在 1975 年。由于国会和尼克松政府限制了预算，阿波罗后续任务被迫取消。登月成功后不久，继续前往月球的渴望便逐渐消退。目标既已实现，美国和苏联之间的紧张局势也得到缓和，因此削减 NASA 的预算恰逢其时，NASA 预算在 20 世纪 60 年代达到了历史最高水平。现在，NASA 已经制定了削减计划，并且普遍希望转向其他太空探索目标，而不是继续为高风险的载人任务提供资金。阿波罗 13 号任务侥幸脱险，这再次提醒人们，太空飞行充满极大的风险[20]。

之后，NASA 的工作重点转向了地球轨道的科学研究，由此出现了两个互相争夺资源的概念：可重复使用的航天器和载人轨道实验室。理查德·尼克松总统成立了一个太空专门委员会，以确定未来太空探索的主要目标和重点事项。尼克松希望留下一个堪比肯尼迪登月计划的传奇。这个委员会建议继续进行以和平为目的的外层空间探索，并延续载人任务以实现某些目标。太空专门委员会认为，公众仍十分关注载人航天活动，因此除进行无人飞行任务之外，延续载人航天任务也至关重要[21]。

太空专门委员会展望未来 15 年执行载人火星任务的可能性，但如果希望着陆火星，必将占用用于科学目的的资金，因此建议在 20 世纪末实现载人火星任务。但在这一时间段，只执行了一系列无人任务，此外还将探测器送上了这颗红色星球。尽管上述工作取得了成功，但载人任务仍然没能得到 NASA 和政府的资助。太空专门委员会还给出了其他建议，包括进行多项无人和载人计划，以促进科学和工程进步，推动国际合作，从而造福整个人类。一般认为，从轨道上俯视地球表面以确定地球环境和大气的健康状况，与探索地球以外的空间以增加人们对太阳系和宇宙的了解同样重要。因此，太空专门委员会制定了一项计划，旨在开发低成本、可靠且可重复使用的太空系统，包括运输载具。相关设想还包括通过国际合作建造太空舱，从而创建可运行的空间站。未来很长一段时间，国际合作进行的科学研究都与空间站有关。此外，该空间站还将提供一个试验平台，用于研究人类长期在外层空间生活所带来的影响[22]。

尼克松总统接受了报告建议，并为 NASA 制定了六大目标：

1）以科学发现为重点，继续进行月球探索。

2）发射一系列地球轨道卫星，用于研究地球、太阳系和宇宙。向太阳系的所有行星发射无人航天器，其中包括探测器着陆火星，长期目标是最终实现载人火星探索。

3）开发低成本、多用途、可重复使用的飞行器，如航天飞机，以降低太空探索和运行成本。

4）通过大型地球轨道实验室“实验空间站”，研究人类在太空中长期生活和工作的能力。长期目标是开发一个多用途平台，将其作为星际飞行的跳板。

5）发展太空相关技术，包括气象、导航、国防和通信应用。使用卫星平台评估地球上的环境和资源。

6）通过国际合作实现太空探索，以整合资源，更快地取得成果，并造福世界各国[23]。

尼克松传递的主要信息是削减成本高昂的大型太空计划。因此，阿波罗 18 号到 20 号任务均被取消，但“天空实验室”空间站任务和航天飞机计划得以幸存。总统认为，削减太空计划可能导致美国失去在太空技术和研究方面的国际优势，这是一种美国无法接受的损失。航天飞机计划实现了一种完美平衡，既能实现载人科学任务，也能令其他太空任务获益。随着可重复使用的航天器的使用，太空旅行成本将有所降低。1972 年，航天飞机计划勉强获得了国会的批准[24]。

NASA 为保持美国的太空优势而大肆游说。尼克松决定，太空计划应与国内其他计划和需求处于同一水平，不会给予特别照顾。由于需要大量资金，NASA 将不会再进行近地轨道以外的载人航天活动。航天飞机成为 NASA 继阿波罗计划之后开发的重大项目，但其具体目标和长期战略并不清晰[25]。

尼克松总统于 1970 年提出的“太空条令学说”详细说明了相关政策，时至今日，这些仍是美国太空政策的核心内容。尼克松总统的策略是削减开支，并支持低成本的研究工作和太空项目。1972 年，尼克松宣布投资航天飞机计划，以便为未来的太空探索开辟道路。然而，缺乏明确的愿景给航天计划造成了数十年的困扰。由于资源不足且政府和公众对此缺乏兴趣，人类到达地球轨道之外和载人火星探索的愿望被搁置了 40 多年[25]。

三、空间站

NASA 的空间站计划必须具备费用可行性。20 世纪 60 年代初，冯·布劳恩在马歇尔航天飞行中心提出了一个大型地球轨道站方案，可从该空间站发射前往月球或其他地方的航天器。阿波罗号则是利用月球轨道交会，去掉了绕地球轨道的运行。空间站被归为未来研究，旨在确定其在航天计划中的适当位置[26]。另外还提出了几类空间站设计方案，其中一些庞大而复杂，可通过旋转空间站形成的离心力产生人造重力。1963 年年中，NASA 确定了地球轨道实验室的目的和计划，其早期任务是研究人类在太空长期失重条件下的工作和生活情况。其载人实验室将用于研究和实验，并重点关注地球资源，以及外出进入太空等问题[26]。

建造复杂、大型或旋转空间站的方案因成本太高而被否决，还有一个更重要的原因是，建造如此巨大的空间站缺乏令人信服的依据。冯·布劳恩认为，NASA 对长期太空探索计划缺乏投资。1964 年，NASA 的空间站预算受到削减，中型或大型空间站的未来岌岌可危。美国重新设想了宏大目标，即将阿波罗计划扩展为地球轨道实验室。与此同时，美国空军也开始关注轨道实验室，并将其视为天空实验室的竞争对手[26]。

四、美国空军与 NASA

20 世纪 60 年代中后期，美国空军开始关注建造载人轨道实验室问题，并将其作为绝密项目。空军建议，太空舱内应能容纳多达四名军事乘员，他们在舱内能长期工作和停留。从表面上看，该轨道实验室是用于科学目的，但该空间站也可为秘密侦察苏联的太空活动和军事应用提供一个窗口。一个厢式货车大小的加压舱将与改进后的“双子座”太空舱相连，并利用大力神-3 军用火箭发射到近地轨道[27]。

空军有意让 NASA 负责将军事宇航员运送至载人轨道实验室所

需的设计和开发工作。NASA 最终只扮演了一个辅助角色，该项目的大部分开发工作都由空军承担。按照空军的计划，要建造三个太空舱，分别用于地球科学研究、天文学研究和太空系统测试。该载人轨道实验室位于赤道轨道，以避免飞越苏联（除非改变轨道）上空，这就取消了对苏联进行侦察的任务目标。在载人轨道实验室的开发过程中，约翰逊总统的国内项目和如火如荼的越南战争挤占了部分政府资金。1968 年，空军预算受到削减；美国经济衰退后，可用资金再次下降。随着战争持续消耗军事预算，未来太空计划很难延续。不久，载人轨道实验室计划就被完全取消[27]。

五、天空实验室

20 世纪 60 年代初期，NASA 拟开发一个小型、高效的近地轨道空间站，旨在利用早期“双子座”和“阿波罗”任务中剩余的火箭和太空硬件。“阿波罗应用项目”拟使用空的土星五号运载火箭上面级作为与阿波罗指令舱对接的基本舱（见图 5-3）。该空间站取名为“天空实验室”，用于研究地球和太空飞行的长期影响。至少在完成第一次登月之前，天空实验室项目要为阿波罗计划让路。该项目投资远低于阿波罗计划，但是，NASA 认为，登月计划之后，更重要的是要着眼于未来项目，以便使美国受益并保持美国在太空方面的领导地位。尽管在登月计划之后，美国的投资力度有所下降，但 NASA 始终认为，天空实验室有助于研究人类在太空生活和工作的问题，与此同时，有助于保持载人航天的延续性[26]。

国会不希望继续投资天空实验室，空军借机参与进来。当时，空军已在从事绝密的载人轨道实验室项目，该项目原本计划对苏联执行长期监视任务。载人轨道实验室任务可以与即将到来的航天飞机计划相结合[28]。此外，NASA 的天空实验室计划也提供了一个更大的平台和更先进的设备，因此人们认为载人轨道实验室计划可以与天空实验室计划加以整合。如此一来，天空实验室计划也获得了许可[26]。

图 5-3　以土星火箭上面级为轨道工作室的天空实验室设计，于 1973 年发射升空（图片来源：NASA）

到了 1971 年，空军将其计划从空间站转移，并决定将相机和监视设备部署在极地轨道卫星上，以增强灵活性。因此，载人轨道实验室计划被取消。天空实验室计划在没有军方资助的情况下继续运行，并于 1973 年 5 月发射升空。天空实验室成功运行了数年时间，然后人为脱离轨道，并在再入过程中安全烧毁[29]。

由于天空实验室任务的成功，NASA 认为可以扩展天空实验室的概念，建造更大的长期载人空间站，并由航天飞机提供物资。这种空间站也可以作为前往火星的跳板。政治再次成为决定性因素。1972 年，尼克松总统宣布将投资航天飞机，但不会投资空间站。因此，航天飞机得以保留，但却没有明确的任务，这对未来四十年的事态发展构成了影响[29]。

六、航天飞机

继 20 世纪 60 年代后期阿波罗计划之后，NASA 努力保持美国在太空的领导地位，提出了可重复使用的航天飞机这一概念，以此作为一种低成本的载人运输工具，航天飞机将在地球表面和近地轨道之间运行，并与载人空间站（更新、更大、更持久的天空实验室）实现对接。1970 年，NASA 显然无法再获得航天飞机和空间站的投资。NASA 认为，航天飞机获得资金的机会更大，因此把重点转向航天飞机计划。与往常一样，资金问题再次决定了太空探索的未来走向。

航天飞机的设计取决于成本估算，必须做出重大改变才能使该项目不超预算。1972 年初，尼克松总统批准开发航天飞机，以便使美国在整个 20 世纪 80 年代及以后的载人和无人航天任务方面保持全球领先地位。然而，由于预算限制，影响了航天飞机的性能。100％可重复使用的运载系统的原定目标一直未能实现，固体火箭助推器经过整修可以重复使用，但外部燃料箱只能被丢弃，无法实现海上回收。

政府投资再次成为 NASA 太空探索目标的制约因素。航天飞机的有限预算导致该项目至今仍在因缺乏远见而饱受指责。航天飞机原本计划作为国际空间站的运输系统，但直到航天飞机时代结束之后，空间站才完全建成，因此，这一目标最终也未能实现。在国际空间站全面运行之前，航天飞机项目就已经宣告结束，令美国不得不依赖俄罗斯的飞船运送乘员并为空间站提供物资[30]。从 1981 年到 2011 年，航天飞机共运行了 30 年[31]。

航天飞机系统表明，可以设计一种可部分重复使用的飞行器，使其能够进入轨道，执行运送和维修卫星等日常太空任务，并与空间站实现交会对接以运送宇航员和物资。如前所述，航天飞机一直未能成为将有效载荷发射到地球轨道的完全可重复使用、具有成本效益的运输系统[32]。尽管如此，从 1998 年开始，航天飞机在几年时间内，一步步完成了国际空间站的建造（见图 5-4）。

图 5-4 STS-1，航天飞机首次发射（1981 年 4 月 12 日）

图片来源：NASA 官网

航天飞机在其 30 年的历史中取得的最重要成就包括：

1）135 次发射以及超过 1 300 天的太空飞行；

2）2 300 次实验飞行，以在微重力环境下进行试验；

3）将超过 350 万磅的货物送入轨道；

4）在太空中度过了近 20 万个工时；

5）搭载过来自 16 个国家的 355 名宇航员；

6）部署了 180 颗卫星和其他有效载荷（包括国际空间站组件）[33]。

航天飞机为科学研究提供了一个微重力实验室。航天飞机的研究主要在空间实验室（Spacelab）或者放置在轨道器有效载荷舱内的其他空间实验室实验单元上进行。此外，也可以在国际空间站上进一步进行更大规模的研究。微重力研究首先在天空实验室上进行，后来在航天飞机上进行，然后扩展到国际空间站上与其他实验一起进行[34]。

七、空间实验室

空间实验室概念起源于尼克松总统委任的太空专门委员会。

20 世纪 70 年代初，NASA 首次竞标空间站被拒后，便推出了空间实验室舱这一概念。NASA 立即修改了研究与应用舱（RAM），这些舱将利用航天飞机的有效载荷舱进入轨道，并作为独立的实验室舱实现其功能，而且还将在航天飞机任务结束时返回地球[35]。NASA 为欧洲提供了机会，以便就空间实验室展开合作，并与欧洲当时的两个航天机构展开了讨论，这两个航天机构分别是欧洲运载火箭发展组织（ELDO）和欧洲空间研究组织（ESRO）。后来，这两个机构于 1975 年合并为欧洲航天局（ESA）[36]。

欧洲国家同意开发一种专用太空舱/空间实验室，以充分利用航天飞机的能力进行科学研究。所需技术和资金都由欧洲航天局提供。1973 年 8 月，十个欧洲伙伴国家签署了一份国际协议（最初只有九个国家签署，奥地利是后来签署的）。该协议被称为“空间实验室谅解备忘录”，这是第一份如此大规模的国际技术与科学合作协议。该协议赋予了欧洲资助、设计、建造和交付空间实验室的权利，以换取在航天飞机上共同执行第一项任务的机会。1974 年 6 月，欧洲航天局选择了一个工业集团负责开发模块化部件，以装入空间实验室内部，其中包括一个加压实验室。该实验室将为商业企业和高等院校提供开展各种研究活动的机会。当时，美国国会也在鼓励 NASA 拓展与私人和国际合作伙伴的合作关系，以实现共同的目标[37]。

空间实验室项目使管理程序和系统集成更加复杂。空间实验室首次飞行计划是一项合作任务，NASA 和欧洲航天局都进行了同等规模的飞行实验。政治因素在建立国际团队协议相关责任和条款方面发挥了重要作用[35]。空间实验室设计成可以装入航天飞机货舱内并与乘员舱相连，以让科学家能够在只穿衬衫即可的加压实验室中工作（见图 5 - 5）。此外，未增压的外部托盘将为天文学、地球大气研究和其他观测领域的外部数据收集与研究提供研究平台。该实验室具有适应性和可重复使用性，在近地轨道的微重力环境中进行了数百次实验[37]。空间实验室于 1983 年在哥伦比亚号航天飞机上进行了首次飞行，这也是他国公民第一次作为宇航员乘坐美国航天器[38]。

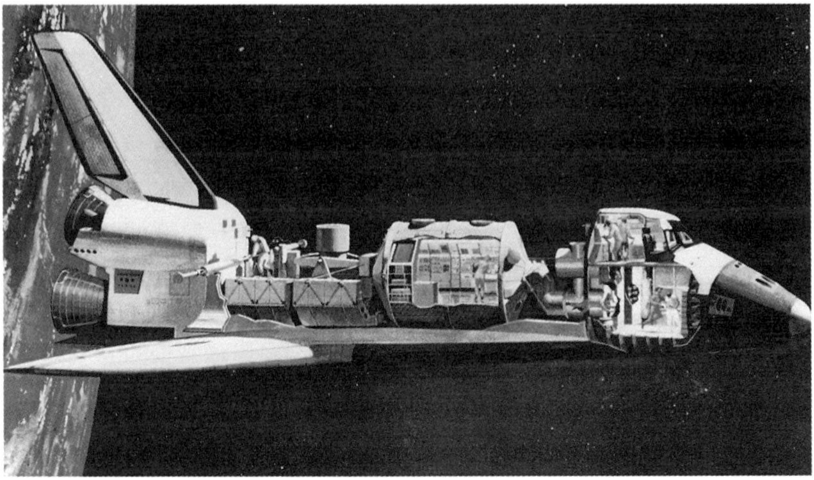

图 5 - 5　空间实验室示意图

（图片来源：NASA）

空间实验室是开发国际空间站的中间步骤，这使 NASA 在欧洲航天局的财政支持下实现了多项科学目标。1972 年，NASA 由于无法同时资助航天飞机和空间站，因此推迟了大型空间站的开发。在此期间，空间实验室提供了进行太空实验的机会。

位于阿拉巴马州亨茨维尔的马歇尔航天飞行中心负责空间实验室的整体项目规划和管理，而欧洲航天局则负责设计和开发太空舱和托盘。马歇尔航天飞行中心拥有丰富的国际空间合作和任务经验，为未来的国际空间站规划了类似的太空舱[37]。

通过航天飞机在空间实验室完成的研究形成了在天文学、生物学和晶体学方面的重大发现。这为在国际空间站上进行更深入的实验铺平了道路。

八、军方对航天飞机任务的影响力

美国国防部十分关注航天飞机的军事应用。空军的任务是与 NASA 合作开发航天飞机系统。航天飞机的货舱设计应能容纳间谍卫星，在挑战者号出事之前，军方一直使用航天飞机的有效载荷舱运输侦察设备。尽管 NASA 对外宣称航天飞机是民用飞行器，但美国国防部仍然愿意出资，并与 NASA 合作开展军事太空行动，如在近地轨道使用侦察和国家安全有效载荷等。除非 NASA 修改其设计，以适应军事太空计划，否则就得不到政治和财政支持。对于国防部来说，航天飞机是军事太空行动更便宜、更灵活的方案[11]。

一些军事任务需要将卫星发射到大倾角轨道，以观测地球上的重点区域。侦察和成像卫星最终需要到达极地轨道。加利福尼亚范登堡空军基地的军事发射设施所处的位置非常适合航天飞机发射，可以从海洋上飞过以到达预期的轨道，而如果从佛罗里达州的卡纳维拉尔角发射，在发射后，航天飞机还需要飞越人口稠密地区。美国空军的航天飞机时代可以说始于 1986 年，当时宇航员鲍勃·克里平（Bob Crippen，航天飞机的第一位乘员）出任第一次极地轨道任务的指令长。当时，航天飞机携带野鸭-红宝石（Teal Ruby）试验卫星进入太空，同时还在有效载荷舱携带了远程遥感卫星。人们对航天飞机承担军事太空任务抱有极大期望。为迎接绝密任务，1979 至 1986 年间，国防部培训了 32 名海军和空军军官以担任军事宇航员。1986 年，国防部启动了“军事载人航天计划”，以确保强大的载人军事存在。空军认为，在处理复杂情况方面，拥有丰富经验的军事宇航员的判断力至关重要[39]。

很明显，在航天飞机计划的早期，难以实现每年多次发射，也难以缩短两次发射之间的转场时间。美国军方重新评估了将航天飞机用于军事任务的计划。为了将军事系统送往太空，对航天飞机采用严格的发射准则似乎不具可行性。美国军方重新评估了航天飞机相对一次性运载火箭的成本优势。随着无人运载火箭任务的继续，军方就航天飞机能否满足其需求进行了评估。空军副部长兼高级军事官员皮特·奥尔德里奇（“Pete” Aldridge）被选中执行在范登堡发射的第一次航天飞机任务。挑战者号爆炸后不久，范登堡的航天飞机任务均被取消，而五角大楼也重新启动一次性火箭的研发以运送有效载荷。此后，只有需要宇航员协助才能进行的试验方能搭乘航天飞机[39]。

20 世纪 80 年代，国防部建议开发一种可以像飞机一样起飞、入轨、执行任务并成功返回的高超声速太空飞机。这种太空飞机是一种单级入轨（SSTO）式飞行器，由 NASA 协助开发，主要用于军事目的。1983 至 1985 年间，国防部高级研究计划局资助了该项秘密计划。里根政府将该飞行器命名为“国家空天飞机”，代号为 X-30。这种飞行器的设计十分复杂且极具挑战性，存在许多技术难题。在耗资数十亿美元后，该项目于 1994 年宣告结束。然而，这种类型的飞行器及其背后的技术理念，至今仍是军事太空防御和作战能力的重要组成部分。太空中的军事存在始终被认为是国家安全战略的重要内容[40]。

1982 至 1992 年间，有多项航天飞机任务仍被军方列为机密。在此期间，NASA 发射了 11 个秘密有效载荷，并按照军方要求对货舱进行了变更。在所有训练有素的军事宇航员中，只有一位登上了航天飞机，即加里·佩顿（Gary Payton），后来他成为空军负责太空事务的副部长。军事有效载荷得以成功发射，相关任务需求也得到了满足[41]。

九、国际空间站

1982 年，航天飞机投入使用之后，NASA 便启动了大型载人空间站的概念设计，该大型载人空间站将随着时间的推移完成建造并与可装入航天飞机有效载荷舱的各个太空舱相连。设计将充分利用航天飞机的能力，并将作为外层空间探索的中转基地，这是一项创举。在技术和资金方面展开国际合作被视为重点。NASA 负责领导这项工作，并邀请加拿大、美国的欧洲盟友和日本参与此项任务。当时，一些国家已与 NASA 合作开发航天飞机。例如，加拿大成功开发了遥控机械臂，可以安装在轨道器的有效载荷舱内，旨在部署和维修卫星；欧洲航天局也参与了空间实验室的开发，即可以装入航天飞机货舱的载人空间实验室舱。

1984 年，里根总统在国情咨文演讲中表示，他支持建造一个永久性载人地球轨道空间站：

> 只要我们敢于梦想，美国总能创造辉煌。我们可以再次成就辉煌。我们可以追逐梦想，探索遥远的星空，并在太空中生活和工作，以造福和平、经济和科学。今晚，我要求 NASA 开发一个永久性载人空间站，并要在十年内完成[42]。

该载人空间站被宣称为一项技术壮举，可以加强经济、进行尖端科学研究并提高人类生活的整体质量。到 1985 年，日本、欧洲航天局和加拿大决定参与。空间站最初被命名为自由号。虽然获得了初步批准，但该空间站始终未能建成，在演变成如今的国际空间站之前历经几次预算缩减[43]。最终的国际空间站可以说是人类最伟大的技术成就之一。国际空间站于 1998 年开始组装，历时 15 年，需要执行 30 多次任务才最终建成[43]。

1989 年，老布什总统在“太空探索计划”中大致论述了自由空间站的建设工作，同时还制定了载人重返月球计划，以及未来载人火星任务。这些新项目预计在 20 至 30 年内将耗资约 5000 亿美元，但却遭到了白宫和国会的反对。布什总统将目光转向国际合作伙伴，但事实证明，这一设想耗资过于庞大。1990 年，总统成立了未来太空计划咨询委员会，旨在向 NASA 提供建议。该委员会认为，NASA 应重点关注地球和太空科学研究，从而从根本上结束各种新的载人航天任务。布什总统命令 NASA 继续遵循这些建议。1996 年，克林顿政府的《国家太空政策》彻底将载人探索从美国国家议程中移除[44]。

但是，人们依然对近地轨道载人空间站有着浓厚的兴趣。1993 年，克林顿总统指示 NASA 重新设计空间站，以更便宜的模块取代自由号空间站。国会投票以微弱优势通过了国际空间站方案。克林顿政府与俄罗斯合作，帮助建造国际空间站并向空间站运送所需物品[45]。俄罗斯作为美国合作伙伴参与项目，负责提供组件以及技术和财政支持。人们认为，克林顿将俄罗斯列为开发国际空间站的重要参与者是一种外交策略。在国际空间站运营和建设方面将俄罗斯确定为与美国对等合作伙伴后，俄罗斯随即同意接受正式的弹道导弹扩散政策。美国许多科学家、宇航员以及公众和行业领袖都反对扩大俄罗斯在美国航天计划中的角色。事实证明，他们的担忧不无道理，俄罗斯最终在履行其承诺的投资方面一波三折，这是一个棘手问题，因为俄罗斯舱是空间站的第一个关键舱。该舱将为乘员提供生命保障，并为轨道综合体提供推动力和控制。由于这一组件的拖延，NASA 决定建造一个美国临时舱，从而使该计划得以继续。随着时间的推移，所有问题最终都得以解决，该舱也成功交付[46]。

事实证明，国际合作对于国际空间站的成功建造至关重要。俄罗斯为空间站提供了几个太空舱，还提供了将乘员和货物送入轨道的运载工具。由于不需要再投资建造自己的空间站，俄罗斯的太空计划也取得了一定进展，且投入更有保障。国际空间站的第一个组件由俄罗斯火箭发射入轨，2 年后，即 2000 年，第一名乘员也抵达国际空间站。从那时起，人类就一直在使用国际空间站[47]。

国际空间站是一项伟大的计划，在时间和财务估算上出现了许多难以预测的问题，费用超支也在所难免。多年来，国际空间站分阶段推进，直到 2011 年才正式建成（见图 5-6）。

图 5-6　国际空间站

（图片来源：NASA）

经过 15 年的连续运行（这也是初始设计寿命），国际空间站解决了长期面临的资金问题，并将运行期限延长至 2024 年。奥巴马总统支持延长对国际空间站运行的资助。然而，国际合作伙伴的财政支持却存在不确定性。为确保国际空间站的长期运行，必须对关键系统进行评估，以确定需要进行哪些升级。最重要的是，航天飞机的退役限制了美国运送物资、更换大型部件以及运送和轮换乘员的能力。美国宇航员不得不借助俄罗斯的联盟号飞船运送，这对 NASA 和支持航天计划的人士而言是一项有争议的决定。对于许多人来说，很难接受在美国乘员运输和安全方面要依赖俄罗斯，更何况将一名宇航员运送到国际空间站的费用高达 8 000 万美元。

在弗拉基米尔·普京担任总理期间，俄罗斯与美国之间的政治关系日益紧张。2015 年初两国关系趋缓后，双方同意在 2024 年国际空间站延期结束后，再建造一个新的空间站。除该空间站协议外，俄罗斯和美国还同意合作建造第一个月球空间站，并由 NASA 牵头，以朝着将人类送上火星的长期计划迈进。NASA 局长查尔斯·博尔登（Charles Bolden）证实了这种伙伴关系，并指出："我们将在火星领域展开合作。我们正在讨论如何充分利用资源和资金，也在确定时间框架并进行工作分工，以避免重复劳动[48]。"

启　示

几十年来，美国和俄罗斯的航天计划一直有着千丝万缕的联系，起初是彼此竞争，但在登月之后，转变成为合作和伙伴关系。在合作期间，美国可以自由购买俄罗斯的发动机以及太空运载工具，以便向国际空间站运送物资和乘员。2011 年 7 月航天飞机退役后，NASA 失去了向太空运送宇航员的能力。猎户座多功能载人飞船将是 NASA 的下一代运载工具，但需要到 2021 年之后才具备运送宇航员的能力。在此期间，NASA 运送乘员的唯一选择是支付费用，搭乘俄罗斯的联盟号飞船。目前，私营企业表示有意开发这种能力。太空探索技术公司和轨道科学公司都赢得了 NASA 合同，将开发可将货物运送到国际空间站的载具，并将以较低的费用提供近地轨道运载能力。NASA 现在能够关注深空探索和更深远的目标。2014 年，NASA 局长查尔斯·博尔登宣布，波音和太空探索技术公司将建造第一批私人飞行器（波音的 CST－100 和太空探索技术公司的龙飞船 2 号），用于将美国宇航员送往国际空间站，自 2011 年以来，这也是首次恢复美国从本土运送宇航员的能力[49]。

从历史上看，NASA 的大部分预算给了私人承包商，用于设计和制造太空飞行器、火箭及其他设备，而 NASA 则负责整个项目的监督、管理和运营。现在，NASA 可以将一些运输和近地轨道业务交给私营企业。这是一种重大转变，关乎 NASA 的未来。一些专家争论的焦点在于：私营企业是否能够满足近地轨道以外载人航天的技术能力和安全要求。可以肯定的是，未来的太空探索将得到众多不同资源的支持。公众和 NASA 已经意识到，除传统的政府资金外，未来的载人和无人任务还需要来自私人和国际合作伙伴的相关资源。

美国军方一直在关注并参与 NASA 的任务进展和成果。然而，这是由 NASA 自己的目标驱动的。如果有另一个机构也在参与国防和国家安全领域的研究和实验，那么就需要进行工作协调。科学发现的军事利用并不是一个新概念。例如，20 世纪科学家发现的核裂变很快被用于研发具有巨大杀伤力的核弹。美俄两个国家的军事和政治动机推动世界在太空领域取得了大量成就。如今，外层空间仍然是一个潜在的战场，不仅需要加以保护，还可以加以利用。

参考文献

[1] Koren, Marina. [Internet] The Atlantic. America's space commanders rattle their lightsabers. 05 Apr 2017; Sputnik; [cited 2017 Sep 08]. Available from: https://www.theatlantic.com/science/archive/2017/04/space-war/521910/.

[2] Historylearning.com Staff. [Internet] Historylearningsite.co.uk; c2015. 1945 - 1950; [cited 2015 Sep 05]. Available from: http://www.historylearningsite.co.uk/modern-world-history-1918-to-1980/the-cold-war/1945-1950/.

[3] National Aviation Hall of Fame. [Internet] nationalaviation.org; c2011. Wernher Von Braun. [cited 2015 Sep 02]. Available from: http://www.nationalaviation.org/von-braun-wernher/.

[4] Kalic, Sean N. US presidents and the militarization of space, 1946 - 1967. College Station, Tx: Texas A&M University Press; 2012. 224p.

[5] Aeronautics and Space Engineering Board, Division on Engineering and Physical Sciences. Forging the future of space science: the next 60 years. National Research Council; 2010. 166p.

[6] Dawson, L. The Politics and Perils of Space exploration. Springer Praxis Books; 2016. Chapter 6, Politics and the Space Race; p. 107 - 126.

[7] Zak, Anatoly. Sep 2003. The rest of the rocket scientists. Air & Space Magazine.

[8] Siddiqi, Asif A. [Internet] History.NASA.gov; c2015. Korolev, Sputnik, and the International Geophysical Year; [cited 2015 Sep 07]. Available from: http://history.nasa.gov/sputnik/siddiqi.html.

[9] Global Security Staff. [Internet] globalsecurity.org; c2015. 1955 - 1964—Kruschev; [cited 2015 Sep 08]. Available from: http://www.globalsecurity.org/military/world/russia/khrushchev.htm

[10] Chalmers M Roberts, Staff Reporter. 1957. Sputnik healthily destroyed some illusions. The Washington Post and Times Herald (1954 - 1959);1.

[11] L. Dawson. The Politics and Perils of Space Exploration. Springer International Publishing; 2017. Chapter 6, Politics and the Space Race; p. 107 - 126.

[12] Mieczkowski, Yanek. Eisenhower's Sputnik moment: the race for space and world prestige. Ithaca, New York: Cornell University Press; 2013.368p.

[13] Coldwar Org Staff. [Internet] coldwar. org; c2015. Sputnik; [cited 2015 Sep 08].Available from: http://www. coldwar. org/articles/50s/sputnik.asp

[14] Planetary Staff. [Internet] planetary. org; c2015. Sputnik; [cited 2015 Sep 08]. Available from: http://www. planetary. org/explore/space - topics/space - missions/missions - to - the - moon. html# pioneerp3.

[15] Madrigal, Alexis. [Internet]. theatlantic. com; c2015. Moondoggle: the forgotten opposition to the Apollo program. Sep 12, 2012. The Atlantic—Technology. [cited 2015 Sep 09]; Available from: http://www. theatlantic. com/technology/archive/2012/09/moondoggle - the - forgotten - opposition - to - the - apollo - program/262254/.

[16] Staff. [Internet] Au. af. mil; c2015. Eisenhower years: 1953 - 1960; [cited 2015 Sep 09]. Available from: http://www. au. af. mil/au/awc/awcgate/au - 18/au18003c. htm.

[17] Sagdeev, Roald & Eisenhower, Susan. [Internet] NASA. gov; c2008; United States - Soviet space cooperation during the Cold War. [cited 2015 Sep 09]. Available from: http://www. nasa. gov/50th/50th _ magazine/coldWarCoOp. html.

[18] Braeunig, Robert. [Internet] Braeunig. us; c2011. Manned space flights; [cited 2015 Sep 09]. Available from: http://www. braeunig. us/space/manned. htm.

[19] NASA. gov. [Internet] NASA. gov; c2014. NASA—excerpt from the 'special message to the congress on urgent national needs'; [cited 2015 Sep 09]. Available from: https://www. nasa. gov/vision/space/features/jfk_speech_text. html#. VfDorxFVhBc.

[20] Silber, Kenneth. 16 July 2009. Down to Earth: the Apollo Moon missions that never were. Scientific American.

[21] NASA. gov. [Internet] Report of the Task Force on Space. Jan 08 1969. [cited 2017 Sep 09]. Available from: https://history. nasa. gov/SP - 4407/vol1/chapter3 - 3. pdf.

[22] Space Task Group (US). The Post - Apollo space program: directions for the future. [Internet] History Office, NASA Headquarters, Washington, D. C. 1969 [cited 2015 Sep 21]. Available from: http://www. hq. nasa. gov/office/pao/History/taskgrp. html.

[23] Whittington, Mark. [Internet] Examiner. com. The 1969 space task group and why it failed to chart a post - Apollo space program. [cited 2016 Feb 20]. Available from: http://www. examiner. com/article/the - 1969 - space - task - group - and - why - it - failed - to - chart - a - post - apollo - space - program.

[24] Follett, Andrew. [Internet} College of William and Mary. 06 2013. The wrong right stuff: why NASA consistently fails at Congress. [cited 2018 Jul 22]. Available from: https://scholarworks. wm. edu/cgi/viewcontent. cgi? referer = https://www. google. com/&httpsredir = 1&article = 1593&context=honorstheses.

[25] Logsdon, John M. After Apollo? Richard Nixon and the American space program. NY: Palgrave Macmillan; 2015. 368p.

[26] Compton, W. David and Benson, Charles D. The NASA History Series. [Internet] history. nasa. gov; SP - 4208 Living and working in space: a history of Skylab; [cited 2015 Sep 22]. Available from: http:// history. nasa. gov/SP - 4208/ch1. htm.

[27] Dorr, Robert F. [Internet].Defensemedianetwork. com; Air Force Manned Orbiting Laboratory(MOL) astronauts would have conducted surveillance and scientific research; Oct 19, 2011 [cited 2015 Sep 23]; Available from: http://www. defensemedianetwork. com/stories/what - might - have - been - manned - orbiting - laboratory - mol/.

[28] Wordpress Staff. [Internet] wordpress. com; False steps: the Space Race as it might have been; the manned orbiting laboratory: a USAF space

station; July 15, 2012. [cited 2015 Sep 24]. Available from: https://falsesteps. wordpress. com/2012/07/15/the - manned - orbiting - laboratory - a - usaf - space - station/.

[29] Flank, Lenny. [Internet] Dailykos. com; The sky is falling: the life and death of Skylab; Apr 16, 2014 [cited 2015 Sep 24]; Available from: http://www. dailykos. com/story/2014/04/16/1250880/- The - Sky - is - Falling - The - Life - and - Death - of - Skylab.

[30] Logsdon, John M. May 1986. The decision to develop the Space Shuttle. Space Policy. 2:2:103 - 119.

[31] NASA. gov. [Internet] NASA. gov; Oct 10, 2004 [cited 2015 Nov 11]. Available from: http://www. nasa. gov/externalflash/the_shuttle/.

[32] Wall, Mike. [Internet]. Space. com; c2012. Space Shuttle Discovery: 5 surprising facts about NASA's oldest orbiter. ; April 19, 2012 [cited 2015 Nov 16]; Available from: http://www. space. com/15330 - space - shuttle - discovery - 5 - surprising - facts. html.

[33] CBS. news. [Internet]cbsnews. com; Space Shuttle: 30 years of fascinating facts. July 21, 2011; [cited 2015 Nov 15]. Available from: http://www. cbsnews. com/news/space - shuttle - 30 - years - of - fascinating - facts/.

[34] Witze, Alexandra, Kenneth. 18 June 2011. Good - bye Shuttle: looking back at the space plane's scientific legacy. Science News Vol. 179. No. 13, pp. 20 - 21.

[35] Walter Froehlich. The NASA History Series. [Internet] history. nasa. gov; EP - 165 Spacelab: Chapter seven: Spacelab: its birth, its impact, its future living and working in space: a history of Skylab; 1983. [cited 2016 Feb 22]. Available from: http://history. nasa. gov/EP - 165/ch7. htm.

[36] Waldrop, M. Mitchell. AAAS Science Archives 1983 - 1985. [Internet] Spacelab: science on the shuttle. [cited 2016 Feb 22]. Available from: http://www. ganino. com/games/Science/Science% 201983 - 1985/root/data/Science_1983 - 1985/pdf/1983_v222_n4622/p4622_0405. pdf.

[37] NASA. gov. [Internet] NASA. gov; 2013 [cited 2015 Dec 29]. Available from: http://www. nasa. gov/sites/default/files/files/Spacelab _ Collection

_140117a. pdf.

[38] Wilford, John Noble. 29 Nov 1983. Columbia carries spacelab to orbit with 6 - man crew. The New York Times. [Internet] [cited 2016 Feb 23]. Available from: http://www. nytimes. com/1983/11/29/us/columbia - carries - spacelab - to - orbit - with - 6 - man - crew. html? pagewanted =all.

[39] Ray, Justin. [Internet].Space. com; c2011. From Shuttles to rockets: long history for California launch pad; January 19, 2011 [cited 2015 Dec 30]; Available from: http://www. space. com/10644 - california - launch - pad - history - shuttles - rockets. html.

[40] Launius, Roger. [Internet].wordpress. com; c2012. NASA's Space Shuttle and the department of defense; Nov 12, 2012 [cited 2015 Dec 30]; Available from: https://launiusr. wordpress. com/2012/11/12/nasas - space - shuttle - and - the - department - of - defense/.

[41] Cassutt, Michael. Air & Space Magazine, Secret Space Shuttles, August, 2009.

[42] Scimemi, Sam. NASA and the legacy of the International Space Station. NASA Advisory Council HEO Committee; July 29, 2013.

[43] https://www. nasa. gov/audience/forstudents/5 - 8/features/nasa - knows/what - is - the - iss - 58. html.

[44] Dick, Steve. Summary of space exploration initiative. [cited 2016 Jan 18]. Available from: http://history. nasa. gov/seisummary. htm.

[45] Smith, Marcia S. NASA's space station program: evolution and current status: Testimony before the house science committee; Apr 4, 2001. [cited 2016 Jan 18]. Available from: http://history. nasa. gov/isstestimony2001. pdf.

[46] JAXA. Japan Aerospace Exploration Agency. May, 1999. [cited 2016 Jan 18].Available from: http://iss. jaxa. jp/iss/history/index_e. html.

[47] https://www. nasa. gov/audience/forstudents/5 - 8/features/nasa - knows/what - is - the - iss - 58. html.

[48] rt. com news. Russia & UW agree to build new space station after ISS, work on joint Mars project. 28 Mar 2015. [cited 2016 Jan 18]. Available

from: https://www.rt.com/news/244797-russia-us-new-space-station/.

[49] Kremer, Ken. Boeing and SpaceX win NASA's 'space taxi' contracts for space station flights. 17 Sep 2014. [cited 2016 Feb 25]. Available from: http://www.universetoday.com/114247/boeing-and-spacex-win-nasas-space-taxi-contracts-for-space-station-flights/.

第 6 章 太空治理的主体及治理方式

在人类历史上，从没有一个疆域是人们认为不能征服或者不能从中谋取利益的。外层空间也是如此……

——大卫·巴内特，2015 年[1]

引 言

地球上的第一颗人造卫星即斯普特尼克一号，于 1957 年 10 月 4 日由苏联发射升空。这颗卫星永远改变了世界。从那一刻起，美国的太空政策和目标重新聚焦于登月竞赛。在这一时期，显然有必要确定外层空间物体的法律地位。人们也许会将外层空间视为主权领空向轨道高度的自然延伸。这一观点若能成立，那么苏联发射人造卫星就应视为违反了国际法，因为这颗卫星会在许多国家上空经过，包括过顶美国。艾森豪威尔总统知道，美国的航天器将来也会过顶苏联领土，因此接受了主权领空和飞机不同于外层空间法规的观点[2]。

当尼尔·阿姆斯特朗和巴兹·奥尔德林在月球上插上美国国旗的那一刻，就象征着这场太空竞赛宣告结束，美国是明显的胜利方。美国并没有宣称拥有这一天体的直接所有权。多年前的《外层空间条约》已经明确规定，“任何国家不得对外层空间申索主权”。50 多年后，该条约成了激动人心的太空资源开采商业时代的法律障碍。

空间法定义了管控外层空间活动的国际与各国法律以及惯例。在太空竞赛之后的一段时间里，外层空间任务主要由政府机构负责执行。然而现在，私营企业也在规划和执行相关任务，以探索外层空间并获取可用资源，空间法将面临许多新的挑战。本章将重点讨论外层空间法的具体内容，以及私营企业和政府组织在未来 10 年及以后需要解决的问题。

一、空间法历史

如图 2－1 所示，地球大气层是逐渐过渡到外层空间的。科学家尚未精确界定外层空间开始的位置，但大气层有明确的分层，每一层的气体越来越稀薄，同时还伴有其他显著特征。宇航员是唯一穿越热层的人类，热层是指从地球上空约 90 千米延伸到 500 千米至 1 000 千米的高层大气层。在大约 80 千米高度的热层边界附近，气动操纵面不再起作用，需要火箭控制飞行器的方向。轨道航天器，如近地轨道卫星和以前的航天飞机，就运行在热层。电离层与中间层和热层重叠，且随太阳条件不断发生变化。该区域存在大量电子、电离原子和分子，因此是无线电通信的重要组成部分。

1963 年，北美高超声速喷气式飞机 X－15 及其民用飞行员飞到了近 108 千米的高度，这一记录保持了几十年，直到 2004 年才被打破，该年实验飞机太空船一号飞到近 113 千米的高度。为记录和奖励宇航员，地球表面上方约 100 千米处的卡门线[4]被大致确定为外层空间的分界线。在这一高度，航天器开始完全摆脱地球引力。从技术上讲，此时，维持轨道高度所需的速度即为逃逸速度，也是航天器超越地球、进入太空必须达到的速度。实际上，大气并没有在卡门线处终止，而是继续延伸数千千米，只不过越来越稀薄。

大气层的最后一层，即外逸层，至少持续到地球表面以外 10 783千米的高度（见图 6－1）[5]。在外逸层之外，在三十多万千米处还有月球。几乎所有的外层空间都有待探索。人类只去过月球，尼尔·阿姆斯特朗在月球上留下了一块铭牌，宣称他们是“为人类和平而来”。但除月球之外，还有数十亿其他天体，包括恒星、行星及其卫星和小行星。

广阔的外层空间是一个没有明确边界的区域，这引发了一个问题：由谁管控地球正上方的太空、轨道航天器以及其他天体？自 20 世纪 50 年代中期以来，管理机构一直在讨论天体的所有权问题。

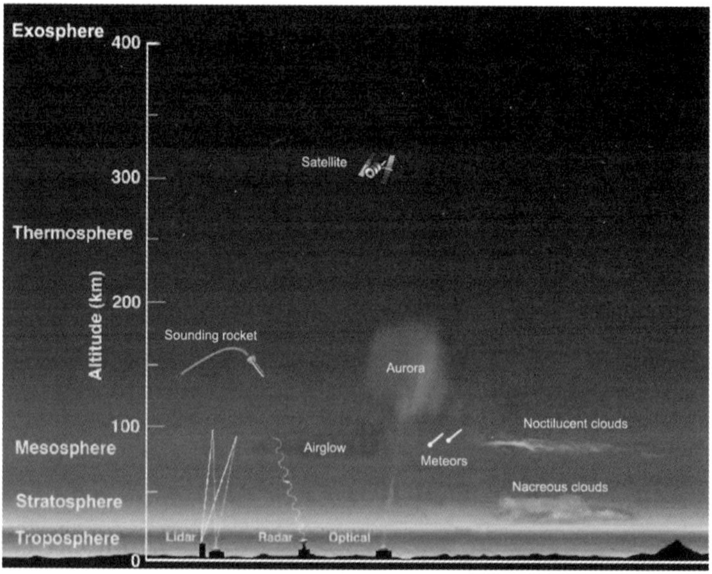

图 6-1　地球大气层分层

（图片来源：NASA/戈达德航天飞行中心）

1958 年，也就是斯普特尼克卫星上天一年后，联合国大会成立了和平利用外层空间委员会。1960 年，国际空间法研究所成立，这是一个非政府实体，旨在促进空间法制定方面的国际合作。空间法主题包括财产权、太空武器和武器平台、太空军事化、空间碎片，以及其他相关问题。1967 年，联合国批准了一项协议，名为《外层空间条约》（条约全文见附录 A），这一条约已经过多次讨论，其全称是《关于各国探索和利用包括月球和其他天体的外层空间活动的原则条约》。该条约由美国、苏联和英国提出，供国际签署[7]。截至 2017 年 1 月，在该条约提出 50 周年之际，已有 104 个签署国。条约规定了确保和平探索太空这一宗旨，以及各国在地球轨道和更远轨道上的资产进行互动所应遵循的基本规则[8]。

有趣的是，美国和苏联是在冷战和太空竞赛期间提出了这一条约。他们都关注在未来的开拓（包括殖民化计划）中应如何划分外层空间。伦敦经济学院太空政策负责人吉尔·斯图尔特（Jill Stuart）博士在该条约签署50周年之际表示："为什么要制定规则？为什么制定外层空间法？这是因为美俄两国政府都认为他们无法掌控外层空间，但又想将对方约束在法律协议内，以防对方掌控外层空间[9]。"

《外层空间条约》是在太空时代刚刚开始时制定的，旨在应对随着航天技术的进步而衍生的问题。该条约的语言有些笼统和灵活，因此，其部分内容重在如何解读，有些内容甚至根本不涉及太空探索和未来殖民的某些方面。尽管如此，该条约仍然是首份关于太空的协议，且一直是国际空间法的基础。此类联合国条约不具约束力，但其他国家可以对违反条约原则的成员国施加国际压力。

在制定《外层空间条约》期间，有两种不同的视角看待外层空间。美国更倾向于效仿公海法，即船只登记原国籍，但海洋本身是不受限制的公域。然而，苏联更赞成领空观点，即只要是一国上空的空间，哪怕延伸到无限远的地方，都属于这个国家。苏联担心在其领土上空飞行的卫星可能会从事间谍和侦察活动。尽管如此，最终采用了公海模式，部分原因是苏联1957年发射的斯普特尼克卫星在绕地球表面飞行时，飞越了许多国家的领空[9]。

联合国外层空间事务办公室认为：

《外层空间条约》为国际空间法提供了基本框架，包括以下原则：

1）对外层空间的探索和利用应为所有国家带来好处和利益，且外层空间应是全人类的领地；

2）所有国家都有权探索和利用外层空间；

3）任何国家不得以利用和占有的方式，或任何其他方式，对外层空间申索主权；

4）各国不得将核武器或其他大规模杀伤性武器置于轨道或天体上，也不得以任何其他方式将其置于外层空间；

5）月球和其他天体只能用于和平目的；

6）宇航员应被视为人类的使者；

7）各国应对由本国政府或非政府实体开展的国家太空活动负责；

8）各国应对其太空物体造成的损害承担责任；

9）各国应避免对太空和各天体造成有害污染[1]。

这些原则的核心在于将外层空间视为每个人都可以探索和享用的疆域，强调要和平使用太空且禁止太空武器化。此外，参与国应对本国太空物体造成的任何损害或污染负责。然而，因果关系和损害却很难加以确定，也不具有强制力。该条约的语言有些含糊其辞，也许是有意为之。所有权问题和各国重点事项问题均未涉及。

此外，20 世纪 60－70 年代还制定了另外四项协定，以详细说明《外层空间条约》的特定部分。这些协定及概述见表 6－1。

表 6－1　各种外层空间条约及协定一览表

条约	年份	要点
《外层空间条约》	1967	外层空间的利用必须造福于所有国家，且不得存在武器
《救援协定》	1968	应采取一切合理措施来协助和/或救援遇险宇航员，并帮助他们返回发射地点
《责任公约》	1972	发射国（航天器所有者）应对其太空物体造成的损害承担赔偿责任
《登记公约》	1976	用于确定和登记已发射太空物体的制度，以证明所有权数据，从而判定损害责任
《月球协定》	1984	对《外层空间条约》的重申，并排除了月球成为国际冲突源头的可能性

1968 年 12 月，《关于宇航员救援、宇航员送回和外层空间发射物体归还的协定》（简称《救援协定》）要求所有参与国“基于人类的情感”，使用所有可能且可行方式救援或帮助处于危险中的宇航员，并最终帮助他们返回发射地。该协定还规定，各国应帮助回收在发射国领土以外着陆的空间物体[10]。

《空间物体造成损害的国际责任公约》（简称《责任公约》，1972年）概述了航天器造成人类生命伤害或损失的责任和所需行动。该公约第一条规定，“发射国对其空间物体在地球表面或对航空器飞行造成的损害负有绝对赔偿责任[11]。”因此，如果受损航天器或空间站重返大气层，或若两颗卫星相撞，所有国应承担责任。该公约还规定，如果两方或多方联合发射航天器，则无论一方的份额如何，他们都应各自独立承担全部损坏费用[12]。

1978年1月24日，苏联核动力侦察卫星宇宙-954在加拿大西北地区坠毁后，引发了关于宇宙-954是否造成了《责任公约》第1条所定义的“损害”问题。两国都是该协议的缔约国。宇宙-954反应堆的碎片具有放射性，坠落现场散布着大片放射性物质。虽然没有直接造成财产损失或人身伤害，但加拿大依旧采取了预防措施，以防卫星的放射性危害公众健康。净化小组定位并清除了该卫星的放射性碎片，加拿大试图向苏联追索清理卫星碎片的费用。迄今为止，宇宙-954坠毁事件后的清理请求是根据该公约提出的唯一诉求。

宇宙-954的坠毁引发了国际太空政策问题。该卫星坠毁后不久，美国要求禁止向地球轨道发射含有放射性物质的卫星，加拿大和其他欧洲国家也提出了类似要求。1978年底，经联合国批准，和平利用外层空间委员会成立工作组，旨在研究核动力卫星问题[13]。

《关于登记射向外层空间物体的公约》（简称《登记公约》，1976年）创建了一种空间物体登记制度，以确定所发射的物体。此信息可提供所有者数据，因此更容易判定损害责任。该公约的参与者应向联合国提供类别信息，包括：发射国名称、空间物体的相应代号或其登记号、发射日期和地点、航天器的一般功能，以及基本轨道参数。更重要的是，在联合国进行登记有助于规避空间碎片[14]。如果空间碎片正在危及航天器或国际空间站，美国战略司令部会向NASA提供实时更新（关于空间碎片，见第4章）。

《关于各国在月球和其他天体上的活动的治理协定》（简称《月

球协定》，1984 年）更加详细地说明了关于月球及太阳系其他天体的所有权和利用问题（不包括从这些天体自然进入地球的物体，如陨石等）。美国尚未签署该协定，俄罗斯、中国、日本以及欧洲航天局的大多数成员国也未签署该协定，只有参与太空探索的一些小国签署了这一协定。该协定已得到联合国大会的认可，指明了关于天体活动国际法的未来方向。与《外层空间条约》一样，该协定实质上重申了一点，即月球和其他天体的利用应造福所有国家，且应以和平方式进行探索。该协定还指出，月球不应成为国际冲突的源头。由于目前很少国家认可该协定，因此它与当前的太空活动关系不大，但如果未来月球和火星任务越来越多且太空定居成为现实，该协定将成为一个很重要的影响因素[7]。

美国通过以下法案为本国商业航天制定了更多的指导方针。第一个是《美国商业航天发射法案》（1984 年），该法案指定美国交通部负责监管商业航天发射活动。最近，《美国商业航天发射竞争力法案》（2015 年）对美国商业航天政策进行了多项修改，其中包括授予从事小行星资源开采的美国企业财产权。其目的是鼓励私营航空航天竞争力和创业精神[15]。

除上述太空条约和法案外，和平利用外层空间委员会还制定了五套原则（法律、广播、遥感、核动力源和利益）为这些协议提供支撑，其中详细阐述了所开发的具体技术：

1）**广播原则**（1982 年），论述了电视广播信号问题，重点关注如何不干扰来自其他国家的信号。其基本价值观是共享信息，以交流知识并促进教育和社会发展。

2）**遥感原则**（1986 年），论述了如何使用电磁波收集地球自然资源的相关数据。本着国际合作精神，开展的遥感活动应惠及所有国家。

3）**核动力源原则**（1992 年），论述了对发射核动力航天器风险的关注。探索外太阳系的航天器通常会使用核动力作为其能源，而这类物体在发射和再入过程中都存在风险。一旦发生意外或坠毁事故，这些原则旨在保护人类和其他物种免受辐射影响。

4）**利益宣言**（1996 年），该宣言指出，太空探索应惠及所有国家。这进一步明确了《外层空间条约》的内容。该宣言起源于将国际空间站前两个舱段发射到太空的前两年[7]。

鉴于航天国家越来越多，且计划向外层空间运送乘客、部署仪器、收集数据和矿物开采的商业企业不断涌现，一些重大问题也随之而来。以下内容论述各种值得关注的问题。

二、商业载人航天

在不久的未来，人类将有机会乘坐私人公司建造和运营的航天器定期进入外层空间。美国太空探索技术公司的龙飞船（如图 6－2 所示）及其竞争对手波音的 CST－100“星际客机”将在 NASA 完成飞行器认证后将宇航员运送到国际空间站[16]。首次太空飞行将在亚轨道进行，也就是说，该航天器在外层空间仅停留几分钟时间，并将返回发射地。维珍银河公司创始人理查德·布兰森（Richard Branson）曾表示，该公司准备在 2018 年至 2019 年内将乘客送入亚轨道。此外，据预计，在不久的将来，私营企业有望借助轨道太空飞行，将乘客带到由私人运营的太空旅馆[17]。美国太空探索技术公司创始人埃隆·马斯克也宣布了一项大胆的任务计划，即携带两名乘客进行完整的绕月飞行。这将是有史以来首次尝试完全由私营企业出资的载客飞行[18]。

在商业载人航天方面，需要解决许多复杂的法律问题。就像在美国飞机必须获得美国联邦航空管理局的许可并接受其监督一样，随着该行业的不断成熟，人们也越来越关注私人航天器的许可和安全标准问题。人们担心，相关监管制度会越来越滞后。美国的商业航天活动可能不符合《外层空间条约》第六条之规定，因为该条款要求一国负责“授权并持续监督”本国的航天器及其飞行。

2015 年的《美国商业航天发射竞争力法案》是填补这一空白的重要举措。现在，不断有人提出新的法案，要求赋予美国联邦航空

图 6－2　美国太空探索技术公司的商业货运龙飞船飞向国际空间站
（图片来源：NASA）

管理局核准太空任务的权力。美国联邦航空管理局高度关注太空活动的规范管理，包括对月球捷运（Moon Express）公司重返月球开采宝贵资源设想的管理。此外，航天企业和法院还需要解决责任问题、保险要求，以及知情权问题[19]。

三、空间碎片

人们正在跟踪绕地球运行的 50 多万块空间碎片，这些都是 50 多年来太空飞行的残留物。这些物体以极高的速度飞行（速度高达 28 164 千米/小时），即使一小块轨道碎片也足以严重损害卫星或航天器。空间碎片数量日益增加，使包括国际空间站在内的所有航天器面临的潜在危险在不断升级。近地轨道碎片示意图如图 6－3 所示。空间碎片与外层空间中的鲁莽活动密切相关，关于这一主题，详见第 4 章。这些障碍物有可能会危及未来的太空旅行。目前，因丢弃退役航天器而制造更多碎片的人，那些不监测可能与其他物体发生干扰或碰撞的人，或者未回收或使老化航天器脱离轨道的人，都无需承担法律后果。如果未来各国之间的紧张局势导致外层空间武器化，则空间碎片的扩散将对进入近地轨道形成进一步制约。

图 6-3　近地轨道碎片示意图

（图片来源：NASA）

四、采矿权

2013 年，苏格兰科学家发现了几颗围绕地球运行的小行星，它们与地球的距离令直接进行工业和贵金属开采成为可能，或先将其推入可到达的轨道，然后进行开采[20]。地质学家认为，小行星中铁矿石、镍和贵金属的含量要比地球上已发现的含量高得多。与其他类型的金属相比，贵金属更加稀有。贵金属是天然金属，光泽度比普通金属更高，且具有非常高的可塑性，同时又不会失去韧性。这是贵金属与普通金属的区别之处，也是贵金属价格高于普通金属的原因。最著名的贵金属包括金、银、铂和钯[21]。

许多科学家认为，目前地球上使用的许多金属都在迅速耗尽。他们认为，除非有新的技术进步，否则锌和黄金等金属将在 100 年内耗尽，因此，小行星开采十分必要。到目前为止，至少有两家小行星采矿公司：一家由董事兼海洋探险家詹姆斯·卡梅隆（James Cameron）及谷歌亿万富翁彼得·戴尔蒙蒂斯（Peter Diamandis）和埃里克·安德森（Eric Anderson）投资的初创企业行星资源公司；另一家是深空工业公司。这两家企业也得到了 NASA 的支持。两家公司都在研究外层空间采矿的可行性。根据行星资源公司的估计，如果太空中有丰富的贵金属资源，同时相关企业能够获得这些资源，那么，小行星开采业可以为全球带来数万亿美元的经济增长[22]。火星与木星之间的主要小行星带中有数百万颗小行星，有些小行星的大小与某些星球的小型卫星不相上下。据估计，约有 100 万颗近地小行星已漂离小行星带，进入离我们更近的太阳稳定轨道。安德森指出，人类已记录并绘制了 8 931 个近地天体（见图 6－4）[23]。总部位于加利福尼亚的深空工业公司和总部位于华盛顿州的行星资源公司目前正致力于小行星资源开采任务，以便在深空供应必需品。其中包括水、火箭燃料和建筑材料，这些材料非常重，若从地球运输成本十分高昂。两家公司均表示，计划在 2020 年底之前发射小行星探测器，随后将进行矿产资源开采[24]。

行星资源公司、深空工业公司、沙克尔顿能源资源公司和月球捷运公司等美国企业都是致力于为商业目的勘测和开发外层空间资源的专业公司。太空采矿的重点也发生了些许变化，已从开采贵金属转为水资源开采。深空工业公司首席科学家约翰·刘易斯说，最

图 6-4　天文学家已发现 12 颗可以开采贵金属的近地小行星，图中展示了 8 931 个近地天体（图片来源：NASA）

容易获得的资源是水。这种液体可以电解为氢气和氧气，以用作燃料。就小行星的质量而言，有多达 10%是水。水嵌入矿物质中，可通过太阳能炉烘烤加以提取。地球采矿技术经改进后可用于开采小行星的贵金属和铁[25]。

在美国和其他国家，甚至在卢森堡这个小国（这一小国已奇迹般地成为太空相关话题和讨论的发源地），都越来越关注以营利为目的的太空采矿这一话题。2015 年 11 月，奥巴马总统通过了《美国商业航天发射竞争力法案》，开启了商业航天产业的新阶段。该法案的简介性标题声称，"要通过鼓励私营部门投资和创建更稳定、可预测的监管条件，为发展中的商业航天产业创造一个有利于增长的环境，也可用于其他目的。"该航天法案更新了 1984 年《美国商业航天发射法案》中的部分内容，有助于加快太空和航天技术的商业化。该法案论述了商业航天的新现实，即政府和私营企业均已参与载人航天活动。另外，该法案还为私营企业开采小行星和从天体中开采资源以获取经济利益扫清了道路。该法案由众议院多数党领袖凯文·麦卡锡（加利福尼亚州共和党人）发起，宣称"本法律规定，基于适用法律（包括美国的国际义务）而从事小行星资源或太空资源商业回收的美国公民，对所获得的任何小行星资源或太空资源拥有相关权利，包括有权占有、拥有、运输、使用和出售所获得的小行星资源或太空资源[26]。"

人们需要解决几个法律问题，才有可能对空间资产宣称拥有权并将其用于战术或经济优势。1967 年的《外层空间条约》被视为商业空间资源开发的主要障碍。在 20 世纪 60 年代，人们认为空间采矿并不是一种有利可图或存在可能性行业。2015 年的《美国商业航天发射竞争力法案》在某种程度上钻了《外层空间条约》的空子，该条约规定任何"天体"都不应被"各国通过利用、占有或其他手段宣示为本国主权"。最近的空间法案并不存在主权宣示，而是规定了美国法律应如何处理国内或国外企业的各种所有权申索[27]。该法律为计划开发新航天技术、生产火箭燃料、开采空间资源的企业创建了一个法律框架。关于采矿权的合法性、细节及其是否有违《外层空间条约》等问题，人们仍然争论不休。从天体开采资源类似于从公海开采资源，任何国家都不允许殖民化或拥有太平洋，但任何人都有权在此从事渔业生产。其他国家，从最大的国家（中国）到最小的国家（卢森堡），都认可上述解读，且都有意通过对外层空间的开发谋取利益。但反对这种观点的国家表示，如果外层空间属于全体人类，那么其资源也理应属于整个人类。

即使一家企业能够避开当前的法律障碍，也无法确定太空采矿是否真得像行星资源公司设想的那样有利可图。如果这些企业带回了大量空间资源，这类资源的涌入可能会扰乱当前的贵金属行业和整个经济。

图 6 - 5 展示了 NASA 正在前往富含水资源的贝努小行星的 OSIRIS - Rex 航天器，其任务是将一小块岩石样本送回地球，以进行科学研究。在撰写本文时，该航天器有望在 2018 年抵达贝努小行星，并在 2023 年将样本送回地球。NASA 的另一项任务（见图 6 - 6）是在 2022 年前往一颗名为赛克（Psyche）的巨大金属小行星，该小行星位于火星与木星之间，绕太阳运行。赛克小行星的独特之处在于它似乎由早期的镍铁核心组成，这些元素正是太阳系的构造模块。上述任务将帮助科学家了解在早期行星和其他天体是如何分层的[28]。

图 6 - 5　NASA 的 OSIRIS - Rex 航天器正准备从贝努近地小行星中提取岩石样本（图片来源：NASA/戈达德航天飞行中心）

自 2013 年以来，卢森堡一直在研究小行星开采的商业前景，且一直有意投资相关私营企业和研发项目。该国经济部部长表示，其目标是“在不破坏自然栖息地的情况下，打开财富之门，以便从快速穿越太空的无生命岩石上获取从未开发的矿产资源。”行星资源公司首席执行官克里斯·莱维茨基（Chris Lewicki）表示，将与卢森堡展开合作，深空工业公司也表达了类似愿望[29]。

图 6-6　赛克航天器艺术想象图
（图片来源：NASA/喷气推进实验室）

2015 年的《太空资源勘探与利用法案》进行了修订，旨在保障有意投资未来太空勘探矿业企业的权利。例如，一家矿业企业如果在火星建立基地，就有权开发火星上的资源，这将受美国联邦法律的保护[30]。从近期看，最令人关注的是载人火星任务。因此，主要围绕利用和开采火星资源的合法性问题展开论述。

《太空资源勘探与利用法案》对可开采和利用资源的范围进行了定义。例如，“小行星资源”被定义为：在单个小行星上或内部发现的太空资源。然后，“太空资源”被定义为：在外层空间原地或原始位置（可能不是小行星本身）发现的各种非生物资源。水和矿物质都属于太空资源。但是，按照《外层空间条约》的要求，禁止将天体据为己有。此外，美国无意占有或允许私人公司占有在其他天体上发现的各种生命形态。《太空资源勘探与利用法案》促进了美国的太空商业探索和资源开采业务。国会要求总统与“相关”机构共同鼓励太空资源产业的发展，消除对新进入者的障碍，并着重指出，不鼓励政府出台任何可能阻碍“经济上可行、安全且稳定”的太空资源产业成功发展的繁琐规定。法律也进一步要求总统推动太空资源的商业探索和利用。总而言之，这些规定体现了政府在与私营企业合作和支持私营企业方面的更强有力的作用[30]。

太空探索技术公司是由埃隆·马斯克领导的美国著名航天公司，与 NASA 有着密切联系，持有多项合同，用于向国际空间站运送物资，并最终将宇航员运送到国际空间站。该公司在火星上建立人类定居点的计划被推迟，主要原因是火箭开发问题。太空探索技术公司计划在 2022 年进行首次载人火星任务，而在此之前，将通过几项非载人任务验证其先进技术。太空探索技术公司的龙飞船计划在火星表面进行动力软着陆。该太空舱本身将由另一项新技术（即太空探索技术公司的“猎鹰”重型火箭）发射升空。“红龙”（Red Dragon）项目于 2017 年被叫停。该公司目前正在研制巨型猎鹰火箭，将利用太空探索技术公司其他风投资源来完成 2022 年的火星任务。

太空探索技术公司和 NASA 都拥有飞往火星的计划。马斯克有开拓这颗红色星球的远大计划，希望用 1000 多艘航天器将多达 100 万人送上火星，这项冒险活动将持续数十年，甚至需要穷其一生。在无人探索取得成功的基础上，NASA 的目标是，在完成一系列越来越具有挑战性的任务之后，在 21 世纪 30 年代将人类送上火星。太空探索技术公司和 NASA 至少将合作完成一次发射任务。NASA 将为太空探索技术公司提供技术支持，包括深空数据传输、飞行系统和工程，以及任务设计和导航。作为交换，NASA 希望获得太空舱的进入、下降和着陆数据[31]。图 6－7 是两名宇航员在火星表面提取完整核心样本的艺术想象图。

最近，另一家刚成立不久的知名航天企业，即亚马逊创始人杰夫·贝索斯创建的蓝色起源公司，也获得了 NASA 的合同。蓝色起

图 6-7　火星表面钻探和取样
（图片来源：NASA）

源公司公布了研发“新格伦”（New Glenn）运载火箭的计划，该运载火箭将能够将宇航员运送到近地轨道甚至更远的地方。根据提交给 NASA 官员和特朗普总统的报告，蓝色起源公司有意开发月球飞船和着陆器，并最终提供月球运送服务[32]。

美国私营企业的每次发射必须获得美国联邦航空管理局的批准。《外层空间条约》对太空探索和殖民化给出了大致定义。该条约对其他星球的资源勘探、移民等商业活动有何影响，目前尚不得而知。美国联邦航空管理局十分关注该条约第六条及其对太空探索技术公司火星任务计划的潜在影响。第六条规定，条约所有签署方“应对本国在外层空间（包括月球和其他天体）的活动承担国际责任，包括由政府机构和非政府实体的相关活动。”如前所述，第六条还规定，“非政府实体在外层空间（包括月球和其他天体）的活动必须得到条约相应缔约国的授权，且必须接受缔约国的持续监督。”这种措辞表明：美国政府应对太空探索技术公司的火星任务承担责任。大部分资源利用和商业太空探索都源于美国，因此，美国如何解读该条约的义务将引起国际关注[33]。

太空探索技术公司的火星任务将有助于检验《外层空间条约》在不久的将来会受到哪些挑战或认可。每年都有越来越多的国家和私营企业参与航天活动，因此，某些太空任务以及未来人类重返月球和登陆火星的合法性将引发一场有趣的激辩。

启 示

就像太空竞赛肇始时一样，尽管各国政府口口声声表示太空活动是用于和平和科学目的，但背后必然存在某些军事利益的考虑。如果一个国家可以通过真正的武器或象征性的声明将力量投射到太空，那么该国将在竞争对手面前占据优势。旨在监督此类活动的国际条约都会因参与国的动机和议程受到制约。1967 年的《外层空间条约》给出了某些原则，旨在阐释各国在太空的行为规范、太空的归属问题，以及其他天体问题。尽管美国国会通过的小行星采矿法（2015 年《美国商业航天发射竞争力法案》）实施在即，但到目前为止，任何外层空间条约签署国都没有机会违反这一条约。2015 年《美国商业航天发射竞争力法案》是美国商业航天向前迈进的关键一步，但绝不是最后一步。

除所有权问题外，美国还需要统筹监管商业航天，将安全放在首位，最大限度地减少行业监管，同时不断促进这一经济行业的增长。这一立法指令应符合《外层空间条约》第六条规定的美国义务，即此类活动必须获得国家授权并接受国家的持续监督[1]。商业航天领域的一个新现实是政府和私营企业都在参与载人航天活动。

其他可能存在争议的领域包括边界纠纷和所有权问题。例如，两个不同的参与方都可能声称有权进入小行星的某个区域。目前，《外层空间条约》规定，任何国家不得申索拥有太空和天体的主权，但如何将这些规定应用于私营企业尚不明朗。《美国商业航天发射竞争力法案》也不赞成上述领地主张，但随着各国正在着手登陆月球、火星等天体，如何对相邻殖民地的开发和所有权进行界定，目前尚无定论。一些人认为，可以效仿南极洲的模式，即任何国家都不拥有南极主权，且主要用于科学目的，但并非所有人都同意这种方式[7]。

甚至在空无一物的太空区域，也会出现所有权问题。位于赤道上方约 41 843 千米（原文为 26 000 英里——译者注）处的地球同步卫星具有与地球相同的自转周期，这使其能够长时间保持在地球上方大致相同的位置，同时又无需消耗大量燃料。这极其适用于电信信号和其他应用。此类轨道资源有限，且受国际电信联盟的监管。各国过去曾试图对这一太空区域采用所有权制度，但由于《外层空间条约》中详细的限制条款，这些观点均已被否决。

未来将出现一个有趣的现象，即政府和私营企业都将投资太空事业。现有的空间法并未完全确立对这类航天活动的监管和监督，即使明确并商定了一种适当的法律框架，这类政策的执法问题基本未得到验证。

参考文献

[1] Unoosa. org. [Internet].c2017. United Nations Office of Outer Space Affairs; [cited 2017 August 16]. Available from: https://www. unoosa. org/oosa/en/ourwork/spacelaw/treaties/introouterspacetreaty. html.

[2] Kleiman, Matthew J. [Internet]. American Bar Association. c2017. Space law 101: an introduction to space law. [cited 2017 Sep 07].Available from: https://www. americanbar. org/. groups/young _ lawyers/publications/the _101_201_practice_series/space_law_101_an_introduction_to_space_law. html.

[3] Liechty, David. [Internet].c2017. The Solari Report with Catherine Austin Fitt; Solari Special Report: Issues and framework of United States law concerning outer space. Oct 30, 2015 [cited 2017 August 28]. Available from: https://solari. com/blog/solari - special - report - issues - and - framework - of - united - states - law - concerning - outer - space/.

[4] [IOP] Institute of Physics c2014. London, England [Internet].[cited 2017 August 3]. Available from: http://www. iop. org/resources/topic/archive/space/.

[5] NASA. gov. [Internet]. c2015. Earth's atmospheric layers; [cited 2017 August 3]. Available from: https://www. nasa. gov/mission _ pages/sunearth/science/atmosphere - layers2. html.

[6] Grush, Loren. [Internet]. Theverge. com; c2017. How an international treaty signed 50 years ago became the backbone for space law; Jan 27, 2017 [cited 2017 Aug 5]; Available from: https://www. theverge. com/2017/1/27/14398492/outer - space - treaty - 50 - anniversary - exploration - guidelines.

[7] Howell, Elizabeth. [Internet].Space. com; c2016. Who owns the Moon? | Space law and outer space treaties; July 15, 2016 [cited 2017 Aug 4];

Available from: https://www.space.com/33440-space-law.html.

[8] Johnson, Christopher D. [Internet]. Thespacereview.com; c2017. The outer space treaty at 50; Jan 23, 2017 [cited 2017 Aug 5]; Available from: http://www.thespacereview.com/article/3155/1.

[9] Barnett, David. Who owns outer space? And what happens when corporations want to extract resources from asteroids or planets? Independent News. 08 Sep 2015. [Internet]; [cited 2017 July 26]. Available from: http://www.independent.co.uk/news/world/who-owns-outer-space-and-what-happens-when-corporations-want-to-extract-resources-from-asteroids-or-10492126.html.

[10] Dembling, Paul G., Arons, Daniel M. 1968. The treaty on rescue and return of astronauts and space objects. William & Mary Law Review. 9(3): 630-663.

[11] Burke, Joseph A. 1984. Convention on International Liability for Damage Caused by Space Objects: definition and determination of damages after the Cosmos 954 incident. Fordham International Law Journal. 8(2): 255-285.

[12] Swaminathan, S. The applicability of space law principles to basic space science: an update. 2005. Seminars of the United Nations programme on space applications. Selected papers from activities held in 2004. United Nations, New York. p. 117.

[13] Hc-sc.gc.ca. [Internet]. c2008. Health Canada, Health Concerns; [cited 2017 August 27]. Available from: http://www.hc-sc.gc.ca/hc-ps/ed-ud/fedplan/cosmos_954-eng.php.

[14] Liechty, David. [Internet]. c2017. The Solari Report with Catherine Austin Fitt; Solari Special Report: Issues and framework of United States law concerning outer space. Oct 30, 2015 [cited 2017 August 28]. Available from: https://solari.com/blog/solari-special-report-issues-and-framework-of-united-states-law-concerning-outer-space/.

[15] Congress.gov. [Internet]. c2018. H.R. 2262—U.S. commercial space launch competitiveness act; [cited 2018 May 24]. Available from: https://www.congress.gov/bill/114th-congress/house-bill/2262/text.

[16] Bennett, Jay. [Internet]. popularmechanics.com; c2017. After delays,

SpaceX and Boeing aim to launch astronauts next year; July 24, 2017 [cited 2017 Sep 29]; Available from: http://www.popularmechanics.com/space/a27453/spacex - boeing - launch - astronauts - next - year/.

[17] Quinn, James. [Internet]. telegraph.co.uk; c2017. Sir Richard Branson vows to have Virgin Galactic passengers in space by the end of 2018; Apr 2, 2017 [cited 2017 Sep 29]; Available from: http://www.telegraph.co.uk/business/2017/04/02/sir - richard - branson - vows - have - virgin - galactic - passengers - space/.

[18] https://money.cnn.com/2018/06/07/technology/future/spacex - falcon - heavy - moon - tourists/index.html.

[19] Sundahl, M. J. Regulating non - traditional space activities in the United States in the wake of the Commercial Space Launch Competitiveness Act. Air & Space Law, 42(1); 29 - 42.

[20] Jamasmie, Cecilia. [Internet].mining.com; c2013. Astonomers identify 12 asteroids close enough for mining; Aug 12, 2013 [cited 2017 Sept 27]; Available from: http://www.mining.com/astronomers - identify - 12 - asteroids - close - enough - for - mining - 29724/.

[21] Sciencestruck. [Internet]. sciencestruck.com. c2017. A comprehensive list of precious metals, their properties, and uses. [cited 2017 Oct 1]. Available from: https://sciencestruck.com/list - of - precious - metals.

[22] Jamasmie, Cecilia. [Internet].mining.com; c2013. Astonomers identify 12 asteroids close enough for mining; Aug 12, 2013 [cited 2017 Sept 27]; Available from: http://www.mining.com/astronomers - identify - 12 - asteroids - close - enough - for - mining - 29724/.

[23] Poeter, D. James Cameron, Google duo back asteroid - mining venture. PC Magazine. April 2012;1.

[24] Slezak, M. Space mining: the next gold rush? New Scientist. March 2, 2013; 217(2906),8 - 10.

[25] Dunietz, Jesse. [Internet]. scientificamerican.com; Floating treasure: space law needs to catch up with asteroid mining. 28 Aug 2017. [cited 2017 Sep 5]. Available from: https://www.scientificamerican.com/article/floating - treasure - space - law - needs - to - catch - up - with - asteroid -

mining/.

[26] H. R. 2262, [Internet] 114th Congress (2015 - 2016), introduced by Rep. Kevin McCarthy. [cited 2017 Aug 31] Available from: https://www. congress. gov/114/bills/hr2262/BILLS - 114hr2262enr. pdf.

[27] Mangu - Ward, K. Profits in space. Reason. 47(10):8 - 9.

[28] Dunietz, Jesse. [Internet]. scientificamerican. com; Floating treasure: space law needs to catch up with asteroid mining. 28 Aug 2017. [cited 2017 Sep 5]. Available from: https://www. scientificamerican. com/article/floating - treasure - space - law - needs - to - catch - up - with - asteroid - mining/.

[29] Wall, R. 04 Feb 2016. Luxembourg to back commercial asteroid - mining ventures. Wall Street Journal—Online Edition. p. 1. [cited 2017 Sep 5]. Available from Academic Search Complete.

[30] Dodge, M. Fall 2016. The U. S. commercial space launch competitiveness act of 2015: moving U. S. space activities forward. Air and Space Lawyer, 29(3), 4 - 8.

[31] NASA. [Internet]. nasa. gov; c2017. The journey to mars overview. Last updated Aug 3, 2017. [cited 2017 Sep 04]; Available from: https://www. nasa. gov/content/journey - to - mars - overview.

[32] Masunaga, Samantha. Don't expect a space race between SpaceX and NASA. They need each other. LA Times. 05 March 2017. [Internet]; [cited 2017 Sep 5].Available from: http://www. latimes. com/business/la - fi - spacex - nasa - 20170301 - story. html.

[33] Gough, Evan. SpaceX calls in the lawyers for 2018 Mars shot. 20 May 2016. [Internet]; [cited 2017 Sep 5]. Available from: https://www. universetoday. com/129024/spacex - calls - lawyers - 2018 - mars - shot/.

第 7 章　冷战与导弹防御

为了我们自己，也为了子孙后代，我们可以设想一种场景，世界大国都齐聚一堂，就像人们面对面绕桌而坐，每个人都携带了一把已经上膛的枪，没人知道是否会有人扣下扳机，对我来说，这种场面简直难以想象。

——里根总统，1983 年[1]

引　言

冷战（1945－1991 年）[2]是两种相互对立的意识形态（即共产主义与民主）之间的非传统冲突，当时，苏联集团（简称“苏联”）与以美国为首的西方势力进行对抗。冷战并不是使用大量武器的传统冲突，而是通过宣传、政治敌意和威胁等方式进行的斗争。美国的自由市场资本主义被视为反对共产主义（一种社会主义形式）的强大的积极力量。最重要的是，这两个冲锋陷阵的超级大国都拥有大规模杀伤性武器。冷战期间发生了许多重大危机，一些危机甚至将世界推向了核战争的边缘。

为了保护美国及其盟国免受核弹头（洲际弹道导弹）的攻击，人们考虑了几种防御方式。20 世纪 80 年代，人们提出并研究了天基激光器，以及各种拦截和摧毁导弹的方法。导弹防御是一个复杂系统，涉及导弹探测、跟踪、拦截和摧毁。这类系统可以是陆基的，也可以是天基的。但是，无论是陆基系统还是天基系统，都面临着极端的技术挑战。几十年后，拦截洲际弹道导弹的可靠系统尚未问世。本章通过 20 世纪 90 年代中期的导弹和卫星防御方案及部分发展情况，重点论述二战后的导弹防御政策。

一、反导弹防御概念

导弹防御旨在阻碍或防止敌人通过弹道导弹运载武器实现攻击。反导系统要具备精密的传感器技术才能探测和捕获目标。此外，天基传感器、机载武器和陆基拦截导弹需经过协调才能有效发挥作用。

识别和捕获目标后，反导系统必须估算目标的速度和轨迹。一旦完成估算，反导系统就会将杀伤装置瞄准来袭导弹。杀伤可以采取多种形式：在其附近引爆弹头，用动能或钝击弹头直接击中目标，或使用激光引爆导弹。每种方法都有各自的难题和优缺点。

导弹拦截器类似于捕获和摧毁敌方移动目标所用的防空方法。不过，导弹拦截器所需的飞行距离要长得多，速度也要快得多，因此，传感器分辨率和寻的技术必须足够精确。这一过程被称为"用子弹打击子弹"[3]。自 1999 年以来，通过该技术实际拦截导弹的成功率约为 50%，总尝试次数不到 20 次。图 7－1 显示了 2016 年的远程陆基拦截器试验。美国最新的导弹防御系统（即陆基中段防御系统）于 2017 年 5 月成功测试了其拦截防御技术。测试表明，该系统具有识别、跟踪和摧毁目标的能力。当然，在此次测试中，拦截目标是为测试和验证目的而发射的已知物体。此次测试并不能证明该系统能够防御真正的外国来袭导弹；对于美国花费近 20 年时间进行测试的系统而言，这不过是一次小小的成功[4]。

平心而论，这是一个极其复杂、极其困难的技术问题。来袭导弹和拦截器都以大约 24 140 千米/小时的速度飞行。两者必须对准，并在同一时间到达同一位置，以撞击来袭导弹或者扰乱其轨迹。这类陆基拦截系统会先发射一枚火箭，然后，这枚火箭会释放一个"杀伤飞行器"，该载具是一种独立的小型装置，拥有推进器和制导系统，可以在没有爆炸物的情况下进行猛烈撞击。对于这类系统，已成功完成场景设定试验，然而，任何来自朝鲜或其他地方的突然袭击都有很多未知因素，包括攻击国部署诱饵的能力、旨在迷惑目标瞄准系统的其他对抗措施等[5]。美国对该系统计划可保持谨慎乐

图 7 - 1　2016 年 1 月 29 日，一枚远程陆基拦截导弹从加利福尼亚范登堡空军基地发射，这是一次非拦截测试（图片来源：美国国防部）

观的态度，但有理由相信，在多枚弹头的全面攻击中，该系统成功保卫美国领土的能力仍然有限。在我们依靠这种导弹拦截系统防御来袭弹道导弹之前，该系统必须能够在现实条件下表现出相同的性能。因此，还要继续进行相关测试和开发（见图 7 - 2）。

二、冷战和国防支援计划导弹防御技术

二战后不久，美国政府的科学家便研究了一种利用发射过程中

图 7-2 一枚陆基导弹拦截器被吊装进阿拉斯加州格里利堡的导弹发射井
（图片来源：美国陆军网站）

产生的热量来探测和跟踪弹道导弹的能力。20 世纪 50 年代中期，空军选择洛克希德·马丁公司负责建造一颗配备红外辐射计和望远镜的卫星，该卫星能够探测远程喷气式轰炸机和大型火箭在穿过大气层时释放的高温废气。到 1957 年底，洛克希德·马丁公司的方案被采纳，成为国防部的整体天基侦察与监视项目。到 1958 年，该系统被称为“导弹防御警报系统”（MiDAS）。多年来，美国一直计划在地球上方 3 217 千米的高度运行一个由 12 颗卫星组成的星座，并在随后的几年中进行了项目评估、开发和可行性研究。最终，到 1966 年，通过一系列试射验证了该技术，并决定建造和部署预警卫星星座。该项目最终被命名为“国防支援计划”（DSP）。随着技术的进步，国防支援计划卫星拟被发射到地球表面上方 35 888 千米处的地球同步轨道，从而可以持续监测苏联和中国的各种导弹发射活动[6]。国防支援计划系统还可以探测射程较短的进攻性地对空导弹，因此可在地区冲突期间提供重要的导弹发射情报。

国防支援计划是美军第一个可靠的预警系统。这些卫星的能力高于先前“导弹防御警报系统”计划的卫星。国防支援计划卫星星座位于地球同步轨道，远高于“导弹防御警报系统”卫星所在的轨道，因此实现了更高的图像清晰度和覆盖面。国防支援计划始于1970年，在其生命周期共发射了23颗卫星。多年来，其技术不断改进，形成了三种变体。国防支援计划的早期卫星在地球同步轨道围绕其中心轴旋转，使其望远镜红外传感器能够在大约1分钟内对地球的同一区域连续扫描六次。所探测到的任何发射或爆炸信息都将立即通过数据链传输给科罗拉多州巴克利空军基地第460太空联队的地面控制人员。在海湾战争沙漠风暴行动中，国防支援计划星座被用于探测“飞毛腿”导弹的发射。然而，该星座对“飞毛腿”导弹发射场的定位精度约为3 000米，不足以摧毁移动发射器。1991年，航天飞机STS-44任务发射了一颗国防支援计划卫星（见图7-3），最后一颗卫星于2007年由德尔它-4重型运载火箭完成发射[7]。

地面站是国防支援计划系统的一个重要组成部分，用于分析下载数据并控制卫星。该计划建立了三个大型地面站：位于澳大利亚内陆努伦佳尔的海外地面站（OGS），用于控制欧亚大陆上空卫星；位于科罗拉多州巴克利空军基地的美国大陆地面站（CGS），负责控制大西洋和太平洋上空的卫星；后来，为了监测和控制欧洲卫星，又在德国卡帕恩设立了欧洲地面站（EGS）。除这些地面站之外，还建造了一些移动地面终端设施备用，以便在固定地面站出现故障时，处理国防支援计划卫星传来的数据[8]。

自国防支援计划创建以来，这些卫星已探测到数千次战略和战术导弹发射，而且还探测到法国和中国在大气层中的核爆炸。多年来，国防支援计划卫星的功能一直在不断升级。DSP-1于1989年首次进入轨道，预期寿命为5年（已超过该寿命），且拥有6000个探测器。这项技术可以比以前更准确地估算导弹发射坐标，在与苏联发生核冲突时，这使美国能获得更准确的信息[8]。

国防支援计划系统的首要任务是尽快处理数据，以便在与苏联

图 7 - 3　在卡纳维拉尔角进行飞行前作业的 STS - 44 国防支援计划卫星和惯性上面级（图片来源：NASA）

或其他流氓国家发生核冲突时提供重要数据。此外，相关地面站也需要具有更强的生存能力，以确保连续传输数据并进行分析。几代国防支援计划卫星的能力得到不断提升。早在 1979 年，美国就充分研究了国防支援计划的后续系统。然而，1983 年，罗纳德·里根总统提出的“战略防御计划”彻底改变了游戏规则。紧接着，关于

“战略防御计划”费用与技术要求的争论和分歧也随之而来，导致之后的15年内有大量国防支援计划的后续计划被提出，然后又被取消，这种情况屡见不鲜。

三、战略防御计划

1983年3月23日，根据战略防御计划，里根总统提出了天基反导弹系统。大众传媒将该计划称为“星球大战”计划，这明显借用了1977年上映的同名科幻电影。该系统主要用于保护美国免受苏联的导弹攻击。美国打算配备天基和陆基激光平台系统，以便能在导弹飞行轨迹的各个阶段都能用激光打击和摧毁来袭导弹。位于地面、空域和外太空轨道上的各种精密传感器使用雷达、光学和红外探测系统分析和评估威胁。另外，也需要开发导航和制导系统先进技术，以便精确瞄准这种快速移动的物体[9]。

人们认为，这项技术若能成功加以验证，将给美国带来军事优势。然而，反对者始终对这种计划的成功率和投资成本颇有微词。虽然该计划的相关工作得以启动，但事实证明反对者的观点是正确的，因为相关问题太过复杂，而美国并没有可行的技术或投资思路。因此，后来的各届政府取消了大部分研究项目。

多年后回顾这一计划，“战略防御计划”及其无法实施可归咎为两大原因，即政治原因和技术原因。

战略防御计划本应显著改善美国的国防战略方向以及对国际核防御方面的共识（可将其概括为“确保相互毁灭”理论）。确保相互摧毁理论认为，没有国家会蓄意发射核武器，因为只要目标国拥有分析来袭导弹并发射己方导弹的技术，双方就都会被毁灭。对这种相互摧毁的恐惧可以阻止先发制人的核武器攻击，并保持和平，肯尼迪总统后期接受了上述观点。里根总统提出的战略防御计划和建立安全保护伞的设想，实质上是在挑战上述理念，这也是肯尼迪政府麦克纳马拉部长曾经讨论的众多因素之一。建立保护伞要好于“确保相互毁灭”，至少里根持上述观点：“这就好比酒吧里有两个西部牛仔，永远都在用枪瞄准对方的脑袋。应该存在一种更好的互动方式[10]。”

至少在理论上，战略防御计划可提供这种保护伞，但这却被认为是针对苏联采取的激进举措，会将两国置于另一场军备竞赛的边缘。然而，里根坚持：“我们若能够在战略弹道导弹到达自己或盟国的领土之前加以拦截并将其摧毁，结果会怎样？……拯救生命难道不强于复仇[11]？”在里根看来，保护似乎是最好的策略。里根进一步提出，如果其他国家放弃自己的武器库，就可以向他们提供战略防御技术。其他国家的第一反应是不信任。无论如何，美国从未实现这一目标。

按照相关设想，战略防御计划使用天基激光、粒子束、卫星和其他航天时代的武器在敌方弹道导弹到达目标之前将其击落。要将这些武器置于太空，就需要退出1967年的《外层空间条约》，因为这种行为会违反该条约第四条之规定，即：“缔约国承诺不会将任何携带核武器或其他大规模杀伤性武器的物体置于绕地轨道，不会在天体上安装此类武器，也不会以任何其他方式在外太空部署此类武器[12]。”

另外，战略防御计划也违反了《反弹道导弹条约》。该条约于1972年作为美国与苏联之间的一项协定获得批准，对防御运载核武器的弹道导弹所用的反弹道导弹系统进行了限制。该条约有效期为30年，直到美国总统乔治·布什退出，该条约才终止。布什总统在与其国家安全委员会会面后宣布：“我已得出结论，《反弹道导弹条约》阻碍了美国政府保护美国公民免受未来恐怖分子或流氓国家导弹攻击的能力[13]。”

俄罗斯总统弗拉基米尔·普京表示，布什总统的举动在意料之中，但他认为这是一个“错误”[14]。尽管如此，布什和普京都认为，这一决定并不会削弱俄罗斯的国家安全[15]。然而，欧洲的观点却略有不同。战略防御计划被视为是美国防御苏联弹道导弹的保护伞，但对欧洲国家而言却非并如此，因为欧洲国家在地理上距离俄罗斯更近，因此更容易受到俄罗斯的威胁。美国似乎正在改变其核政策，但并没有将这一情况告知盟国，引起了欧洲前沿国家的震惊与愤怒[16]。反对战略防御计划者不断指出，将太空军事化十分危险，且可能会引发另一场军备竞赛。

鉴于战略防御计划极其复杂且依赖的技术尚未得到验证，因此，政界人士和科学家都批评该计划过于模糊和不切实际。此外，其研发成本估计高达数十亿美元。图 7－4 展示了战略防御计划的基本概念，该概念制定了多层防御，以确保导弹的有效载荷永远不会到达目标。这是一张示意图，旨在显示外太空武器与监视和跟踪系统如何进行通信，从而摧毁敌方导弹投送的核弹头。

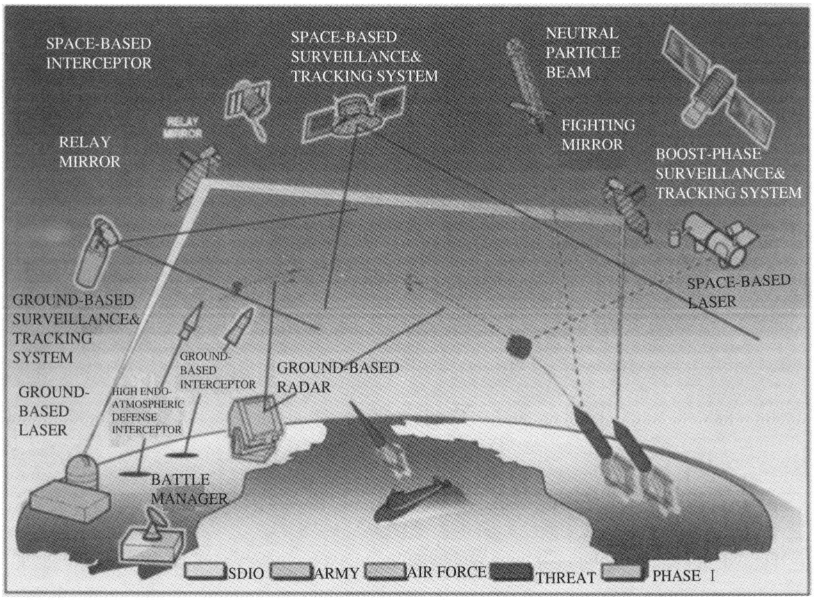

图 7－4　战略防御计划概念示意图

（图片来源：NASA）

然而，即便是图中简单描绘的内容，在现实中也很难开发和实施。以下内容将更加详细地论述战略防御计划的实施概念及相关挑战。

四、战略防御计划的科学设想

战略防御计划提出了一种分层防御方式，主要锁定来袭导弹的三个飞行阶段：助推段、中段和末段。美国陆军战略防御司令部和陆军率先制定了战略防御计划。战略防御计划组织（SDIO）资助了关于助推监视与跟踪系统、定向能武器、陆基拦截器、雷达、指挥与控制系统以及天基拦截器的研究。在这些领域均取得了相当大的进步。里根总统设想的计划尽管在稳步推进，但从未完全实现，稍后将讨论相关原因。

助推阶段包括从导弹的助推火箭最初点火到燃尽，共持续 3 分钟到 5 分钟，这段时间决定了火箭携带导弹穿过大气层进入太空的特定轨迹。火箭会产生排气羽流，这有助于对其进行初步探测。然而，火箭速度可以达到 24 140 千米/小时，这使得很难对其进行准确拦截且时间非常紧迫。助推完成后，导弹前锥体会与助推火箭分离，并释放包含一个或多个弹头的再入飞行器以及由诱饵和箔条组成的渗透辅助装置。针对助推阶段，战略防御计划组件包括助推监视与跟踪系统、天基激光器和陆基激光器[17]。

最初的助推监视与跟踪系统需要一个先进的预警系统，用于在点火到燃尽阶段探测导弹发射并跟踪导弹，并向天基拦截器提供近乎实时的数据。要满足这些要求，就需要能够进行复杂扫描并处理星载信号和数据的超大光学器件，其能力水平应远远超出现有系统。这种先进预警系统首先需要开发多层、高分辨率传感器技术。反导弹系统的传感器技术必须具有足够的精度，以探测并捕获目标。当目标穿过大气层时，几层传感器协同工作，以生成目标的完整图像。此外，这些传感器还必须能够区分实际威胁、碎片和假弹头。关于传感器技术的开发，详见第 9 章。

助推监视与跟踪系统的目标是探测导弹发射、发送预警并处理每枚火箭的跟踪文件。许多配备传感器且停留在高轨道上的卫星可用于监测火箭羽流的红外辐射。然而，由于高度较高，这些传感器最终的分辨率并不理想。因此，还需要其他较低轨道上的传感器协助跟踪。另外，需要对该技术进行演示和验证试验，以评估助推监视与跟踪系统执行所需任务的能力，并决定是否继续进行全面开发。开发助推监视与跟踪系统的巨大成本和风险是最终决定搁置这项工作的重要因素[17]。

1991 年底苏联解体，加之冷战后对国际安全的乐观态度，导致美国导弹防御系统的国家政策发生了转变。美国将关注重点从导弹防御计划转向了一个新概念，即“有限攻击的全球防御”(GPALS)。美国设计的有限攻击全球防御系统能够击落大约 200 个再入飞行器，而这就是所定义的有限攻击。计算机电子和光学器件的重大改进和微型化使美国工程师和科学家继续推进里根时代的天基拦截器概念成为可能。1990 年，这些改进促成了智能卵石(Brilliant Pebbles) 系统的创建，这一系统概念取代天基拦截器，成为有限攻击全球防御系统的核心。智能卵石系统是一种小型武器，可以拦截敌方导弹，并通过撞击力将导弹摧毁。其理念是将 1 万 ~ 10 万个这种小型自主装置置于外太空。每个 45 千克的智能卵石系统都包含卫星传感器和计算机，使其能够独立于外部传感器和通信运行。智能卵石系统可以跟踪导弹尾气，从而消除了对传感器卫星和地面站等外部制导的大部分需求。在助推阶段，该拦截器可以在来袭导弹速度最慢且实施反制措施之前对其进行打击。此外，太空中有数千个小型物体，而不是数百个大型目标，因此发射国很难对其进行瞄准[18]。由于智能卵石拦截器需要批量生产，因此预计成本会相对较低，从而有助于降低战略防御系统第一阶段的成本[19]。

正当布什政府考虑采取何种方法应对存在争议的反导弹计划之时，微型太空武器的出现提供了新的选项。智能卵石系统经历了几次迭代和计划变更。到 1992 年，一种具有作战能力的拦截器几乎已经发展到了验证阶段，即证明其可以在战时拦截弹道导弹并生存下来。国会为 1995 年的智能卵石拦截器拨了款，但未来的资金支持似乎还是个未知数。在那十年间，人们的关注点从防御战略导弹转向了防御第三世界国家发射的战区弹道导弹（射程为 306 千米至 3 541 千米）[20]。朝鲜和伊朗等国家开始改进其弹道导弹并发展核武器，这增加了对美国国内外利益的威胁。尽管威胁态势在不断演变，但克林顿总统仍然坚持履行与俄罗斯的《反弹道导弹条约》和军备控制，并于 1994 年正式终止了战略防御计划[20]。

五、截至战略防御计划期间的导弹防御大事年表

1957 年

苏联成功试验了第一枚洲际弹道导弹，据报道，该导弹可以到达世界任何地方。苏联已成功进行了原子弹和氢弹试验，这使其拥有了能够投射的大规模杀伤性武器。苏联于 10 月将斯普特尼克人造卫星送入太空。而在美国，忧虑变成了害怕，即害怕俄罗斯开始在军备和太空竞赛中占据主导地位。四个月后，美国成功发射了第一枚洲际弹道导弹，并开始研制第一代反弹道导弹系统，即奈基-宙斯系统，该系统能够使用核弹头拦截器在外太空摧毁来袭敌方弹头[21]。

1961 年

苏联成功发射一枚反弹道导弹，并拦截了一枚弹道导弹。苏联的进步促使美国试验了自己的反弹道导弹系统。在接下来的十年间，俄罗斯和美国均致力于研究和试验反弹道导弹防御系统。

1972 年

美国和苏联签署《反弹道导弹条约》，该条约限制每个国家的反弹道导弹基地不得超过两个，且反弹道导弹数量不得超过 100 枚。后来对该条约的一项修正案又进一步将每个国家的导弹基地限制在一个。

1983 年

里根总统宣布，美国将研制天基导弹防御系统，以使核武器“失去作用并被淘汰”。这种行为可能会被视为违反了《反弹道导弹

条约》，且也不具有技术可行性。人们将战略防御计划形象地称之为“星球大战计划”[22]。

1986 年

里根总统和苏联总统戈尔巴乔夫就彻底消除核武器问题进行了讨论，但由于里根拒绝了对战略防御计划的各种限制，因此，该提议以失败告终。

1989 年

乔治·布什总统决定维持战略防御计划，同时也致力于开发“智能卵石”天基拦截器。

1991 年

老布什总统缩减了战略防御计划，并宣布研制有限攻击全球防御系统，该系统旨在抵御意外攻击或小规模攻击。将数千枚小型拦截火箭送入轨道的计划很快就被取消。

1993 年

随着弹道导弹防御组织的成立，国防部长莱斯·阿斯平宣布“星球大战时代”结束。该组织专注于国家导弹防御，而非洲际导弹防御。

启　示

曾几何时，击落飞向美国领土的敌方导弹被视为是一种不太可能实现的未来概念。里根总统关于保护伞的设想可以防止第一次打击造成的损失，但根据当时的技术和经济条件，这种设想并不可行。事实证明，这一问题的难度比登陆月球有过之而无不及。按照里根的计划，需要使用激光、增强型传感器、卫星、撞击拦截器和详细的数据分析，才能生成准确的目标信息并摧毁来袭弹头。甚至在几十年后，这一难题也没能真正得到解决，因为相关技术只是针对已知的预设目标进行了试验，这也始终是现代导弹防御系统面临的重大难题。

参 考 文 献

[1] Peters, Gerhard and Woolley, John T. The American Presidency Project. 2015. Ronald Reagan: remarks and a question - and - answer session with reporters on domestic and foreign policy issues [Internet]; [cited 2017 June 23]. Available from: http://www. presidency. ucsb. edu/ws/? pid=41100.

[2] The Encyclopedia Britannica, Inc. [Internet]. c2017. The Encyclopedia Britannica; [cited 2017 June 22]. Available from: https://www. britannica. com/event/Cold - War.

[3] Dowling, B. 27 May 2017. Pentagon orders takeout - Targeting inbound dummy ICBM like 'hitting a bullet with a bullet', Boston Herald (MA), p. 8.

[4] Berlinger, Joshua & Callahan, Michael. CNN Politics. 11 Jul 2017. [Internet]. c2017. CNN; [cited 2017 Nov 5]. Available from: http:// www. cnn. com/2017/07/11/politics/us - thaad - missile - defense - test/ index. html.

[5] Barrett, Brian. 30 May 2017. US missile defense still has a long, long way to go. [Internet]. [cited 2017 Nov 7]. Available from: https://www. wired. com/2017/05/interceptor - missile - defense - test/.

[6] Richelson, Jeffrey T. [Internet]. The national security archive electronic briefing book no. 235. Space - based early warning: from MIDAS to DSP to SBIRS. 2007. [cited 2017 Oct 26]; Available from: http:// nsarchive2. gwu. edu//NSAEBB/NSAEBB235/index. htm.

[7] NASA, [Internet]. nasa. gov; c2017. DSP, Defense Support Program; [cited 2017 Oct 24]. Available from: http://space. jpl. nasa. gov/msl/ Programs/dsp. html.

[8] Richelson, Jeffrey T. [Internet]. The national security archive electronic briefing book no. 235. Space - based early warning: from MIDAS to DSP

to SBIRS. 2007. [cited 2017 Oct 26]; Available from: http://nsarchive2. gwu. edu//NSAEBB/NSAEBB235/index. htm.
u. edu//NSAEBB/NSAEBB235/index. htm.
[9] Atomicarchive. com. [Internet].c1998 – 2015. National Science Digital Library; [cited 2017 June 23]. Available from: http://www. atomicarchive. com/History/coldwar/page20. shtml.

[10] Chidester, J. , & Kengor, Paul. 2015. Reagan's legacy in a world transformed. Cambridge, Massachusetts: Harvard University Press. 294p.

[11] Shimko, Keith L. 1998. The Reagan reversal: foreign policy and the end of the Cold War. Canadian Journal of Political Science, 31(4): 824 – 825.

[12] Treaty on principles governing the activities of the states in the exploration and use of outer space, including the Moon and other celestial bodies. US Department of State. [Internet]. c2017. The Office of Website Management, Bureau of Public Affairs, [cited 2017 June 24]. Available from: https://www. state. gov/t/isn/5181. htm.

[13] Arms Control Association. US withdrawal from the ABM treaty: President Bush's Remarks and US diplomatic notes. [Internet].c2017. The Encyclopedia Britannica; [cited 2017 Nov 10].Available from: www. armscontrol. org.

[14] The Encyclopedia Britannica, Inc. [Internet]. c2017. The Encyclopedia Britannica; [cited 2017 June 29]. Available from: https://www. britannica. com/event/Anti – Ballistic – Missile – Treaty.

[15] Neilan, Terence. 2001 Dec 13. Bush pulls out of ABM treaty; Putin calls move a mistake. The NY Times (World).

[16] Association for Diplomatic Studies and Training. [Internet].c2017. Moments in US Diplomatic History. The Strategic Defense Initiative – the other "Star Wars", [cited 2017 July 8].Available from: http://adst. org/2015/11/the – strategic – defense – initiative – the – other – star – wars/.

[17] Walker, J. A. 2003. Seize the high ground: the Army in space and missile defense. Government Printing Office. 512 p.

[18] Broad, W. What's next of 'Star Wars'? . New York Times. 25 Apr 1989. P. C1.

[19] GlobalSecurity. org. [Internet].c2000 – 2017. GlobalSecurity. org in the news;

[cited 2017 July 15]. Available from: http://www.globalsecurity.org/space/systems/bsts.htm.

[20] Dodge, Michaela. Commentary: space - based missile defense: advancing creativity, protecting lives. 11 Aug 2014. [Internet] [cited 2017 Oct 31]. Available from: http://spacenews.com/41559space - based - missile - defense - advancing - creativity - protecting - lives/.

[21] Missile Defense Agency. The US Army's first anti - ballistic missile. [Internet]. 20 Oct 2009. [cited 2018 May 25]. Available from: https://www.mda.mil/global/documents/pdf/zeus.pdf.

[22] Union of Concerned Scientists. [Internet]. c2018. US ballistic missile defense timeline: 1945 - today. 18 May 2018. [cited 2018 May 26]. Available from: https://www.ucsusa.org/nuclear - weapons/us - missile - defense/missile - defense - timeline#. WwnXtu6Uu70.

第 8 章　后战略防御计划时代的导弹防御

鉴于美国正面临着明确的威胁，因此不得不积极部署导弹防御系统。在朝鲜发射后的几秒钟内，美国的传感器就可分析其弹道并确定发射目的——发射的究竟是卫星运载火箭，还是洲际弹道导弹。如果是后者，美国就需要利用其导弹防御系统摧毁该目标。

——贝克·斯普林 (Baker Spring)[1]

引　言

在朝鲜于 2017 年 5 月发射导弹两天之后，美国成功测试了其国家导弹防御系统。这是近 3 年来的首次命中目标，也是该系统首次针对洲际弹道导弹级的目标进行测试。自 2002 年以来，陆基中段防御系统已耗资 1230 亿美元，在自 1999 年以来的 18 次测试中，共有 9 次成功，成功率刚刚达到 50%[2]。

然而到目前为止，美国尚未将天基弹道导弹防御拦截器的概念发展成一个成功、完善的体系。这一概念在技术或财政方面的可行性目前仍旧存有疑问。自 2001 年以来，美国每年大约为导弹防御计划拨款 80 亿美元[3]。天基拦截器相关工作的重点是提升拦截器区分实际弹头和诱饵弹头的能力。在过去 3 年中，借助陆基和天基卫星数据的反制措施，陆基中段防御系统已成功实施了对模拟远程弹道导弹目标的拦截。然而，今天的陆基和海基导弹防御系统并不具备应对大量来袭弹道导弹的能力，毕竟目前拦截器的数量太少。国家安全取决于是否有能力拦截所有或大部分针对美国本土的弹道导弹攻击[4]。

本章重点介绍了目前的导弹防御工作以及战略防御计划终止后的进展情况。

一、后战略防御计划时代的导弹防御

9·11 恐怖袭击后，小布什总统退出了于 1972 年签署的《反弹道导弹条约》。美国政府认为，在应对像朝鲜和伊朗这种拥有远程弹道导弹，既不稳定又不可预测的国家时，不能仅仅依靠报复性手段。在之后的几年间，美国改进了其陆基和海基弹道导弹防御系统，推进了战略防御计划组织的工作，该组织于 1993 年更名为弹道导弹防御组织，又于 2002 年更名为导弹防御局[5]。

1995 年，空军公布了一项战略防御计划的延续计划，名为天基红外系统。该计划提出，向地球静止轨道发射四颗卫星，给高椭圆轨道的国家侦察办公室的卫星搭载两个红外传感器，并在近地轨道部署一个天基红外系统，该系统将成为国家导弹防御体系的重要组成部分。天基红外系统的近地轨道部分后来被重新命名为天基跟踪与监视系统。天基跟踪与监视系统的目的是跟踪导弹在所有三个飞行阶段（助推段、中段和末段）的弹道，从诱饵中找出真正的弹头，并将数据传输给指挥雷达和导弹防御拦截器的系统，以摧毁目标。2009 年 9 月，向近地轨道发射了两颗卫星。这些卫星提供了基本的导弹发射跟踪能力，而要实现全球覆盖，则需要多达 30 颗卫星[6]。

图 8 - 1 展示了目前的导弹跟踪系统。天基跟踪与监视系统能够在飞行中段（弹道导弹防御中最具挑战性的阶段之一）利用黑色太空作为背景追踪敌方导弹。在飞行中段，导弹已将其武器有效载荷发射到近地轨道。在导弹向地球回落的过程中，弹头将在太空中以弧线弹道飞行，并在预定目标的上方再入地球大气层。天基跟踪与监视系统利用精密传感器以及信号和数据处理器来探测敌方弹道导弹。天基跟踪与监视系统可以跟美国的其他导弹防御和导弹跟踪系统配合工作，还能够通过传输信息来协助引导导弹防御拦截器。一旦敌方导弹进入飞行中段，一个跟踪传感器就会从太空将其锁定。该传感器还包括一个窄焦望远镜，观测范围可覆盖地平线上下，甚至能够探测微弱的弹头信号。在传感器跟踪导弹飞行弹道的同时，

信号和数据处理器则将数据传输到世界各地的地面指挥中心[7]。

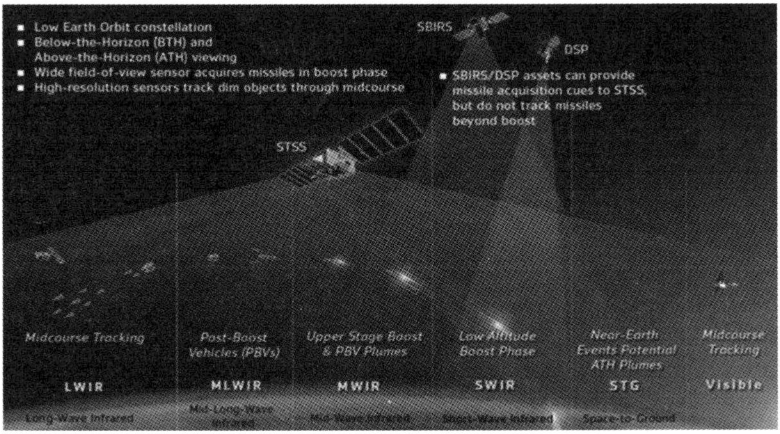

图 8-1　导弹跟踪卫星系统概览

（图片来源：导弹防御倡导联盟）

2009 年，奥巴马政府开始削减布什政府对国家导弹防御的拨款额度，转而更加重视区域防御，特别是对于欧洲的防御。由于费用增加以及各项技术挑战，部分旨在实现助推段导弹拦截的新项目被取消。国防部于 2013 年 3 月宣布，将会加强在阿拉斯加和加利福尼亚的陆基中段防御系统，将拦截器的数量由 30 个增加到 44 个。该系统旨在保护美国免遭来自朝鲜和伊朗的远程导弹攻击。然而，鉴于系统本身只有 50％的成功率，拦截器数量的增加仍不足以抵御一次大规模的攻击。导弹防御局目前已经在加紧开发一款多目标杀伤器，将所有拦截器都换成多枚弹头，像防空炮一样射向多个来袭目标。尽管这项技术尚存在许多挑战，但导弹防御局还是采取了相关行动。预计部署时间为 2025 年[8]。

导弹防御局正在研究激光武器的应用前景，在 2018 年申请了 5 400万美元的相关研发经费。其他军事部门正在测试短程防御型激光武器，以针对战场上由火箭和无人机投放的小型武器，而导弹防御局需要的是在更远距离上打击更棘手的目标。这项战略旨在开发一款固态激光武器，其体积要小到可以在无人机上发射，并能在敌国周边空域盘旋，能够瞄准并毁伤该国发射的导弹。固态激光武器将使用电力，只要有电力供应就能连续发射[9]。

最近测试的另一款陆基中段防御系统的变体，能够在大气层之上发射一枚外大气层动能杀伤拦截器，旨在拦截太空飞行阶段的来袭弹头。瞄准必须精确，鉴于这种高速碰撞已经具备足够的能量，因此不需要安装爆炸性弹头，用外大气层动能杀伤拦截器就能将目标炸成碎片。当陆基中段防御系统通过其在陆地、海上或外层空间的传感器识别到某个威胁时，它就会发射一枚搭载在三级固体火箭助推器上的陆基拦截器，以高超声速飞出地球大气层。在大气层外，杀伤飞行器将瞄准并毁伤目标。2017 年 5 月，在导弹防御局的一次测试中，该系统于太平洋上空成功摧毁了目标，实现了对洲际弹道导弹的首次拦截。这是一项巨大的技术挑战（人们或许还记得，早年间艾森豪威尔曾将之比作“用子弹击中子弹”），但今天这已经是家常便饭。尽管此次测试并不能保证拦截器在实际应用场景中也能发挥作用，但它确实推动了相关技术的发展[9]。

要将外大气层动能杀伤拦截器导向目标，需要实现精密传感器的全球网络通信，包括极具争议的海基 X 波段雷达，该雷达是一款浮动平台，旨在分析目标数据并将结果反馈给指挥、控制、战斗管理和通信系统，从而将拦截器导向目标。海基 X 波段雷达是一款价值 22 亿美元、重达 5 万吨的雷达，它已经成为美国防御朝鲜及其他具备洲际弹道导弹能力的敌对国家的关键系统。该雷达系统一直被诟病效率低下且成本高昂。然而，在 2017 年 5 月 30 日的最近一次测试中，其表现堪称完美。“海基 X 波段雷达在此次测试中完全符合设计要求，”导弹防御局的公共事务主管克里斯·约翰逊表示，“雷达识别出了靶弹，绘制出了预测弹道，区分出了真实弹头和诱饵弹头，并向指挥控制系统提供了所有数据，这正是在实战场景中雷达系统应有的表现[10]。”

二、当前美国弹道导弹防御系统的构成

当前美国弹道导弹防御系统的构成如图 8－2 所示。

图 8－2　弹道导弹系统概览

（图片来源：美国国防部）

陆基中段防御系统：拦截器旨在保护美国免遭远程导弹袭击。

“宙斯盾”弹道导弹防御系统（又称海基中段防御系统）：针对中短程弹道导弹的防御系统，旨在拦截处于助推段之后和再入大气层之前的弹道导弹。

末段高空区域防御系统：该系统旨在拦截和摧毁大气层内外处于飞行末段的弹道导弹。它利用动能摧毁来袭弹头，能够实现快速部署和全球投送。

爱国者－3（PAC－3）：弹道导弹防御系统的陆基组成部分之一，由成熟的爱国者导弹防御基础设施发展而来，这使其成为了最先进

的动能杀伤型系统。陆军负责爱国者 3 的持续开发和生产。爱国者提供了探测、跟踪和打击短程弹道导弹和巡航导弹的能力。

天基红外系统-高轨道预警卫星（SBIRS - HIGH）： 部署在地球静止轨道和大椭圆轨道的卫星及有效载荷，使用地面的硬件和软件。利用红外监视系统为美国军方提供早期导弹预警。美国最高优先级太空项目之一[11]。

三、潜在的新技术和未来展望

导弹防御局计划开发和测试几项新技术，以提供在飞行助推段拦截和摧毁弹道导弹的能力，从而有更多的时间、更大的灵活性来瞄准敌方目标。一个名为“早期拦截”的系统可优化对目标在弹道早期的评估能力，并免去低效的其他部署措施。此外，它还可以减少应对多枚威胁性导弹时所需的拦截器数量，并最大程度地减少碎片。该系统具备更大的接战范围，可对拦截行动进行评估，假如不成功，还有时间再次发射[11]。

美国的军事防御计划势必将受到特朗普政府的严密审查。2017 年 8 月，特朗普总统表示：“由于朝鲜和其他与反导弹相关的原因，我们将增加数十亿美元的预算……”他接着说：“我们将大量增加反导方面的预算，数额高达几十亿美元[12]。”。2017 年 11 月初，特朗普政府提交了一份《2018 财年美国国防部预算》修正案，将高达 40 亿美元的巨额拨款用于导弹防御（约占美国导弹防御局全部预算申请的一半）。其中超过 20 亿美元的拨款将用于采办更多的陆基拦截器，以阿拉斯加的格里利堡为基地，它们将作为美国在该地的陆基中段防御系统的一环。今天，陆基中段防御系统是美国唯一的弹道导弹防御系统，但其应对洲际弹道导弹的能力十分有限。该预算请求还包括采购另外 50 套末段高空区域防御拦截器，这将加强在夏威夷、关岛和韩国南部对短程、中程和远程弹道导弹的防御能力[13]。

四、后战略防御计划时代的导弹防御时间线

1999 年

克林顿总统签署《1999 年国家导弹防御法案》，承诺“一旦技术成熟”便尽快部署国家导弹防御系统。朝鲜向日本上空发射了一枚弹道导弹[14]。

2001 年

小布什总统表示，美国将退出《反弹道导弹条约》，同时概述了其关于改进国家导弹防御计划的理念。布什下令在两年内形成导弹防御能力。俄罗斯总统普京严正警告美国，《反弹道导弹条约》禁止双方发展国家导弹防御系统。

2002 年

美国退出《反弹道导弹条约》，致其终止。弹道导弹防御组织更名为导弹防御局。小布什总统宣布开始发展陆基导弹防御系统，并将于 2004 年具备实战能力[14]。

2004—2005 年

陆基中段防御系统的拦截测试屡遭失败。

首枚陆基导弹拦截器被部署在阿拉斯加的一个陆军基地内。

2006—2007 年

在一次陆基中段防御系统的测试中，两枚靶弹从阿拉斯加的科迪亚克发射，被从范登堡空军基地发射的拦截器成功跟踪并摧毁[15]。

2010 年

一枚靶弹从马绍尔群岛共和国的夸贾林环礁发射。大约 6 分钟后，一枚拦截器从加利福尼亚范登堡空军基地发射。靶弹和拦截器均运行良好，然而，海基 X 波段雷达却出了差错，拦截失败。

在一次类似测试中，一枚两级陆基拦截器从加利福尼亚范登堡空军基地发射，将一枚外大气层杀伤飞行器发射到了太空中的一个

指定位点[16]。

2012 年

此时，已经部署了 30 枚拦截器：4 枚部署在加利福尼亚的范登堡空军基地，其余 26 枚部署在阿拉斯加的格里利堡。对新系统的测试败多胜少。

2013 年

奥巴马政府承诺到 2017 年底将拦截器总数增加到 44 个，以应对朝鲜的威胁。

在从加利福尼亚范登堡空军基地发射的三级陆基拦截器飞行测试中，一枚外大气层杀伤器被部署到太空中的一个指定位点。

2014 年

五角大楼承认，“伊朗公开表示，可能会在 2015 年之前发射一款太空运载火箭，如果将其装配成弹道导弹，能够达到洲际弹道导弹的射程[17]。”

2016 年

朝鲜成功将其第二颗卫星送入轨道。国会考虑了其他导弹防御系统，以应对朝鲜、伊朗、俄罗斯和中国的导弹能力。此外，国会要求导弹防御局开始天基导弹防御计划的研发、测试和评估工作。

2017 年

特朗普总统表示，他计划开发一个尖端导弹防御系统。

成功实施了一次陆基中段防御系统测试，在 5794 千米的高度拦截了一枚洲际弹道导弹射程的目标。拦截测试成功率提升至 50%。

朝鲜进行了一次导弹测试，表明其洲际弹道导弹或许有能力到达美国的主要城市。

2018 年

国会要求五角大楼研究在太空中部署拦截器的可行性，以反制朝鲜正在测试的更先进的核武器和运载系统。《2018 财年国防授权法案》授权开发"能够提供助推段防御能力的天基弹道导弹拦截层"[18]。

启 示

导弹防御领域的进展涉及复杂的层次、传感器、数据分析和因应导弹弹道不同阶段的拦截器。从过去数十年的经验中我们已经了解到，对洲际弹道导弹以及相关诱饵弹和碎片的防御问题在技术上极其复杂。航天国家的数量已经越来越多，其中公开威胁到美国国家安全的更不止一个。世界正处于外层空间武器化的边缘，但目前，各国几乎都无法防御针对其本土或太空资产的武器。或许唯一的选择就是发展最具前景的系统，同时寻求更多的外交手段，从而避免在太空中动用武器。

参 考 文 献

[1] Spring, Baker. Countering North Korea's missiles: the missile defense system the US should have. The Heritage Foundation. 21 June 2006. [Internet]; [cited 2017 Nov 05]. Available from: http://www.heritage.org/defense/report/countering - north - koreas - missiles - the - missile - defense - system - theus - should - have.

[2] Freedberg Jr., Sydney. GMD missile defense hits ICBM target, finally. 30 May 2017. [Internet]; [cited 2017 Nov 17]. Available from: https://breakingdefense.com/2017/05/missile - defense - hits - icbm - target - success - rate - now - 50/.

[3] Spring, Baker. Countering North Korea's missiles: the missile defense system the US should have. The Heritage Foundation. 21 June 2006. [Internet]; [cited 2017 Nov 05]. Available from: https://www.heritage.org/defense/commentary/space - based - missile - defense - advancing - creativity - protecting - lives.

[4] Dodge, Michaela. Commentary: space - based missile defense: advancing creativity, protecting lives. 11 Aug 2014. [Internet] [cited 2017 Oct 31]. Available from: http://spacenews.com/41559space - based - missile - defense - advancing - creativity - protecting - lives/.

[5] Freedberg Jr., Sydney. GMD missile defense hits ICBM target, finally. 30 May 2017. [Internet]; [cited 2017 Nov 21]. Available from: https://breakingdefense.com/2017/05/missile - defense - hits - icbm - target - success - rate - now - 50/.

[6] Horitski, Kristin. Space tracking and surveillance system (STSS). Feb 2016. [Internet]; [cited 2017 Nov 21]. Available from: http://missiledefenseadvocacy.org/missile - defense - systems - 2/missile - defense - systems/u - s - deployed - sensor - systems/space - tracking - and

- surveillance - system/.

[7] Arms Control Association. US missile defense programs at a glance. [Internet] [cited 2017 Nov 21]. Available from: https://www. armscontrol. org/factsheets/usmissiledefense.

[8] Arms Control Association. US missile defense programs at a glance. [Internet] [cited 2017 Nov 22]. Available from: https:// www. armscontrol. org/factsheets/usmissiledefense.

[9] Freedberg Jr., Sydney. GMD missile defense hits ICBM target, finally. 30 May 2017. [Internet]; [cited 2017 Nov 22]. Available from: https:// breakingdefense. com/2017/05/missile - defense - hits - icbm - target - success - rate - now - 50/.

[10] Zimmerman, Malia. HawaⅡ's X - band radar vindicated by successful missile intercept, military says. Fox News US 08 June 2017. [Internet]; [cited 2017 Nov 30]. Available from: http://www. foxnews. com/us/ 2017/06/08/hawaⅡs - x - band - radar - vindicated - by - successful - missile - intercept - military - says. html.

[11] US Department of Defense - Missile Defense Agency (MIL). [Internet] [cited 2017 Dec 22]. Available from: https://www. mda. mil/system/pac_ 3. html.

[12] Mehta, Aaron. Trump pledges 'billions' increase in missile defense spending. DefenseNews. 10 Aug 2017. [Internet] [cited 2018 Jan 3]. Available from: https://www. defensenews. com/smr/space - missile - defense/2017/08/10/trump - pledges - billions - increase - in - missile - defense - spending/.

[13] Panda, Ankit. The Trump white house seeks an additional $4 billion for missile defense in fiscal year 2018. The Diplomat. 07 Nov 2017. [Internet] [cited 2018 Jan 3]. Available from: https://thediplomat. com/2017/11/the - trump - white - house - seeks - an - additional - 4 - billion - for - missile - defense - in - fiscal - year - 2018/.

[14] Union of Concerned Scientists. [Internet]. c2018. US ballistic missile defense timeline: 1945 - today. 18 May 2018. [cited 2018 May 26]. Available from: https://www. ucsusa. org/nuclear - weapons/us - missile - defense/

missile - defense - timeline#. WwnXtu6Uu70.

[15] Defense - aerospace. com. [Internet]. c2018. Missile defense exercise and flight test successfully completed. 28 Sept 2007. [cited 2018 May 26]. Available from: http://www. defense - aerospace. com/article - view/release/86513/us - says - missile - intercepts - incoming - warhead - in - test. html.

[16] Space Archive: 2011 Space and Astronomy News. [Internet]. c2010 - 2012. Failed missile defense test findings released. 15 Jan 2012. [cited 2018 May 26]. Available from: http://www. spacearchive. info/news - 2011 - archive. htm.

[17] Union of Concerned Scientists. [Internet]. c2018. Pentagon changes its assessment of Iran's ICBM prospects. 11 July 2014. [cited 2018 May 26]. Available from: https://allthingsnuclear. org/lgrego/pentagon - changes - its - assessment - of - irans - icbm - prospects.

[18] Spacenews. com. [Internet]. c2018. New report slams idea of a missile defense shield in space. 21 Dec 2017. [cited 2018 May 26]. Available from: http://spacenews. com/new - report - slams - idea - of - a - missile - defense - shield - in - space/.

第 9 章　卫星技术

如今全世界都在注视着太空，注视着月球并遥望星空，我们绝不会让敌对国家征服太空，而是让自由与和平的旗帜在太空飘扬。我们绝不会让太空遍布大规模杀伤性武器，而是成为增长知识和了解宇宙的窗口。

——约翰·肯尼迪，1962 年[1]

引　言

世界依靠卫星技术实现重要通信和娱乐。在过去的 60 多年间，卫星网络服务的数量和类型稳步增加。在地球上方运行的人造卫星系统默默管理着基础系统，使我们各项工作更加安全高效。卫星娱乐和通信技术控制着电视、电话和导航系统，数以百万计的使用者遍布世界各地。各企业和零售商之间也经常使用卫星通信进行许多商业和金融交易，用以购买商品和服务并完成管理流程。此外，卫星还在时效性强的科学活动中发挥着关键作用，如监测全球范围内的天气情况，可视化测量气候和环境变化，以及在紧急情况下提供有用信息。在发展中国家，卫星提供了获取教育和医疗专业知识的机会。很多人都没有意识到，军事行动愈发依赖卫星数据进行监视和安全通信。

为了解太空战争的威胁和影响，必然要了解卫星技术发展史、理解卫星运行方式、确定卫星应用面临的科学挑战及卫星应用的成功案例。本章在前文基础上介绍了过去、现在和未来的卫星技术及其易受攻击的原因。

一、卫星发展史和轨道类型

与自然卫星（例如绕地球运行的月球）不同，人造卫星是指太空中绕地球运行的人造天体。俄罗斯于1957年发射的斯普特尼克号是世界上第一颗人造卫星，这次发射震惊了全世界，并引发了苏联和美国间的太空竞赛。自那时起，卫星技术迅速发展，为我们提供了大量有助于创造、保护和节约资源的信息。国际空间站是最大的在轨卫星（见图9-1），由15个国家耗时十多年建成，并计划至少运行至2024年[2]。

图9-1　从亚特兰蒂斯号航天飞机上拍摄的最大的在轨人造卫星——国际空间站（2009年11月25日）（图片来源：NASA）

美国首颗卫星探险者一号于1958年1月31日发射升空（见图9-2），它比第二颗斯普特尼克号卫星更小更轻，也是第一颗携带科学仪器收集数据的卫星[3]。

随着世界逐渐从天气预报、通信和全球广播的改善中受益，利用卫星收集数据的重要性和潜力也愈发为人们所认识。科学家可以

图 9-2　探险者一号是美国于 1958 年 1 月 31 日发射的首颗卫星
（图片来源：NASA/喷气推进实验室）

迅速掌握远程位置的详细图像信息及其随时间的变化情况，军队可以利用强大的监视能力。出于各种原因，越来越多的国家渐渐希望开发和/或发射自己的卫星。卫星可用于科学、通信或监视等民用或军事用途。根据卫星的不同用途，为便于执行任务，可将其放置在不同轨道上。

如本书其他部分所述，人们通常根据地球轨道到地球表面的距离对其进行定义，如图 9－3 所示，地球轨道可分为近地轨道、中地球轨道和高地球轨道或地球静止轨道。卫星在轨运行速度会随卫星高度的变化发生改变。轨道离地球越近，卫星的移动速度越快。近地轨道卫星系统主要用于数据通信，它们以极高的速度绕地球运行（完整运行一周约为 90 分钟），在太空中无法与地球保持相对静止。包括 NASA 对地观测卫星系统在内的大多数科学研究卫星都在近地轨道上运行。

近地轨道上的军用卫星通常是侦察卫星，可在距地面 201 千米处识别出坦克。由于所受地球引力更强，近地轨道卫星的寿命非常短，需要采取某种推进方法在轨道降低之前提高速度。任何类型的运载火箭都可用于将卫星送入近地轨道[4]。

中地球轨道卫星包括导航卫星和专用卫星，用于监视或为地表特定区域提供通信。苏联的闪电军事通信卫星系统就在中地球轨道上运行。美国多使用地球静止轨道，但俄罗斯工程师希望使用能量消耗更少且更适合通信的轨道。地球静止轨道位于赤道上空，不适合用于监视高纬度地区。俄罗斯的研究表明，如果卫星轨道呈狭长的椭圆形，且其远地点或最高点位于北半球上方，则几乎可以不间断地监视俄罗斯全部领土（见图 9－4）[5]。

半同步轨道是距地球表面 20 278 千米的近圆形轨道，卫星在这个高度绕地球一圈需要 12 个小时。当卫星绕地球运行时，地球也在自转，大多数卫星的轨道与地球自转方向相同。24 小时内，半同步轨道上的卫星会从赤道同一位置上空飞过两次。半同步轨道多为 GPS 卫星所用，该导航卫星网络至少由 24 颗卫星组成。

在 20 世纪 70 年代初，美国国防部试图开发有弹性且稳定的军用卫星导航系统，随后，其于 1978 年发射了第一颗“导航星”（NAVSTAR）系统卫星。该系统于 20 世纪 80 年代投入民用，于 1993 年全面投入使用[6]。在“导航星”系统的基础上，如今 GPS 已

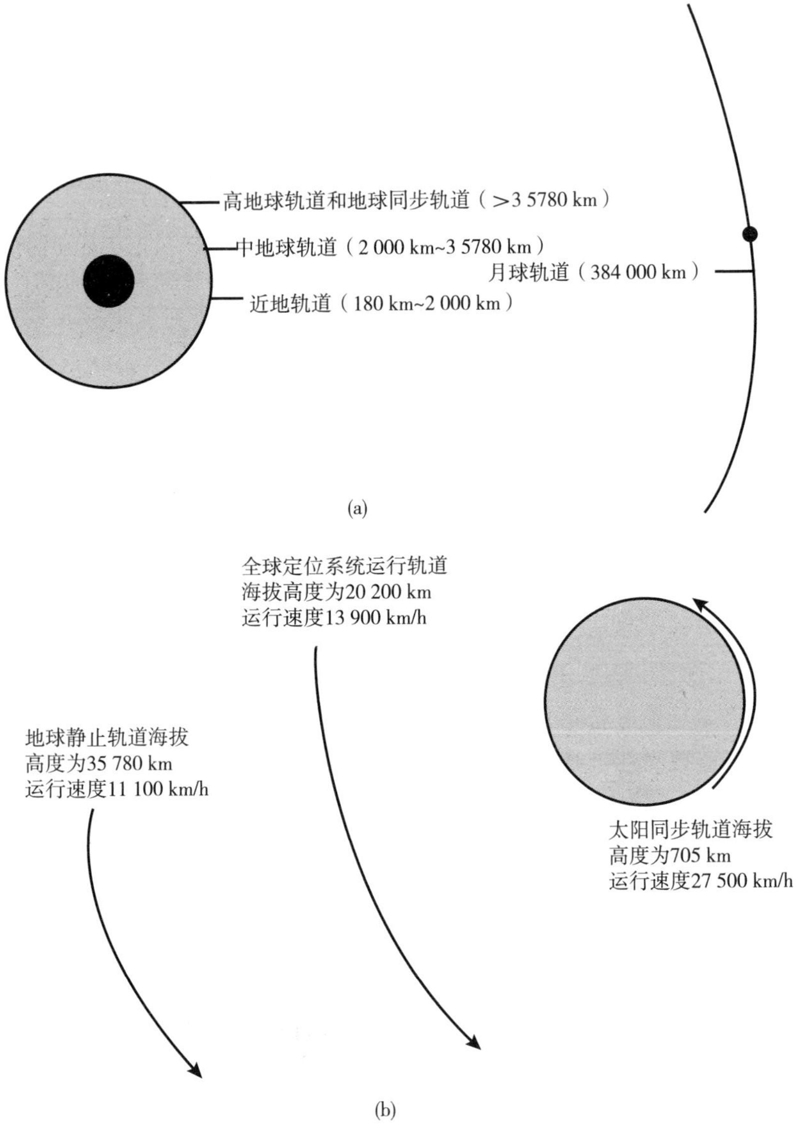

图 9－3　按高度划分的轨道类型

（图片来源：NASA/戈达德航天飞行中心，插图由罗伯特·西蒙绘制）

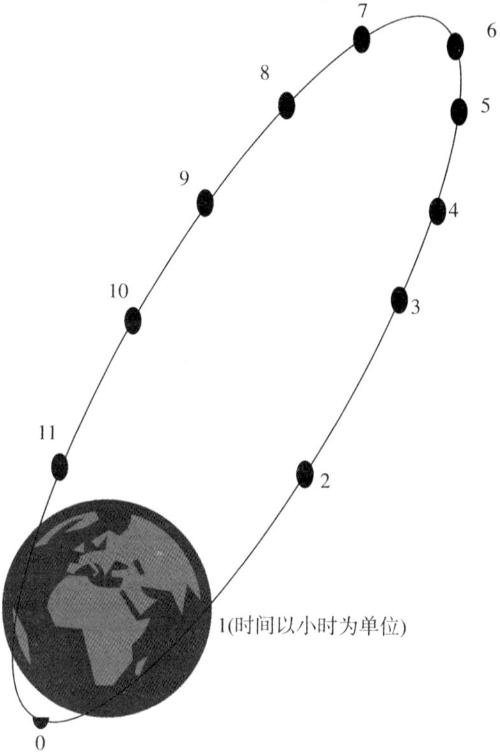

图 9 - 4　苏联军事通信卫星系统运行的闪电轨道
（图片来源：EarthObservatory. nasa. gov）

发展为多用途无线电导航系统，由美国空军运营，归美国政府所有，旨在协助维护国防和国土安全，并满足国内、商业和科学需求。

卫星轨道离地球越远，卫星的运行速度就越慢，在轨寿命也就越长。气象卫星通常位于太阳同步轨道（见图 9 - 3），全年相对太阳保持静止，因此可用于精确的天气预报。大多数通信卫星都是地球静止卫星，位于地球赤道某点上方，围绕地球转一圈需要 24 小时。这类卫星的在轨运行速度与地球自转速度相同，从而能够与地球上某点保持径向静止。大多数视频和电视通信网络均使用地球同步轨道卫星，地球同步轨道卫星和地球静止轨道卫星通常在地球表面上方 35 789 千米处运行[7]。地球同步卫星与地球静止轨道卫星之间的关键区别在于轨道倾角不同（见图 9－5）。

跟踪与数据中继卫星（TDRS）系统位于地球同步轨道。当地球静止轨道卫星接近其预期寿命时，协议规定应对这些卫星的运行高度稍作调整，以便为新卫星腾出槽位（slot）以取而代之。这些槽位是地球静止轨道上的一些特定位置，可以保障卫星在没有干扰的情况下运行[8]。

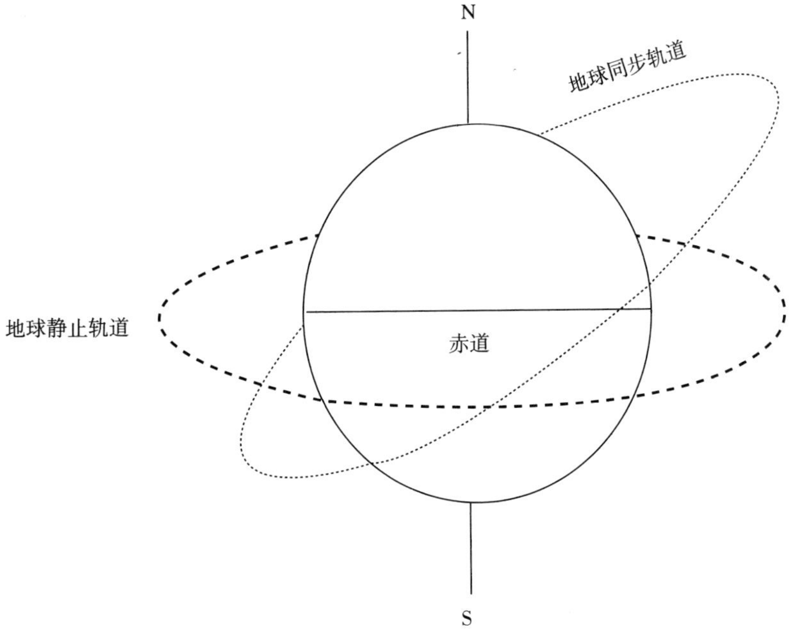

图 9－5　地球静止轨道与地球同步轨道

（图片来源：polyu. edu. hk 网站）

现代卫星质量达数千千克，通常需要搭载阿里安或大力神运载火箭以及最近的太空探索技术公司的运载工具才能发射升空。大多数卫星进入外层空间后均使用太阳能电池板获取太阳能，进入深空的卫星则通常使用核能。随着计算机和其他硬件尺寸的不断缩小，如今发射入轨的卫星体积更小。许多企业和大学如今可以建造“立方体卫星”，这种立方体形卫星通常位于近地轨道（见图 9－6）。这些小型卫星可以搭载更大的有效载荷通过火箭一同发射，也可以利用国际空间站的移动发射器进行部署。NASA 正在考虑将立方体卫星发往火星或木卫二卫星，以便执行未来任务[9]。

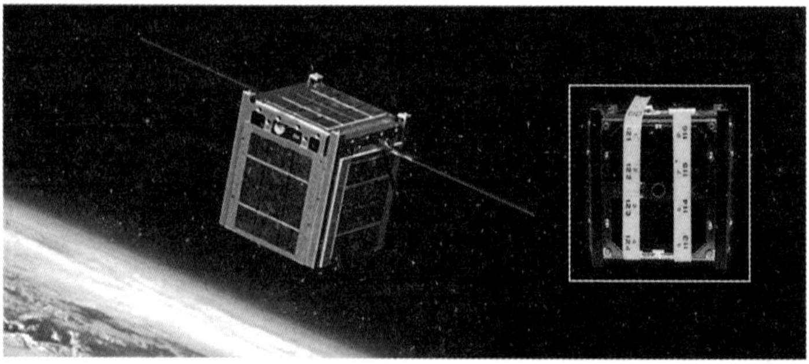

图 9－6　左边是蒙大拿州立大学探索者一号立方体卫星艺术渲染图，右边为密歇根大学制造的立方体卫星

（图片来源：NASA/喷气推进实验室/蒙大拿州立大学）

二、卫星技术

每颗可用的人造卫星都包含电力系统（例如太阳能或核能）、控制系统、用于传输和接收信息的天线以及用于收集和传输数据的有效载荷。

三、蜂窝通信技术

蜂窝式电话是最常见的移动电话平台。蜂窝通信通过陆基信号塔发送和接收数据，单个信号塔的覆盖区域被称为小区。蜂窝网络由多个信号塔组成，每个信号塔都有自己的小区（见图 9－7）。当人们处于某一特定区域，手机会使用最近的信号塔所创建的小区。假如人们开车旅行移到另一个区域时，手机会转而使用下一个可用的信号塔。如果信号塔距离太远或信号被屏蔽，就会导致没有手机信号或信号接收不稳定，因此出现信号弱或掉线的情况。一般手机能够接收最远 72 千米处的手机信号塔的信号，具体取决于手机网络的技术水平，但有时会受手机授时协议影响，其信号接收范围可能会降至 35.4 千米[9]。不过，由于受到多种自然和非自然因素的限制，手机信号通常无法传播这么远。

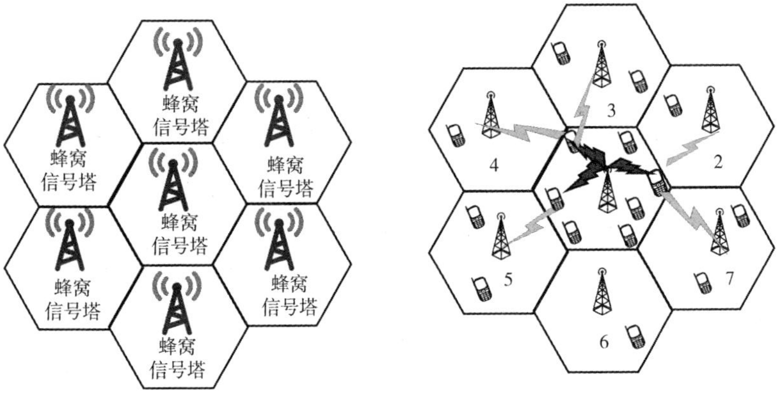

图 9-7 蜂窝技术示意图

（图片来源：vizocomsat. com 网站）

若要实现城市内信号全面覆盖，就需要大量的信号塔和复杂的基础设施，其成本之高，并非所有地区都能轻易实现。对蜂窝运营商来说，在低使用率地区建造基站并不划算，在极其偏远地区、山区或海上建设基站也很困难，甚至不可能实现，因此蜂窝电话无法在这些地区进行通信。尽管大多数城市和人员密集地区现在都可以使用蜂窝网络，但这些地区占比仍不到地球表面的 50%[10]。在紧急情况下，蜂窝网络可能还会出现系统过载问题，虽然过载问题有所改善，但问题仍然存在。因此，在蜂窝通信无法提供所需连接的情况下，便可借助卫星通信。

手机信号频率穿透物理障碍物的能力有限，干扰会导致信号强度减弱，使其无法访问附近基站。干扰源可能是建筑物、墙壁或隧道等建筑，也可能是山丘或树木等自然障碍物。在城市，如果手机无法连接到某一信号塔，很可能会重新连接到附近的另一个信号塔；

但在农村地区，手机也许只能连接到一个信号塔，一旦受到干扰，就会给信号接收带来不可预测的影响[11]。

由于加强网络安全性和可靠性需要冗余资源，无线通信行业一直反对实行能够加强计算机网络保护的法规。此外，无线通信行业还反对推进应急响应系统现代化。上述两种要求均涉及大量技术，实施成本较高，在某些情况下需要新的手机和设备。2017 年，在应对哈维飓风的突发状况时，人们再一次讨论了备用电源的问题。国家公用事业倡导者协会电信委员会代表消费者的立场，该委员会主席雷吉娜·科斯塔称："无线通信行业已尽其所能说服联邦监管机构和州监管机构不要强制规定装备备用电源。这是一个巨大的公共安全问题，因为有电才能保障正常通信[12]。"

四、卫星通信技术

卫星通信不依赖地面系统，而是利用环绕地球运行的卫星，这意味着卫星系统能够在更大范围内发送/接收信号。卫星设备可以与地球上处于卫星波束覆盖范围的任何位置建立通信。卫星电话（或其他设备）发出的信号能直接传递至卫星，然后由卫星将信号转发给最近的陆基地球站，再由地球站传输给固定电话、手机或其他卫星电话等接收设备。该过程如图 9－8 所示。

一些卫星电话利用地球静止轨道上的卫星，该卫星在用户所处位置上空保持静止。地球静止轨道卫星系统仅使用三或四颗卫星即可实现几乎全球的覆盖，从而降低发射和运营成本，但其使用的卫星非常重，且制造和发射成本很高。卫星运行轨道高度约为 35 406 千米，由于卫星与用户之间的距离较远，拨打电话或使用数据服务时会出现明显的延迟。

由于信号直接通过卫星传输，而无需依赖信号塔，因此有望实现偏远地区通信。不过，即使在开阔地带，手机和卫星之间的信号链接也可能会受到高山和森林的阻隔，用户在使用手机前需先找到不存在视线障碍的位置。尽管可能存在中继延迟，但地球静止轨道

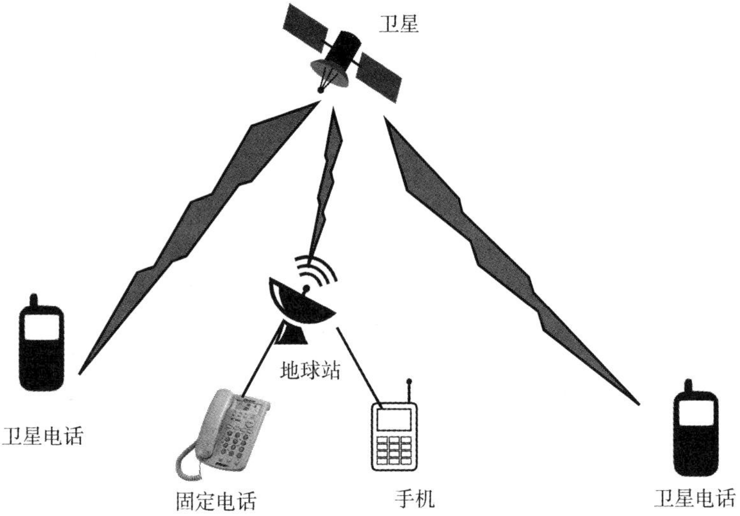

图 9-8 卫星通信技术图示
（图片来源：vizocomsat.com）

卫星系统的可访问带宽比近地轨道卫星系统大得多，因此更适合高速数据应用[11]。

对于前往偏远地区旅行的人来说，移动卫星通信显然比蜂窝通信更实用。三颗通信卫星的覆盖范围如图 9-9 所示，每颗卫星的覆盖区域都很广。无论位于陆上、海上或是空中，无论多么偏远，任何位于卫星波束覆盖范围内的移动卫星设备都能与其他卫星设备实现通信。

通信卫星能够以有源模式或无源模式运行。无源卫星只反射信号，返回信号（称为下行链路）可能会因地面站（上行链路）功率限制、反射特性以及信道损耗而有所衰减。有源卫星能够重新发送信号或对其进行分析，中继器（或转发器）可以放大上行链路的无线电信号，将其转换成不同的载波频率后重新发送。由于转发器会重新传输包含噪声或干扰在内的完整信号，放大后的信号要比无源反射信号强得多。处理卫星接收上行无线电信号并对其进行解调，可能还会对产生的信号进行重新转换格式，然后将数据重新调制为新的下行无线电信号。在传输下行信号之前进行解调消除了大部分干扰和上行噪声，从而提高了信号质量[13]。

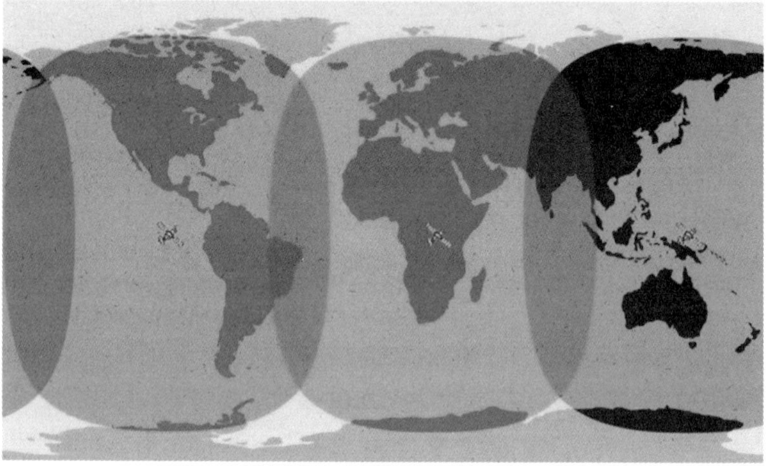

图9-9　卫星技术覆盖范围示意图

（图片来源：vizocomsat. com）

五、军用卫星技术

军用卫星通信可实现可靠的全球连通，对于确定战时战略至关重要。早在第一颗人造卫星在轨运行之前，科学家和未来学家就已经了解天基通信的潜力。1957年，苏联发射了第一颗人造卫星斯普特尼克号。一年后，美国空军弹道导弹部，即美国空军太空与导弹系统中心（SMC）的前身，成功将美国陆军信号通信轨道中继设备（SCORE）发射入轨，该设备运行周期为101分钟。有效载荷由商业设备改装而成，均安装在阿特拉斯导弹整流罩（保护有效载荷免受冲击的火箭锥体部分）内。该有效载荷负责存储上传的数据，然后传输给地面接收器。在电池电量耗尽之前，轨道中继设备传送了艾森豪威尔总统56个字母长的圣诞祝福“愿地球和平，人间友善”，这是第一条从太空传送的语音信息[14]。

紧接着，美国国防部于1960年发射了信使（Courier）号通信卫星，这也是世界上第一颗有源中继卫星。信使号使用太阳能电池板充电，并能够存储数据以供稍后重新发送。随着太空技术的不断进步，军事和商业开发人员互相学习借鉴。商业企业很快意识到了卫星的潜在应用，1964年8月，同步通信卫星3号（Syncom 3）发射升空，该卫星是第一颗地球同步轨道卫星，并成功将东京夏季奥运会通过电视转播到美国，从而使全球卫星通信成为现实。此时，导航和天气预报等其他太空系统也已成为现实[14]。

1962年，美国空军向私人航空航天公司寻求帮助，以开发新系统，并最终催生了最初的国防通信卫星计划（IDCSP）。1964年，美国国会决定，鉴于军方的独特需求攸关国家安全，因此美国商业卫星通信系统与军事系统的开发应加以区分。国防通信卫星计划于1966年进行首次发射，最终将26颗卫星送入不同的轨道。每颗卫星重100磅，并各配有一个中继器。1968年，政府宣布该系统投入使用，并将其改名为国防卫星通信系统（DSCS）。航空航天公司继续协助规划、开发和运行该系统的地面和太空组件。

在需要时，军方并不拒绝使用商业卫星和服务。多年来，人们对卫星容量和安全性的要求不断提高，因此必须采用更先进的卫星设计。例如，为向使用小型终端的地面战术用户传输信号，需要增大无线电发射功率，并为卫星配备更大功率和更高效的太阳能电池，最终，还需要新型稳定技术，使卫星能够控制姿态并利用轨道控制能力的提升来捕获更多的太阳能。地面站最终必须能够控制卫星的位置和方向，而这些要求反过来又导致卫星体积变大[15]。

六、频率

国际条约制定了电磁频谱使用规则和条例，为特定太空系统和无线电服务分配了特定频率，这些规则和条例内容已被纳入美国法律。国际电信联盟负责监管每颗卫星频率及其在太空中位置的分配

（定义说明见图9-10）。美国为军事太空应用分配了四个频段，包括超高频（225～400兆赫）、X频段（7～8千兆赫）、Ka频段（上行30～31千兆赫，下行20.2～21.2千兆赫）和极高频（上行43～45千兆赫，下行20.2～21.2千兆赫）。所有政府用户都可使用S频段（1.761～1.842千兆赫和2.20～2.29千兆赫）。表9-1列出并介绍了相关频段，内容来源于欧洲航天局（ESA）电信与综合应用网站[16]：

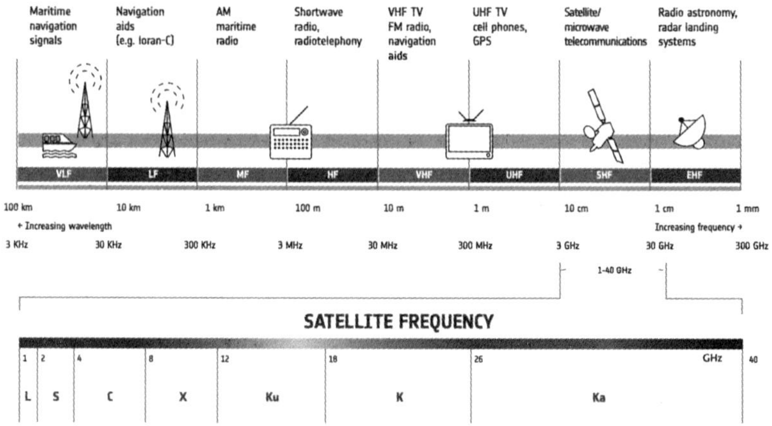

图9-10　卫星技术覆盖范围示意图

（图片来源：ESA）

表9-1　卫星频段

频段	频率（千兆赫）	应用
L频段	1～2	GPS载波；卫星手机；国际移动卫星公司（该公司提供海上、陆地和空中通信）；全球太空卫星广播
S频段	2～4	气象雷达；水面船只雷达；NASA与国际空间站通信所用的卫星
C频段	4～8	卫星通信；全时卫星电视网络或原始卫星馈送 由于其比Ku频段的雨衰小，常用于受热带降雨影响的地区

续表

频段	频率（千兆赫）	应用
X 频段	8～12	军事应用；下列类型的雷达：连续波、脉冲、单极化、双极化、合成孔径雷达和相控阵雷达 子频段在民用、军事和政府机构中均有应用，常用于天气监测、空中交通管制、海上船舶交通管制、国防追踪和车速检测和执法
Ku 频段	12～18	卫星通信；在欧洲，Ku 频段下行链路 10.7 千兆赫至 12.75 千兆赫部分用于直播卫星服务，如阿斯特拉
Ka 频段	26～40	通信卫星；27.5 千兆赫和 31 千兆赫频段的上行链路；军用飞机上的高分辨率近距目标雷达

较高频率通常具备较大带宽，但也更容易受雨衰影响（大气雨、冰或雪对无线电信号的影响）而导致信号衰减。由于卫星数量不断增加，低频段资源已出现不足，这是一个关键问题。人们目前正在研究新技术以便利用更高的频段[16]。

卫星技术正在迅速发展并不断投入应用。如今卫星不仅限用于无线电通信，还扩展到天气预报、广播、天文学、测绘和许多其他应用领域。

七、卫星通信技术与军事应用

1957 年，斯普特尼克一号成功发射后，人们对卫星通信的好处和应用争论不休。由于美国国会担心重复劳动，于是让 NASA 主要负责“无源”通信卫星（ECHO）实验，而国防部则负责“有源”通信卫星实验，后者可放大卫星接收信号从而实现高质量卫星通信。1960 年，AT&T 公司向美国联邦通信委员会（FCC）申请发射一颗实验性通信卫星，并计划在未来部署一个功能完备的系统。1961 年，NASA 与美国无线电公司（RCA）签订合同，要求其建造一颗中地球轨道（6 437 千米）有源通信卫星（即 Relay）。当时，AT&T 公司正在建造自己的中地球轨道卫星（即 Telstar）。

NASA 还授予休斯飞机公司一项名为“降临”的军事项目合同，

要求其建造一颗运行高度超过 32 187 千米的卫星（即同步通信卫星）。“降临”成为第一个主要的地球静止卫星项目，该卫星采取三轴稳定方式，而非以前的旋转方式，卫星天线将无线电能量指向地球。每颗卫星的结构都十分复杂，而且非常重。由于该卫星重达 500～1 000 磅，只能由更强大的宇宙神-半人马运载火箭发射。由于半人马运载火箭研发推迟，所需技术复杂且成本超支，“降临”计划于 1962 年被取消。最终，卫星问题将得到解决。20 世纪 70 年代中期，人们开发了若干颗采用三轴稳定方式的卫星。20 世纪 90 年代初，休斯公司将其设计的卫星改为三轴稳定形式，许多新卫星似乎可与 20 世纪 50 年代后期被叫停的“降临”计划相媲美。

尽管遇到了许多挫折，但到 1964 年，美国已成功将两颗 Telstar 卫星、两颗 Relay 和两颗同步通信卫星发射入轨，根据《1962 年通信卫星法案》成立的通信卫星公司（COMSAT）也在开发其第一颗卫星。通信卫星公司为其前两个系统选定了休斯飞机公司建造的 24 小时轨道（地球同步）卫星，为其第三个系统选定了 TRW 公司的地球静止轨道卫星。1965 年，通信卫星公司的第一颗卫星“早鸟”从卡纳维拉尔角发射升空。当时，全球卫星通信逐渐实现，英国、法国、德国、意大利、巴西和日本都已拥有通信地面站。1964 年，各国通过谈判设立了名为国际通信卫星组织的新的国际组织，最终负责管理全球系统[17]。

Intelsat Ⅱ 系列卫星比“早鸟”卫星的能力更强，运行寿命也更长，还是第一个覆盖印度洋并成功构建全球网络的系统。几天后，即 1969 年 7 月 20 日，阿波罗 11 号成功登陆月球，当时全球有 5 亿人目睹了这一壮举。

早在 1960 年，人们就已经掌握了许多通信卫星技术，但随着时间的推移，这些技术也有所发展。行波管是太空通信和数据传输系统中最常用的功率放大器。行波管是一种专用真空管，常用在电子器件中以增强微波范围内的射频信号。无线电波穿过真空管时，通过吸收电子束能量而得到加强。半个多世纪以来，行波管放大器一直是卫星行业的支柱。该技术最初由英国在二战期间发明，由于其能够将信号放大到非常高的输出功率水平，多用于为大功率雷达转发器提供支持。这项技术最终被用于卫星通信。与其他微波管相比，行波管的主要优势在于其能够增强较大频率范围，从而形成更大带宽[18]。

高增益天线是通信卫星的另一重大发展，其能够缩小无线电波束聚焦范围，精确发射无线电信号，提高向接收器的传送功率，从而增大接收信号的强度。定向天线信号集中在主波束附近，此特性可减小信号噪声。

1976 年初，通信卫星公司发射了一种新型卫星（Marisat），以便向美国海军和其他海上客户提供移动服务。20 世纪 80 年代初，欧空局发射了 Marecs 系列卫星，以提供类似的移动服务[17]。

最新的卫星系统在近地轨道上运行，运行高度约为 805 千米。摩托罗拉制造的“铱星”是如今最先进的卫星系统之一，预计将向 644 千米高的极地轨道发射 66 颗卫星，分布于六个相隔 30°的轨道平面，每个平面上有 11 颗卫星。除较大的卫星系统（“铱星”和“全球星”）外，其他公司也正在开发卫星，但提供的数据服务和无线电测定更有限（利用无线电传播计算物体的位置、速度或其他属性）[17]。

位于地球静止轨道上的军事战略和战术中继（Milstar）通信系统由美国空军运营，为美国军方提供安全抗干扰的全球通信。该多卫星星座能够将船舶、潜艇、飞机和地面站及其资源与指挥机构联接起来。民用和商业卫星通信不具备同样的强化能力。空军目前正在用先进极高频系统取代军事战略和战术中继系统，前者是一个新的地球同步卫星网络，将为美国空军以及加拿大、英国和荷兰的武装部队提供安全的中继通信。先进极高频系统不仅可以传送语音和数据，还可以用于传输地图、实时视频和仅用于军事用途的目标指示数据等战术信息[19]。

美国武装部队分支机构使用国防卫星通信系统，该系统是一个地球静止轨道卫星网络，旨在提供大通量受保护的语音和数据通信。国防卫星通信系统目前运行状态良好，已远远超过 10 年设计使用寿命，未来将被宽带全球卫星通信系统所取代，该系统是美国和澳大利亚政府的合作项目。宽带全球卫星通信系统将为两国武装部队提供支持，增强部队在战术指挥和控制、通信、情报、监视与侦察方面的能力。此外，宽带全球卫星通信系统将减少美国及盟军对商业卫星运营商通信服务的依赖度。在军事行动中，最重要的卫星应用之一（GPS 除外）便是使用电信卫星提供视距外移动通信能力。

目前，美国包括军方在内的所有政府卫星通信业务中，约有 80%由商业卫星通信系统承担。即使美国政府已经部署了更多的军用卫星系统，通信容量稳步增加，仍需要不断购买更多商业卫星系统带宽作为补充。反恐战争不仅限于阿富汗和伊拉克，为满足因反恐战争而加剧的军事需求，美国及其盟国必须提高通信能力[20]。

美国军方使用的安全卫星通信设备目前正进行性能和容量升级，同时还需应对日益增长的安全威胁。2014 年，华盛顿州西雅图的安全公司 IOActive 发现，安全卫星通信设备固件中存在关键设计缺陷和漏洞，远程攻击者可能会利用这些缺陷，切断、拦截甚至控制地面终端、空中（不包括太空）及海上使用的重要通信系统。“幸运的是，部分安全卫星通信设备和相关基础设施的安全性比两年前得到了改进，”IOActive 公司首席安全顾问鲁本·桑塔玛塔（Ruben Santamarta）说道，“各公司一直大力推动将安全性引入产品整个生命周期。我们建议认真对待安全问题，从一开始就设计整个生命周期的安全性[21]。”

为应对潜在安全威胁，洛克希德·马丁公司的工程技术人员将先进极高频卫星通信系统设计成世界上最可靠的卫星通信系统之一。先进极高频卫星通信系统不仅为美国服务，还为加拿大、荷兰和英国提供服务。“先进极高频卫星通信系统能够提供必要的可靠通信链路，使国家领导人和军事指挥官能够在冲突地区传输敏感信息。”位于马里兰州贝塞斯达的洛克希德·马丁公司受保护通信任务领域副总裁伊里斯·邦贝林表示。通信卫星必须能够提供所需带宽，邦贝林指出："先进极高频卫星通信系统能显著提高美国政府的能力。与其前身军事战略和战术中继系统相比，单颗先进极高频卫星的总容量比整个军事战略和战术中继系统星座还要大[21]。"

先进极高频卫星可覆盖全球，从而方便数据传输，并在全球军事行动期间提供更大的灵活性。邦贝林说，随着速度的提高，先进极高频卫星系统"能够快速传输实时视频、战场地图和目标数据等战术通信信息"[21]。

美国卫讯公司同样致力于提高数据容量，但它认为容量问题取决于太空，而非地面。"这就是卫星的组织和设计方式。"美国卫讯公司副总裁古德温（Goodwin）说道。古德温还表示："如今，我们只用一颗卫星就能为 70 多万个客户提供服务。如果使用卫讯-2 卫星，容量将比卫讯-1 增加一倍。2019 年卫讯-3 星座发射升空后，每颗卫星的通信容量可达到 1Tbps，每个用户的可用容量为 100Mbps……而单颗传统卫星的通信容量仅为 2Gbps，因此卫讯-3 卫星可提供的容量相当于传统卫星的 500 倍，这将为我们的服务计划提供更大的灵活性。"尽管数据传输速度可能更快，但这并不是目前的需求。相对于其他设备成本，容量提升的成本一直是最大费用[21]。

美国政府目前正在研究超越第 5 代和第 6 代先进极高频卫星的军事通信网络架构。邦贝林称，洛克希德·马丁公司"已经着手开发低成本后续产品，可使用商业卫星合同中的标准化组件实现规模经济"。邦贝林表示，首先必须对先进极高频卫星商用现货产品进行评估，以确定它们足够可靠，适合洛克希德·马丁公司所需的应用环境。"我们使命是在其他人都无法提供通信服务时成为唯一的通信渠道。"

八、未来量子计算

中国在应对无休止的网络攻击和保卫卫星通信安全方面取得了

巨大进展，可将信息转换为量子（一种加密方式）并实现太空传输，从而创造完全安全的通信系统。新量子空间卫星（QUESS）计划并非仅仅是演示或实验，中国在量子通信技术方面已处于世界领先地位，计划使用量子通信卫星进行尖端研究，并将其转化为战术资产以提升自身实力[22]。

通过将加密密钥应用于加密算法实现信息加密或解密，量子纠缠是指两个或多个粒子融合成“量子态”。量子加密使窃听者或黑客无处遁形，窃听者或黑客的存在会导致量子态崩溃，从而发现间谍活动。由于量子具有不确定性，参与秘密通信的人能够得知他们是否被监视。由于量子机制十分复杂，因此几乎不可能对量子纠缠过程生成的量子密钥进行逆向解密[22]。

2008 年，维也纳建立了传输加密光子的网络，长距离传输需要众多中继器枢纽，使得信号变弱且容易受到黑客攻击。该网络揭示了利用卫星通信的必要性，在太空真空环境下，几乎不存在干扰量子信号的原子[23]。

中国科学院多机构科学团队花了 10 多年时间开发出一颗用于执行量子科学实验的精密卫星，中国科学院声称，该技术“可将信息转换为量子并进行太空传输，从而实现不可破解的通信系统”。中国于 2016 年 8 月成功从戈壁沙漠发射了以中国古代哲学家命名的“墨子号”卫星，该卫星旨在开展量子科学实验，其运行高度约为 500 千米。“墨子号”是第一颗量子科学实验卫星，携带有精密光学设备，负责向两个相隔 1 201 千米的山顶地球基地发送信号（见图 9-11）。“墨子号”卫星上的光学设备是分发光学粒子或光子的关键组件，这些粒子或光子可以编码“密钥”，从而对传输到地面站的信息进行加密。中国人已经证明，使用量子技术构建太空网络是可行的[24]。

美国是否计划利用量子技术保护军用卫星通信？到目前为止，我们尚不得而知。“虽然我无法具体讨论量子通信问题，但保护卫星正常执行任务至关重要，整个行业必须在保护技术方面不断取得进

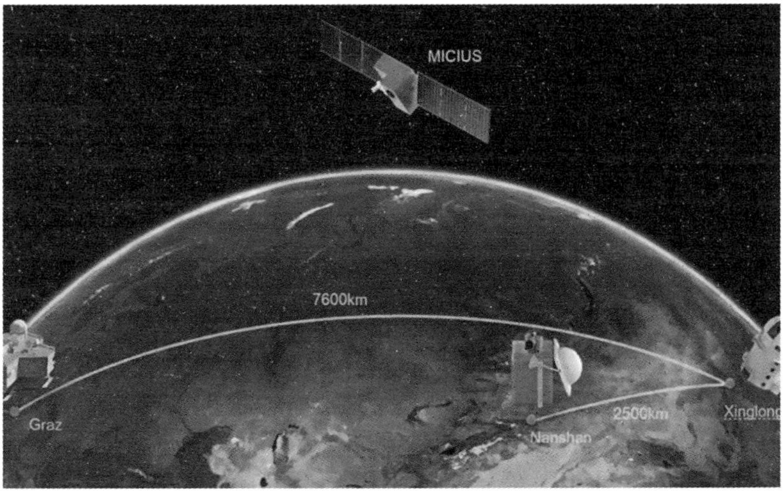

图 9－11 “墨子号”卫星用于生成密钥的三个合作地面站（格拉茨站、南山站和兴隆站）示意图（图片来源：中国科学技术大学）

步，这一点始终是重中之重。”洛克希德·马丁公司的邦贝林说道。邦贝林认为，军事通信面临的最大挑战是以合理价格提供足以应对各种敌方威胁的系统，她认为：“要解决这一问题，就需要借助商业卫星系统、通用卫星组件和新技术等设计方案。太空领域一直都十分重视合作，各航天国家为实现更大利益而进行协作。但随着越来越多的新航天国家的出现，未来变得不那么明朗[35]”。

九、遥感技术

遥感是指从远处观察和测量地球表面物体，起源于 19 世纪的航空摄影，即借助气球、鸟类、飞机甚至风筝等各种方式用相机拍摄图像。“遥感”一词最早出现于 1960 年，当时新方法和新技术不断取得进步，遥感不仅仅限于拍摄照片。到 20 世纪 70 年代，人们逐渐用卫星而非飞机携带仪器，从而能够对更大范围的土地进行持续监测。此外，模拟图像也转变为数字格式，使得计算机技术能处理和分析图形和数字格式的数据。传感器问世后，其能够对人眼视觉之外的电磁频谱进行分析，可探测的电磁辐射既包括反射的太阳辐射，也包括地球表面物体所发出的辐射[36]。

如今，有很多配备各种遥感仪器的卫星用于监测地球表面。陆地卫星（地球资源技术卫星）计划是 NASA 和美国地质调查局联合管理的一系列对地观测卫星任务。陆地卫星的灵感来自于阿波罗从太空拍摄的地表照片。在 1966 年的一份新闻稿中，内政部长斯图尔特·L. 乌达尔（Stewart L. Udall）宣布启动“地球遥感观测卫星项目”，该项目“旨在利用携带精密遥感观测仪器的对地观测卫星收集地球自然资源相关信息[37]”。陆地卫星于 1972 年首次发射，一直运行至今，陆地卫星-9 计划于 2020 年发射。

陆地卫星-1 配备的传感器极大地改变了遥感技术，该卫星能够提供数字格式和多光谱格式的图像。陆地卫星配备的仪器已在任务中收集了数百万张图像，为区域规划、农业、地质、林业和教育等领域的全球变化研究与应用提供了宝贵数据。陆地卫星数据被下行传输到世界各地的地面站，并在美国地质勘探局地球遥感观测卫星中心存档。

美国首项军用卫星计划名为“日冕”（科罗娜）计划，利用更先进的锁眼卫星和陆地卫星监测计划进行秘密侦察，该计划一直持续到今天。从 1959 年到 1972 年，美国一直在开展“日冕”计划，但直到 1995 年克林顿总统下令对图像进行解密以便进行环境研究，美国公众才得知这一计划。“日冕”计划启动于冷战期间，旨在协助确定苏联的实力，包括苏联轰炸机和洲际导弹的数量。在 20 世纪 50 年代后期和 20 世纪 60 年代，携带高分辨率相机的 U-2 侦察机在 21 千米高空飞行，并提供有关世界各地部队调动的宝贵信息。不过，U-2 侦察机同样容易受到攻击，人们始终认为轨道卫星侦察系统是首选方案。外层空间不同于传统空域，因此暂时没有成为目标。1960 年，“日冕”卫星系统获得首次成功，由此开启了太空侦察和先进遥感时代，到 1972 年，该系统已经获得 80 万余张图像。尽管“日冕”卫星提供了有价值的图像，但该项目利用降落伞将胶卷投回地球，由飞机在半空中将其捕获，这一收回过程仍然存在问题。此外，从最初捕获图像到投送胶卷，存在数天甚至数周的延迟，军事事件极其注重时效性，这种延迟存在巨大的局限性[38]。

“日冕”计划结束后，锁眼侦察卫星继续运行，新一代锁眼卫星能够实现实时覆盖，全天记录图像并以电子方式传输数字图像。锁眼卫星配备带有超大镜头的大型轨道数码相机，该相机与哈勃望远镜类似，只不过其位于地球上方约 322 千米处。电荷耦合器件用于收集图像，生成数码照片，然后将其传输回地球，军事和民用机构均可使用这种黑白图像。有关此类卫星的许多细节仍然保密，但人们已知，任何时候都有几颗卫星在地球上空运行。锁眼卫星的成像分辨率为 12.7 厘米，而早期从太空进行地球测绘的“日冕”卫星系统的成像分辨率是 2 米[39]。

启 示

亚瑟 · C. 克拉克（Arthur C. Clarke）于 1945 年设想将三颗“载人”卫星布置在地表上空以提供电视直播[40]，尽管与他设想的方式不同，但卫星确实为我们提供了电视以及本章所述的其他服务。测绘分析师使用卫星数据创建地面结构和地形 3D 图像，无论对民众还是军队来说，这些图像都是宝贵的资源。就像电视广播一样，图像可以证明某些地面活动的真实性。这类图像曾被用于观察在轨航天飞机的底部，检测是否有陶瓷隔热瓦损坏，陶瓷瓦对航天飞机重返大气层至关重要[41]。

冷战期间，美国加利福尼亚州范登堡空军基地是许多监视卫星的主要发射地，直至今日仍然如此。部分早期卫星装有回收舱，可以将胶卷罐送回地球，并由空军机组人员负责在太平洋上空将其捕获。我们早已不再采用这种机械性回收方式，而是将数据和图像直接传输回地球，用于民事和军事应用。然而，只有少数国家具备研制卫星的能力。此外，只有大约 14 个国家（俄罗斯、美国、中国、英国、法国、加拿大、日本、印度、以色列、乌克兰、伊朗、朝鲜、韩国、新西兰）和一个地区组织（欧空局）有能力使用自己的火箭发射卫星[42]。

卫星的主要军事应用涉及“反恐战争”及相关冲突，军用卫星也是冷战以来美国政府对军事和太空资产的最大投资，它促进了当今太空和网络空间更广泛的军事化，而并非是一种新的政治策略。美国军方对卫星应用的需求不断增加，加速了先进卫星技术的进步和商业能力的发展。军方已成为商业和两用卫星的最大客户[43]。

参 考 文 献

[1] JFK Library. [Internet] jfklibrary. org; Address at Rice University on the nation's space effort. 12 Sep 1962 [cited 2018 Feb 01]. Available from: https://www.jfklibrary.org/JFK/Historic - Speeches/Multilingual - Rice -University - Speech. aspx.

[2] Howell, Elizabeth. [Internet].Space. com; c2018. What is a satellite?; Oct 26 2017 [cited 2018 Feb 03]; Available from: https://www.space.com/24839 - satellites. html

[3] JPL. nasa. gov. [Internet].jpl. nasa. gov; c2018. Mission to Earth, Explorer 1. [cited 2018 Feb 03]; Available from: https://www.jpl.nasa.gov/missions/explorer - 1/.

[4] Riebeek, Holli. Earth Observatory NASA. [Internet]. jpl. nasa. gov; Catalog of Earth satellite orbits. 4 Sep 2009. [cited 2018 Feb 04]; Available from: https://earthobservatory. nasa. gov/Features/OrbitsCatalog/.

[5] Earthobservatory. nasa. gov. [Internet] earthobservatory. nasa. gov. Three classes of orbits. c2018. [cited 2018 Feb 04]; Available from: https://earthobservatory. nasa. gov/Features/OrbitsCatalog/page2. php.

[6] Nasa. gov. [Internet].nasa. gov; c2017. Global Positioning System history. [cited 2018 Feb 05]; Available from: https://www.nasa.gov/directorates/heo/scan/communications/policy/. GPS_History. html.

[7] Earthobservatory. nasa. gov. [Internet] earthobservatory. nasa. gov. Three classes of orbits. c2018. [cited 2018 Feb 06]; Available from: https://earthobservatory. nasa. gov/Features/OrbitsCatalog/page2. php.

[8] Riebeek, Holli. Earth Observatory NASA. [Internet]. jpl. nasa. gov; Catalog of Earth satellite orbits. 4 Sep 2009. [cited 2018 Feb 04]; Available from: https://earthobservatory. nasa. gov/Features/Orbits Catalog/.

[9] Markgraf, Bert. [Internet].smallbusiness. chron. com; c2018. How far can

a cell tower be for a cellphone to pick up the signal?; [cited 2018 Feb 06]; Available from: http://smallbusiness. chron. com/far - can - cell - tower - cellphone - pick - up - signal - 32124. html.

[10] Baer, Drake. [Internet]. bussinessinsider. com; 22 Feb 2016. This map shows the percentage of people around the world who own smartphones; [cited 2018 Feb 06]; Available from: http://www. businessinsider. com/how - many - people - own - smartphones - around - the - world - 2016 - 2.

[11] Staff. Vizocomsat. com. [Internet]. vizocomsat. com; 03 Apr 2016. The difference between cellular and satellite communications; [cited 2018 Feb 06]; Available from: http://www. vizocomsat. com/blog/difference - cellular - satellite - communications/.

[12] Shields, Todd. Bloomberg. com [Internet]. bloomberg. com; 30 Aug 2017. Harvey knockout of cell service revives talk of backup power. [cited 2018 Feb 06]; Available from: https://www. bloomberg. com/news/articles/2017 - 08 - 30/harvey - s - knockout - of - cell - service - revives - calls - for - backup - power.

[13] Staff. Aerospace. com. [Internet]. aerospace. com; 01 Apr 2010. Military satellite communications fundamentals; [cited 2018 Feb 06]; Available from: http://www. aerospace. org/crosslinkmag/spring - 2010/military - satellite - communications - fundamentals/.

[14] Staff. Aerospace. com. [Internet]. aerospace. com; 01 Apr 2010. Military satellite communications fundamentals; [cited 2018 Feb 06]; Available from: http://www. aerospace. org/crosslinkmag/spring - 2010/military - satellite - communications - then - and - now/.

[15] Martin, Donald, Anderson, Paul, and Bartamian, Lucy. Communication Satellites, 5th Edition. c2004. http://aerospace. wpengine. netdna - cdn. com/wp - content/uploads/2012/03/bk_comm - sats_ch1. pdf.

[16] ESA. [Internet]. www. esa. int; c2013. Satellite frequency bands; [cited 2018 Feb 08]; Available from: https://www. esa. int/Our_Activities/Telecommunications_Integrated_Applications/Satellite_frequency_bands.

[17] Whalen, David. [Internet]. history. nasa. gov; c2010. Communications satellites: making the global village possible; [cited 2018 Feb 08];

Available from: https://history. nasa. gov/satcomhistory. html.

[18] Damien Minenna, Frédéric André, Yves Elskens, Jean - François Auboin, Fabrice Doveil, et al. The Traveling - Wave Tube in the History of Telecommunication. 2018.

[19] Lee, Ricky and Steele, Sarah. 2014. Military use of satellite communications, remote sensing, and global positioning systems in the war on terror. Journal of Air Law and Commerce. 79(1/2): 69.

[20] Magnuson, Stew. [Internet] nationaldefensemagazine. org. Military not taking advantage of new commercial satellites. 03 Apr 2017; [cited 2018 Feb 08]; Available from: http://www. nationaldefensemagazine. org/articles/2017/4/3/military - not - taking - advantage - of - new - commercial - satellites.

[21] Cole, Sally. Military Embedded Systems. [Internet]. mil - embedded. com; 15 Jun 2016. Military secure satellite communications capacity is evolving rapidly; [cited 2018 Feb 010]; Available from: http://mil - embedded. com/articles/military - communications - capacity - evolving - rapidly/.

[22] Lin, Jeffrey, Singer, P. W. , and Costello, John. Popular Science. 03 Mar 2016. Cryptography forever. Available from: https://www. popsci. com/chinas - quantum - satellite - could - change - cryptography - forever

[23] APS Physics. May 2007 (Vol 15, No. 5). Quantum leap reported for entangled photons. Available from: https://www. aps. org/publications/apsnews/200705/quantumleap. cfm.

[24] Pease, Roland. BBC News. [Internet]. bbc. com; 15 Jun 2017. China's quantum satellite in big leap; [cited 2018 Feb 012]; Available from: http://www. bbc. com/news/science - environment - 40294795.

[25] Cole, Sally. Military Embedded Systems. [Internet]. mil - embedded. com; 15 Jun 2016. Military secure satellite communications capacity is evolving rapidly; [cited 2018 Feb 010]; Available from: http://mil - embedded. com/articles/military - communications - capacity - evolving - rapidly/.

[26] Remote sensing. Rai Technology University. http://164. 100. 133. 129:81/

eCONTENT/Uploads/Remote_Sensing. pdf.

[27] Landsat. [Internet]. landsat. usgs. gov; c 2018What is Landsat and when did it begin; [cited 2018 Feb 012]; Available from: https://landsat. usgs. gov/what - landsat - and - when - did - it - begin.

[28] Lan, Sharon Watkins Lang. US Army. [Internet]. army. mil; 18 Aug 2016. Project Corona: America's first photo reconnaissance satellite; [cited 2018 Feb 012]; Available from: https://www. army. mil/article/173155/project_corona_americas_first_photo_reconnaissance_satellite.

[29] Tarantola, Andrew. Gizmodo. How the US built its super - secret spy satellite program. 23 Apr 2013. https://gizmodo. com/5994202/how - the - us - built - its - super - secret - spy - satellite - program.

[30] Webster dictionary.

第 10 章　防止太空战争

衡量一个文明的强弱，不是看它的作战能力，而是看它阻止战争的能力。

——吉恩·罗登伯里（Gene Roddenberry），《地球：最后的冲突》，2000 年 2 月 7 日[1]

引　言

一场涉及太空商业化和潜在武器化的新竞赛正在加速进行，近几年的技术进步和公开测试表明，为夺得外层空间的主导地位，国际竞争日益加剧。与此同时，人们更加担心可能发生太空战争并造成大规模破坏。我们依靠太空系统进行导航、通信和探索，并实现现代生活所必需的许多其他功能，一旦若干颗关键卫星失效，就足以给依赖通信和授时的全球日常运行造成混乱。如果使用攻击性武器，产生的碎片很可能会摧毁周围的航天器，从而造成连锁反应，产生更多具有破坏性的碎片。世界经济可能会因此崩溃。事实上，太空战的后果可能与核战争不相上下。

美国和其他国家正在为一场潜在的太空战争做准备，但是，重点很可能在于如何防止太空战争。作为军事太空技术的领导者，美国占据着巨大优势，但对这些技术的依赖性也会带来风险。事实上，由于太空战争可能对整个世界造成巨大损失，这很可能足以使美国不会主动发动太空战争。

随着太空军事化竞赛的进行，美国将继续将重点放在威慑方面。太空战争将对生活的方方面面造成毁灭性破坏，我们的目标可能会始终是避免太空战争，而不是研究新的太空作战方式。前几章已经介绍了外层空间将如何被用作战区以及因此而产生的影响，本章将对相应工作进行总结。

一、对空间资产的依赖性

太空越来越拥挤，各国技术竞争加剧（见图 10－1）。自 1957 年苏联将第一颗卫星送入轨道以来，没有任何一个国家人为摧毁其他国家的在轨航天器，但所需的相关技术已经经过了验证，而且存在很快发生太空战争的可能性。此外，空间资产可用于监控敌方导弹发射，并为防御导弹或用于击落攻击者的武器提供有价值的数据。

图 10－1　基于实际轨道密度数据的艺术想象图

（图片来源：欧洲航天局）

太空武器化进程正在加速，美国的竞争对手正在开发和部署反卫星武器（见第 2 章介绍）。早在冷战时期，就有国家开始发展反卫星武器技术，几十年来，世界上最先进的军队为此展开了激烈竞争[2]。

美国已经展示了其在军事太空技术方面的领先地位，但正如前文所述，正是美国对太空技术的这种依赖性带来了巨大危险。由于美国十分依赖太空资产，敌人更有动机攻击美国在轨基础设施。

美军严重依赖在轨资产，以实现通信、导航、精确定位、情报收集和预警等重要活动。尽管中国和俄罗斯也在某种程度上依赖在轨资产，但其依赖程度低于美国。首先，中国和俄罗斯目前在轨航天器的数量要少得多。其次，由于两国都更加关注毗邻地区，因此使用常规工具即可实现其目标，而不必使用高科技工具。例如，由于地理位置邻近，中国可以凭借陆基雷达和传感器应对台湾海峡冲突。另一方面，美国将不得不利用卫星为同样发生在台湾海峡或任何遥远地区的冲突提供支持[3]。

尽管美国在打击敌方航天器方面拥有领先的能力，但竞争对手国家可能认为，如果能严重削弱美国的外层空间能力，即便造成己方太空资产损失也很值得。美国在轨航天器确实存在一些漏洞和局限性，在轨卫星的运行轨道有章可循，机动能力有限，且难以防御攻击。

对美国卫星进行全面动能打击将造成巨大的物理破坏，同时引发毁灭性的后果。有些策略则旨在降低卫星的能力，而非摧毁航天器。这些策略更加隐蔽，可能值得一试，如入侵操作软件、干扰信号、影响传感器工作（暂时致盲）或使传感器彻底失效等。可以利用这些策略发动非动能打击并造成少量物理损坏，有些损坏甚至可以在停止打击后自行复原。鉴于美国严重依赖轨道技术因而无意加剧太空冲突，潜在对手可能借此获益[4]。

二、防止太空战争

美国一边通过协商试图降低外层空间的敌意，一边面对现实，积极备战太空全面战争。国防部任命空军部长为首席顾问，负责协调各军种太空相关工作。2015 年底，美国还在科罗拉多州施里弗空军基地成立了跨部门联合太空作战中心，该中心通过数据分析并进行了一系列兵棋推演以模拟轨道作战场景，加快了国家安全太空领域的信息共享[2]。

美国国防部增加了数十亿美元的太空项目预算用于发展技术和战略，以便防止太空攻击或增强应对太空攻击的弹性。作战响应空间办公室旨在设计和建造能够以低成本快速完成组装和部署的小型卫星和相关发射系统，美国目前的卫星星座由大型、复杂且昂贵的卫星组成，费用高达数十亿美元，许多卫星的制造需要耗时数年时间。该办公室还指导开发了更标准的模块化卫星框架，以适应多种有效载荷，从而实现更灵活、成本更低和周转更快的生产制造。下一步是开发一种更高效、成本更低的方法，用以替代失效或损坏的系统。基于这一目标，作战响应空间办公室打算资助开发天基有效载荷辅助火箭-考艾岛（SPARK）发射系统，以便将小型卫星送入近地轨道和太阳同步轨道。美国军方还希望说服私营部门，共同努力，实现低成本快速发射大量小卫星，维珍银河公司（使用空射运载器一号）和火箭实验室（使用电子号运载火箭）等公司表达了极大的参与积极性[2]。

实现小卫星现代化可确保在受到攻击时迅速更换失效卫星，这对于确保美军在冲突期间使用卫星网络支持作战十分必要。小卫星并不是无所不能，关键卫星功能仍将依赖于体积更大、更复杂的系统，如抗核辐射的更大的指挥与控制任务卫星，这些复杂系统上装有笨重的天线和相当大的电源[2]。

任何时候防止战争的首选方法都是展示力量，同时努力加强外交。本书总结了美国的防御计划和用导弹打击敌方威胁的能力，总体而言，美国正在认真应对太空战争带来的威胁，加大对新技术的投资，逐步开发必要的组织架构，以应对可能的太空战争。对手咄咄逼人的反卫星能力并不能确保占据优势，但如果他们取得成功，我们就将失去在灾难性太空战争中利用太空的关键能力。

这种前所未有的紧迫感体现在，唐纳德·特朗普总统最近多次要求建立“天军”，即组建一个独立军种，以确保美国保持太空域的领导地位，而这一任务过去主要由空军负责。特朗普在 2018 年 6 月表示："新太空国家战略将太空视为与陆地、天空和海洋一样的作战域。""我们已经有了空军，未来还将拥有天军。"特朗普政府于去年年底发布的新国家安全战略首次将太空视为"核心利益"，并鼓励军方"将太空作为优先发展领域"。此外，特朗普政府还表示，"对于针对太空架构关键组成部分并直接影响美国太空核心利益的有害干扰或攻击，我们都会在我们选择的时间、地点、方式和领域给予反击[5]"。特朗普政府的最新预算要求拨款125亿美元用于军事太空工作，这还不包括秘密项目。因此，按空军部长希瑟·威尔逊所言，美国将重点为空军的四颗卫星开发"更可靠的架构"，以实现导弹发射预警。对美国来说，朝鲜半岛是最危险的地区之一，这四颗卫星对于美国实现该地区的战备状态至关重要。希瑟·威尔逊解释称："空军紧盯着地球，寻找火箭发射的迹象，在几秒钟内便能探测到发射并确定的火箭前进方向，随后向国家指挥中心发出预警。""因此，每当电视上播放朝鲜发射导弹的画面时，那条代表火箭发射轨迹的弧线其实是空军提供的信息[5]"。

新计划的另一个重点是保护美国空军的31颗全球定位系统卫星。"空军每天为全世界大约10亿人提供GPS服务，"威尔逊继续说道："在本次预算中，我们提议将GPS升级为我们所称的GPS Ⅲ，其抗干扰能力更强。"在最近乌克兰东部的冲突中，俄罗斯试图使用GPS和卫星干扰器干扰太空通信。"从这个视角看，太空战早已成为地面冲突的一部分[5]。"

美国国防部正投资新技术开发，从而使美军能够实时跟踪所有太空资产。此外，他们还要确保使用先进频率的24颗军事通信卫星不会受到干扰。空军参谋长大卫·戈德费因将军在2018年初表示："我们必须设想未来冲突中任何形式的战争都将延伸到太空，我们必须改变自己的思维方式，并为可能发生的太空战争做好准备。"

对于未来战争产生的致命太空垃圾云，目前尚无清除方法。美国应继续向全球伙伴和盟国宣传预防性观点，向其展示全面开战如何摧毁在轨卫星并对全人类造成伤害。

“你不可能一直掌控全部太空，”威尔逊在接受采访时说道：“太空的物理特性与其他介质非常不同，因此彼此没有可比性。”她举例道，卫星实际上是“一个活靶子……它在天上清晰可辨，沿可预测的轨道运行，几乎无处遁形”。她认为，外太空与其他域并无二致，冲突总是不可避免，同时充满了风险和危险。《21 世纪太空战》的作者约翰逊·弗里斯（Johnson - Freese）则认为：“这些都是耸人听闻的观点，如果一个人总是鼓吹这种无法避免产生冲突的观点，最终就会陷入其中。”威尔逊建议：“我们需要制定战略遏制政策[5]。”

太空防御的最大挑战在于，要发展一种太空能力，同时这种能力不会被误用或被用于先发制人的进攻。显然，太空战对地球上的所有人来说都具有毁灭性效果，我们的目标应该是阻止太空战争，而不是寻求新的作战方式。

三、采用威慑战略阻止攻击

美国需要利用各种方法阻止敌人攻击美国的轨道资产。加强太空威慑必须查明责任方，例如，如果卫星遭受攻击，但美国不知道或无法证明谁是幕后主使，就无法追究对方的责任。人们几乎不可能对地球周围的全部轨道空间进行监视，此外，除了难以从受到攻击的卫星中获取物证外，也很难证明何方应对这种攻击负责。

第二代太空篱笆是最具发展前景的监视系统之一，如第 4 章所述，太空篱笆可跟踪卫星和轨道碎片，从而提升防御能力。太空篱笆计划于 2018 年底投入运行，该系统利用陆基雷达，探测能力是先前空军太空监视系统的 10 倍。此外，美国一直在使用一种名为“自感知太空态势感知系统”的机密卫星防御技术，据称，该系统能够定位卫星发射的激光源[2]。

大型卫星星座上复杂备份系统存在内置冗余，这有望对攻击者形成某种威慑。某些攻击不会对美国太空控制造成过大损害，但会暴露攻击者并面临招致报复的危险。滤波器、电涌抑制器、抗性天线设计和光纤组件不易受到攻击，目前，人们正在研究扩大其应用范围，以进一步保护卫星不被干扰、致眩或致盲[2]。

与此同时，由于某些核心能力仅由单颗卫星提供，鉴于在太空战期间美国获取轨道资产的能力可能会受到削弱，因此美国一直在探索相应的替代方案。利用高空无人机携带类似的卫星有效载荷是最先进的替代方案之一，然而，由于这些无人机容易受到复杂防空系统的攻击，且难以实现全球覆盖，因此该方案仍处于论证阶段[2]。

启　示

几十年来，太空战一直是科幻小说的核心元素。1967 年制订的《外层空间条约》禁止各国在外层空间使用核武器，这在一定程度上减轻了人们对现实世界的恐惧。然而，该条约并未明确禁止在太空使用常规武器。因此，俄罗斯于 1961 年开始了其首个反卫星武器计划。冷战结束后，人们对太空冲突的担忧逐渐消退[6]。

多国开展了反卫星导弹试验。与利用火箭攻击卫星相比，电子攻击可能更加令人担忧。卫星可以使用干扰器干扰其他卫星，地面系统已经可以制造出阻挡 GPS 信号的“电子气泡”，与在地面上一样，黑客也是一大隐患。卫星轨道可能会被改变，卫星可能会受到破坏，数据可能会受到污染[6]。

防止太空战争面临很多挑战。从许多方面看，太空战与地面战争并无不同，展示技术和力量是建立权威的重要策略。然而，必须借助其他技术才能确保这些资产的安全。

外层空间被视为人类需要进行进一步探索的主要领域，载人登月任务和近地轨道载人飞行都只是人类探索浩瀚宇宙迈出的一小步。无人探测器对太阳系边缘进行了探索，获得了相关发现并扩展了人类的科学认知，在太空探索的和平表象下，国家间竞争暗流涌动，人们旨在开发利用自然天体，以获得实力或财富。

美国许多太空任务都具有双重目的，一是积累科学数据，造福全人类的和平目的；二是利用太空及太空物体，以便在应对敌对活动时占据上风，甚至以隐蔽的方式开展军事行动。其他航天国家也有类似的双重目的任务，以适应太空利用不断变化的特性，维持自身实力，保障自身安全，对此人们不应感到意外。

当前全球航天国家咄咄逼人的太空探索活动清晰地表明，美国继续坚持太空探索的双重目的无疑是正确之举，即实现安全与防御，与此同时，探索浩瀚宇宙，扩展科学发现。

参 考 文 献

[1] Shown at the end of the episode "Scorched Earth", no. 14 in the third season of Gene Roddenberry's Earth: Final Conflict, first aired on February 7, 2000. https://www.military.com/veteran-jobs/career-advice/military-transition/famous-veteran-gene-roddenberry.html.

[2] Lamrani, Omar. Worldview. 17 May 2016. Avoiding a war in space. [Internet] [cited 2018 Apr 222]; Available from: https://worldview.stratfor.com/article/avoiding-war-space.

[3] MacDonald, Bruce W. CSR No. 38. Sep 2008. China, Space Weapons, and U. S. Security.

[4] STRATFOR. Business Insider. 18 May 2016. How the U. S. can avoid a war in space. [Internet] [cited 2018 Apr 222]; Available from: http://www.businessinsider.com/how-the-us-can-avoid-a-war-in-space-2016-5.

[5] Bender, B. & Klimas, K. Politico 06 April 2018. Space war is coming and the US is not ready. [Internet] [cited 2018 22 Aug]; Available from: https://www.politico.com/story/2018/04/06/outer-space-war-defense-russia-china-463067.

[6] Ignatius, David. The Washington Post. 16 Mar 2017. [Internet] [cited 2018 Apr 222]; Available from: https://www.washingtonpost.com/opinions/war-in-space-is-becoming-a-real-threat/2017/03/16/af3c35ac-0a8f-11e7-a15f-a58d4a988474_story.html?noredirect=on&utm_term=.d04da39719ad.

附录 A　关于各国探索和利用包括月球和其他天体在内外层空间活动的原则条约（1967 年）

本条约缔约国，

鉴于人类对进入外层空间的广阔前景的憧憬，认识到为和平目的探索与利用外层空间是全体人类的共同利益，坚信探索和利用外层空间应惠及所有民族，不论其经济或科学发展程度如何，期盼在基于和平目的探索与利用外层空间的科学和法律方面，促进广泛的国际合作，深信上述合作将有助于各国与各民族增进相互了解，加强友好关系，基于第十八届联合国大会于 1963 年 12 月 13 日一致通过题为“各国探索与利用外层空间活动的法律原则宣言”的第 1962 号决议，基于第十八届联合国大会于 1963 年 10 月 17 日一致通过的第 1884 号决议，呼吁各国勿在环绕地球的轨道上放置任何携带核武器或任何其他大规模毁灭性武器的物体，也不得在天体上部署此类武器，鉴于第二届联合国大会于 1947 年 11 月 3 日通过的第 110 号决议，谴责旨在或可能激起或鼓动任何威胁和平、破坏和平或侵略行为的宣传，并认为上述决议也适用于外层空间，确信缔结《关于各国探索与利用外层空间（包括月球和其他天体）的活动原则条约》，将进一步落实《联合国宪章》的宗旨和原则，兹议定条款如下：

第一条

探索与利用外层空间（包括月球和其他天体），应为所有国家谋福利，不论其经济或科学发展程度如何，并应由全体人类共同开发。所有国家应在平等、不受任何歧视的基础上，根据国际法自由探索与利用外层空间（包括月球和其他天体），自由进入天体的一切区域。各国在外层空间（包括月球和其他天体）应有科学考察的自由，且应促进并鼓励通过国际合作展开研究。

第二条

各国不得以主权要求、使用或占领，以及任何其他方式，将外层空间（包括月球和其他天体）据为己有。

第三条

各缔约国在进行探索与利用外层空间（包括月球和其他天体）的各种活动时，应遵循国际法与《联合国宪章》，以维护国际和平与安全，促进国际合作与谅解。

第四条

各缔约国承诺，不在地球轨道上放置任何携带核武器或其他大规模毁灭性武器的物体，不在天体上部署此类武器，也不以其他任何方式在外层空间部署此类武器。各缔约国只能出于和平目的利用月球和其他天体。禁止建立军事基地、设施和防御工事，禁止试验任何类型的武器，禁止在天体上进行军事演习。不禁止军事人员从事科学研究或者达成其他和平目的，也不禁止使用和平探索月球和其他天体所必需的任何器材或设备。

第五条

各缔约国应将宇航员视为人类派往外层空间的使节，当宇航员发生意外、遇难或在另一缔约国境内或公海紧急降落时，应向其提供一切可能的援助，并迅速将紧急降落的宇航员安全送回其航天器登记国。在外层空间和天体上进行活动时，任一缔约国的宇航员应向其他缔约国的宇航员提供一切可能的援助。各缔约国若发现外层空间（包括月球和其他天体）存在威胁宇航员生命或健康的任何现象，应立即通知条约其他缔约国或联合国秘书长。

第六条

各缔约国应对其政府机构或非政府团体在外层空间（包括月球

和其他天体）开展的活动承担国际责任，并确保本国活动符合本条约的规定。非政府团体在外层空间（包括月球和其他天体）开展活动时，应由相关条约缔约国批准和持续监督。国际组织在外层空间（包括月球和其他天体）开展活动的责任，应由该国际组织和参加该国际组织的条约缔约国共同承担。

第七条

凡发射或促成发射，以便将物体送往外层空间（包括月球和其他天体），以及为发射物体提供场地或设施的各缔约国，在国际上有责任偿付此类发射物体及构件在地球、空中、外层空间（包括月球和其他天体）对另一缔约国或其自然人或法人造成的损害。

第八条

凡登记发射物体至外层空间的缔约国，应对外层空间或天体的此类物体及其所载人员保留管辖和控制权。发射至外层空间（包括在天体上着陆或建造）的物体及其构件的所有权，与该物体是位于外层空间或天体，还是返回地球无关。若此类物体或其构件在其所登记的缔约国境外寻获，应送还该缔约国。如经请求，在送还物体前，该缔约国应先提供证明资料。

第九条

各缔约国在探索与利用外层空间（包括月球和其他天体）时，应本着合作互助的原则，在外层空间（包括月球和其他天体）开展的一切活动都应当顾及其他缔约国的相应利益。各缔约国应对外层空间（包括月球和其他天体）进行研究和探索，以避免有害污染和引入地外物质对地球环境造成不利影响。如有必要，各缔约国应为此目的采取相应措施。如果缔约国有理由相信本国或本国国民计划在外层空间（包括月球和其他天体）开展的活动或实验可能会妨碍其他缔约国和平探索与利用外层空间（包括月球和其他天体）的活动，那么该国在开展此类活动或实验之前，应进行相应的国际磋商。缔约国若有理由相信，另一缔约国计划在外层空间（包括月球和其他天体）开展的活动或实验可能会妨碍和平探索与利用外层空间（包括月球和其他天体）的活动，可要求对此类活动或实验进行磋商。

第十条

遵照本条约的宗旨，促进外层空间（包括月球和其他天体）探索与利用方面的国际合作，各缔约国应在平等基础上考虑其他缔约国的请求，给予这些国家观测其发射物体在太空飞行的机会。观测机会的性质以及提供的条件应由有关国家协商确定。

第十一条

为促进和平探索与利用外层空间的国际合作，凡在外层空间（包括月球和其他天体）开展活动的缔约国，均同意在切实可行的最大范围内，向联合国秘书长、公众和国际科学界通报活动性质、方法、地点和结果。联合国秘书长应做好准备，在收到上述信息后，立刻进行有效传播。

第十二条

月球和其他天体上的所有基地、设施、设备和航天器均应在互惠的基础上向其他缔约国代表开放。其他缔约国代表应在适当的时候提前告知访问计划，以便进行相应协商，并采取最大限度的预防措施，确保安全，避免干扰受访设施的正常运行。

第十三条

本条约各项规定应适用于缔约国探索与利用外层空间（包括月球和其他天体）的各项活动，包括某缔约国独立开展，与其他国家联合开展，或是在国际政府间组织框架内开展的活动。因国际政府间组织探索与利用外层空间（包括月球和其他天体）而引发的各种实际问题，应由缔约国与相应国际组织，或与属于该国际组织的一个或多个缔约国共同处理。

第十四条

1. 本条约应向所有国家公开征求签署。凡在本条约第三款生效前尚未签署的国家，可随时加入本条约。

2. 本条约须经签署国批准。批准书和加入文件应交给苏维埃社会主义共和国联盟、大不列颠及北爱尔兰联合王国及美利坚合众国政府存放，特此指定这三国政府为保管政府。

3. 本条约应于五国政府（包括本条约指定的保管政府）交存批准书后生效。

4. 对于在本条约生效后交存批准书或加入文件的国家，本条约应于其交存批准书或加入文件之日生效。

5. 保管政府应将每次签署日期、每份批准书和加入文件的交存日期、生效日期及其他事项立即通知所有签署国和加入国。

6. 本条约应由保管政府根据联合国宪章第102条的规定办理登记。

第十五条

所有缔约国均可对本条约提出修正。对于接受修正的缔约国，修正应于多数缔约国接受时生效；此后对于其余缔约国，修正应于其接受之日起生效。

第十六条

所有缔约国可在条约生效一年后，以书面形式通知保管政府退出条约。退出应自接到通知之日起一年后生效。

第十七条

本条约的中文、英文、法文、俄文和西班牙文文本具有同等效力，并应由保管政府存档。保管政府应将本条约正式副本送交各签署国和加入国政府。

为此，下列全权代表在本条约上签字，以昭信守。

本条约一式三份，于1967年1月27日订于伦敦、莫斯科及华盛顿。

参考文献

[1] United Nations. [Internet]. United Nations treaties and principles on outer space. 2008; [cited 2018 May 24]. Available from: http://www.unoosa.org/pdf/publications/st_space_11rev2E.pdf.

附录 B　太空战相关内容的其他资源

第 1 章　没有卫星的生活

[1] Thales Group. And if people on Earth weren't connected…? 21 Apr 2017. [Internet] [cited 2018 May 29]; Available from: https://www.thalesgroup.com/en/worldwide/space/news/can-you-imagine-world-without-satellites.

[2] Johnson, Les. Living Without Satellites. 2014. [Internet] [cited 2018 May 29]; Available from: https://www.baen.com/living_without_satellites.

[3] Movie: A World Without Satellites. Produced by AB Productions. Directed by Yves Maillard. 2013. [Internet] [cited 2018 May 29]; Available from: http://www.ab-international.com/world-catalogue/program/3524.

第 2 章　太空成为未来战场

[1] Filho, Jose Monserrat. Outer Space as Private Property and Theater of War? 2016. pp 123-144. Springer.

[2] Dillow, Clay, Lin, Jeffrey and Singer, P. W. China's Race to Space Domination. 20 Sept 2016. Popular Science. [Internet] [cited 2018 May 29]; Available from: https://www.popsci.com/chinas-race-to-space-domination#page-3.

[3] NewScientistSpace.com. Timeline: China's Spaceflight History. 12 Oct 2005. [Internet] [cited 2018 May 30]; Available from: https://www.newscientist.com/article/dn8144-timeline-chinas-spaceflight-history/

[4] O' Connor, Tom. Russia and China are Testing Missiles that could Blast U. S. Satellites out of space. Newsweek. 02 Apr 2018. [Internet] [cited 2018 May 30]; Available from: http://www.newsweek.com/russia-

china - testing - missiles - could - blast - us - satellites - out - space - 869044.

第 3 章 太空战场环境

[1] NASA：Space Technology Grand Challenges：https：//www. nasa. gov/pdf/503466main _ space _ tech _ grand _ challenges _ 12 _ 02 _ 10. pdf

[2] A Researcher's Guide to：Space Environmental Effects：2015. https：//www. nasa. gov/sites/default/files/files/NP - 2015 - 03 - 015 - JSC _ Space _ Environment - ISS - Mini - Book - 2015 - 508. pdf

[3] Jakhu，Ram and Pelton，Joseph. Global Space Governance：An International Study：Space Environmental Issues 2017. pp 435 - 477. Springer.

第 4 章 空间碎片武器化

[1] Hall，Loretta. The History of Space Debris. 06 Nov 2014. Embry - Riddle Aeronautical University Scholarly Commons. [Internet] [cited 2018 May 30]；Available from：https：//commons. erau. edu/cgi/viewcontent. cgi? referer = https：//www. google. com/&httpsredir = 1&article = 1000&context=stm

[2] Aerospace Company. An Overview of Orbital Debris. 2017. [Internet] [cited 2018 Jun 01]；Available from：http：//aerospace. wpengine. netdna - cdn. com/wp - content/uploads/2017/09/Orbital Debris Overview. pdf.

第 5 章 美国太空计划及其与军方的关系概要

[1] An Early History of Satellites 1950 - 1978. https：//www. jpl. nasa. gov/infographics/infographic. view. php? id=11182

[2] History of Satellites Timeline：https：//www. sciencelearn. org. nz/resources/1905 - history - of - satellites - timeline

[3] Timeline of Space Exploration http：//www. localhistories. org/spacetime. html

[4] National Archives：Space Exploration https：//www. archives. gov/research/alic/reference/space - timeline. html

[5] Timeline：50 years of spaceflight https：//www. space. com/4422 -

timeline - 50 - years - spaceflight. html

第6章 太空治理的主体及治理方式

[1] Full text of all of the United Nations treaties regarding the use of outer space: UNITED NATIONS OFFICE FOR OUTER SPACE AFFAIRS United Nations Treaties and Principles on Outer Space United Nations, New York 2008. http://www.unoosa.org/pdf/publications/st_space_11rev2E.pdf

[2] Full text of H. R. 2262—U. S. Commercial Space Launch Competitiveness Act—2015. 114th U. S. Congress (2015 - 2016). https://www.congress.gov/bill/114th-congress/house-bill/2262/text

[3] Full text of H. R. 1508—Space Resource Exploration and Utilization Act—2015. 114th U. S. Congress (2015 - 2016). https://www.congress.gov/bill/114th-congress/house-bill/1508/text

第7章 冷战与导弹防御

[1] An historical perspective of missile defense and space: Walker, J. A. 2003. Seize the High Ground: the Army in Space and Missile Defense. Government Printing Office. 512 p.

第8章 后战略防御计划时代的导弹防御

[1] An historical perspective of missile defense and space: North Atlantic Treaty Organization (NATO) Ballistic Missile Defence Last updated: 15 May 2018. https://www.nato.int/cps/ic/natohq/topics_49635.htm.

第9章 卫星技术

[1] The Development of Satellite Technology. https://www.britannica.com/technology/satellite-communication/Development-of-satellite-communication.

[2] Maini, Anil & Agrawal, Varsha. Satellite Technology: Principles and Applications, 2nd Edition. 2011. Wiley Publishing.

[3] Howell, Elizabeth. [Internet]. Space.com; c2018. What is a satellite?; Oct 26 2017 [cited 2018 Jun 03]; Available from: https://www.space.com/24839-satellites.html

第 10 章 防止太空战争

[1] Bender, Bryan & Klimas, Jacqueline. Space War is coming—and the U. S. is not ready. Politico. 06 Apr 2018. [Internet]. [cited 2018 Jun 03]; Available from: https: //www. politico. com/story/2018/04/06/outer - space - war - defense - russia - china - 463067

[2] Space Safety Magazine on Space Policy: Role of Diplomany in Keeping Outer Space Safe, Secure and Sustainable. 09 Jul 2016. [Internet]. [cited 2018 Jun 03]; Available from: http: //www. spacesafetymagazine. com/space - on - earth/space - policy/role - diplomacy - keeping - outer - space - safe - secure - sustainable/

附录C　太空防御术语、计划及其历史背景

反卫星系统

反卫星武器系统是指能彻底摧毁近地轨道卫星或使其失效的武器。据信，美国、俄罗斯和中国已经成功开发并测试了定向能或动能反卫星武器系统。反卫星系统可以安装在陆地或空中军用平台上[1]。

历史背景

美国和苏联的早期导弹拦截器均配有核武器。这种武器杀伤力巨大，即使没有精确制导，也能发挥反卫星或反弹道导弹的威力。然而，太空核爆炸会摧毁周围所有的航天器，因此这种方案弊大于利。

俄罗斯反卫星系统采用了共轨策略，将装有弹片等常规炸药的航天器发射到目标卫星轨道上，不断靠近目标以将之摧毁。苏联于1963年至1971年进行了一系列测试，并于1973年宣布该系统投入使用。

以下时间线引自忧思科学家联盟并得到了该机构的许可[2]。

表C-1　反卫星计划的发展历程

1972年	美国与苏联签署《反弹道导弹条约》，禁止发展战略弹道导弹防御系统
1976年	苏联恢复共轨反卫星系统测试，该系统一直运行到1993年

续表

1983 年	里根总统宣布将开发一种大型导弹防御系统，名为战略防御计划，绰号“星球大战”。战略防御计划将开发几种具有反卫星能力的天基拦截器。苏联重新开始设计导弹防御系统，并提议禁止开发天基武器、推迟苏联反卫星武器测试，以进行和平谈判
1984 年	美国开始测试空射微型飞行器(ALMV)，即 F-15 飞机在高空飞行时发射的两级导弹。该导弹采用了“动能杀伤”或“撞击杀伤”策略，先朝近地轨道目标卫星爬升，再利用高速碰撞将之摧毁或破坏。被摧毁的卫星会产生数百个空间碎片，以及更多毁灭性高速碎片
1985—1987 年	美国国会于 1985 年禁止针对卫星的进一步系统测试，空军于 1987 年终止了该计划
20 世纪 80 年代末期	美国空军和海军着手开发反卫星地基激光系统。情报显示，苏联也在研究能够摧毁航天器和导弹的激光系统。攻击时可采用不同强度的激光，以暂时或永久损坏卫星传感器部件，也可以使用大功率激光来损坏或摧毁卫星
20 世纪 90 年代	美国海军为中红外先进化学激光器配置了一面大镜子，利用镜子控制激光束的方向。美国陆军针对陆基反卫星系统制定了动能反卫星计划。该计划于 1993 年终止，又于 1996 年重新启动，并持续到 2001 年。动能反卫星系统从未针对天基物体进行过测试
21 世纪初期	卫星干扰成为一项反卫星技术，用于干扰卫星和地面系统之间的无线电通信。2002 年，美国单方面退出反导条约，重新聚焦太空任务。美国部署了卫星干扰系统和陆基中段导弹防御拦截器，并提议进行天基导弹防御试验
2005—2007 年	反卫星导弹系统进行了测试，该系统为直升式反卫星系统，配备了动能拦截器，可使用红外导引头识别和跟踪近地轨道卫星目标
2008 年	美国利用海基“宙斯盾”导弹防御拦截器，摧毁了一颗距地面大约 241 千米的失灵卫星，以测试其反卫星能力

续表

2010 年	美国军方证实，中国利用地面发射的弹道导弹，测试了陆基中段导弹防御系统。 印度宣布计划开发撞击杀伤式反卫星系统
现在	中国反卫星系统尚未公开，据说该系统的反卫星能力可延伸到地球同步轨道。 俄罗斯正在持续测试新型 PL－19/Nudol 反卫星导弹系统，该系统为直升式反卫星武器，是众多正在开发的新型动能拦截系统之一。 美国仍在开发和测试系统，以提高反卫星技术和能力

《反弹道导弹条约》（1972 年至 2002 年）

美国和苏联在这一条约中承诺限制两国防御性反弹道导弹系统的数量，其目的和作用是缓和核武器竞赛。该条约规定，每个国家只能建造两个反弹道导弹基地，一个用于保护洲际弹道导弹发射井，另一个用于保护国家首都。美国总统尼克松和苏联领导人勃列日涅夫于 1972 年签署了该条约。然而，20 世纪 80 年代，里根总统大力推行战略防御计划，开启了军备竞赛的新阶段。2001 年，小布什总统称，美国将正式退出《反弹道导弹条约》，他对该条约施加的限制表示担忧，并表示将支持美国进一步开发防御系统，以应对来自潜在敌人或恐怖分子的弹道导弹袭击。美国于 2002 年正式退出该条约[3]。

弹道导弹防御系统

弹道导弹防御系统是美国及其盟友使用的多层防御系统，旨在防御所有飞行阶段和多种射程的弹道导弹攻击。该系统能够“探测、跟踪、拦截并摧毁来袭弹道导弹和弹头等有效载荷，一个完整的防御系统包括利用传感器探测导弹发射并跟踪导弹和弹头，利用拦截器摧毁导弹或弹头或使之失效，以及一个指挥与控制系统[4]”。

弹道导弹防御系统可部署在陆地、空中、海上或太空，并在助推段、中段、末段三个飞行阶段摧毁导弹及其有效载荷。

历史背景

以下信息摘自国防部的官方非机密文件，重点论述了美国导弹防御议程的近期目标和范围。

根据总统的指示，美国国防部长批准了弹道导弹防御评估报告（日期为 2010 年 2 月）。为制定导弹防御发展和采办计划战略，该报告确定了以下政策优先事项：

1. 美国将继续保卫国土免受有限弹道导弹攻击的威胁。

2. 美国将保卫美军免受地区性导弹威胁，同时保护盟友和伙伴，提高其自卫能力。

3. 部署新能力之前，必须在实际作战条件下对其进行评估和测试。

4. 对新能力的财政投入必须具备长期可持续性。

5. 美国弹道导弹防御能力必须能够灵活适应威胁的变化。

6. 美国将寻求领导不断扩大的导弹防御方面的国际合作[5]。

弹道导弹早期预警系统

弹道导弹早期预警系统是 1959 年建成的第一个作战型导弹探测雷达。该系统可以利用在北半球建造的探测站，提供经由极地地区的导弹攻击的即时远程预警[6]。

历史背景

20 世纪 50 年代末期，面对苏联洲际弹道导弹日益严峻的威胁，美国高度重视针对导弹攻击的预警能力。弹道导弹早期预警系统旨在协助发出导弹攻击预警。该系统采用相控阵天线技术瞄准天线、控制波束，通过电子控制输入和输出信号，这个过程仅需百万分之一秒。弹道导弹早期预警系统能够探测和跟踪多个目标，而这也是应对大规模导弹攻击的重要能力。该系统还必须具备定位和区分运载火箭类型，以及分析轨迹和目标的能力。

以下时间线引自忧思科学家联盟并得到了该机构的许可[2]。

表C-2　弹道导弹早期预警系统的发展历程

1958年	空军批准建造弹道导弹早期预警系统。该系统共由三个雷达设施组成，其中包括北美防空司令部总部的数据计算设备
截至20世纪60年代中期	位于格陵兰、阿拉斯加和英格兰的弹道导弹早期预警系统雷达投入使用。这些雷达能够提前15分钟探测到来袭的洲际弹道导弹攻击并发出预警，还能提供大多数轨道卫星的跟踪数据。空军继续为三个弹道导弹早期预警系统雷达提供支持。卫星跟踪数据发送给联合太空作战中心进行处理

助推段监视与跟踪系统

助推段监视与跟踪系统是战略防御计划多层防御系统的组成部分，旨在利用卫星探测导弹发射，并具有跟踪火箭轨迹并发出预警的能力。

历史背景

战略防御计划旨在针对苏联大规模弹道导弹攻击进行多层防御。若要在助推和助推后阶段探测到弹道导弹的发射，并持续进行精确跟踪，需要使用先进的导弹预警系统。为此，美国建造了高空助推段监视与跟踪系统，该系统使用了大型光学器件和空前的信号和数据处理能力。该计划还打算组建由几颗高轨道卫星组成的星座。此外，在较高的轨道高度，光学分辨率可能有所不足，因此人们认为，为达到所需精度，可能还需要使用较低轨道卫星。

据称，助推段监视与跟踪系统在部署后（原计划于1995年部署）可以优化导弹袭击早期预警，同时增强情报收集能力。1990年，天基拦截器被智能卵石计划所取代，助推段监视与跟踪系统也被放弃。空军接管了助推段监视与跟踪系统，在此基础上加以改进，并替换了现有的国防支援计划系统。助推段监视与跟踪系统更名为先进预警系统（AWS），后来又更名为后继早期预警系统（FEWS）[7]。

智能卵石

智能卵石（BP）是列入战略防御计划的一种天基动能杀伤拦截器。

历史背景

智能卵石的持续时间不长，但也是战略防御计划的核心组成部分。1990 年，战略防御计划组织（SDIO）决定将智能卵石概念作为武器替代方案。智能卵石系统由轨道上独立运行的各种拦截器系统组成。这些拦截器的设计意图是在助推阶段摧毁苏联洲际弹道导弹。单个智能卵石拦截器可以在地球轨道上摧毁多达 10 枚苏联弹头。

智能卵石取代了战略防御计划原架构中的天基动能拦截器，这些飞行器容易被苏联反卫星武器攻击，而且又重又贵。计划的智能卵石概念包括更多体积更小、相互独立的天基拦截器，可以通过批量生产来降低总成本[8]。

以下时间线引自忧思科学家联盟并得到了该机构的许可。

表 C-3 智能卵石的发展历程

1989 年	战略防御计划组织(SDIO)决定采用智能卵石概念,以大幅降低战略防御系统第一阶段的成本
1990 年	1990 年开始飞行测试,计划于 1993 年完成。由于首次飞行测试前出现问题,飞行测试时间推迟了几个月
1992 年	截至此时,战略防御计划技术取得了某些进步,但是里根总统及其战略防御计划遭到了政治对手的尖锐批评

续表

1989 年	战略防御计划组织(SDIO)决定采用智能卵石概念,以大幅降低战略防御系统第一阶段的成本
1993 年	智能卵石计划遭到缩减并最终被取消。此后,工作重点从防御战略导弹转向防御流氓国家发射的战区弹道导弹。助推段拦截器概念经批准用于应对这一新威胁

国防支援计划

国防支援计划卫星可提供洲际弹道导弹和战术导弹发射的早期预警。该卫星由空军太空司令部负责运行，是美国早期预警系统的重要组成部分。国防支援计划卫星利用红外传感器探测地球背景下导弹和助推器的羽流热量，以识别导弹和太空发射，并进行核发射探测。这些卫星在 35888 千米高的地球同步轨道上运行。

历史背景

国防支援计划卫星于 1970 年首次发射，当时处于保密状态。在之后的 37 年间，共有 23 颗国防支援计划卫星被送入轨道。自 20 世纪 70 年代以来，国防支援计划卫星持续提供着早期预警网络服务。

1995 年，随着技术的进步，国防支援计划卫星的能力有所提高，能够提供更精确、更可靠的数据，以跟踪不断变化的导弹威胁。正如空军太空司令部所述：

> 星载传感器十分可靠，在设计寿命之后仍能不间断提供服务。传感器设计方面也有几项最新的技术改进，例如超视距能力可覆盖整个半球，分辨率有所提高，星上信号处理能力与杂波抑制能力同步提升，可靠性和生存能力也进一步增强。天基红外系统预计将取代国防支援计划[9]。

沙漠风暴行动充分展示了国防支援计划卫星的能力[9]。

外层空间拦截器

外层空间拦截器是美国用来应对远程弹道导弹的武器。这种动能武器的工作原理是摧毁太空中的远程弹道导弹。外层空间拦截器不仅是陆基拦截器的拦截组件，也是陆基中段防御系统的组成部分[10]。

历史背景

20世纪90年代末期，美国国防部与雷神公司签订外层空间拦截器开发合同。虽然早期外层空间拦截器的测试结果不如预期，但最近拦截率有所提升。未来的外层空间拦截器将使用重新设计的拦截器，预计能够降低总成本，并提高可维护性和可靠性。新一代外层空间拦截器将采用模块化设计。此外，雷神公司正在研发多目标拦截器，以拦截多个太空物体。2017年5月，该武器系统成功拦截了一枚洲际弹道导弹，并在太平洋上空将其摧毁[11]。

陆基中段防御

陆基中段防御是弹道导弹防御系统的组成部分，可用于打击并摧毁太空中远程弹道导弹威胁。该系统由拦截器及相关地面支持系统组成。陆基拦截器是一种搭载外层空间拦截器的多级火箭。在精确数据的引导下，助推器将外层空间拦截器带向目标，之后拦截器使用动能直接撞击并摧毁弹头，撞击地点在地球大气层之外的太空。这种撞击杀伤技术已经成功进行了测试，其中三次使用了陆基拦截器[12]。

联合太空作战中心

一个指挥与控制武器系统负责探测、跟踪和识别地球轨道上所有人造物体。它执行美国战略司令部太空联合职能部门太空司令部(JFCC SPACE)下达的任务，并作为全球联合太空部队的作战中心[13]。为了维护美国太空物体编目，该中心承担了所有轨道确定活动，并对各种来源的数据进行收集与分析，以建立更全面的地球轨道航天器全景图[14]。该中心位于美国加利福尼亚州的范登堡空军基地。

陆地卫星（地球资源技术卫星）计划

陆地卫星计划是由NASA和美国地质调查局联合管理的一系列地球观测卫星任务。

历史背景

美国于1972年发射了地球资源技术卫星（ERTS-1，之后更名为陆地卫星-1)，之后在20世纪70年代和80年代又发射了多颗陆地卫星。目前，陆地卫星-7和陆地卫星-8都在进行在轨数据收集。陆地卫星-9正在开发中，计划于2020年底发射[15]。

导弹防御预警系统

导弹防御预警系统于1960年至1966年发射升空，是美国军方负责管理的早期预警卫星系统，也是综合导弹早期预警卫星计划的前身。其卫星的设计意图是利用红外传感器从近地轨道探测弹道导弹的发射。

历史背景

1960年，第一颗导弹防御预警系统卫星发射升空，但未能进入轨道。不久之后发射的导弹防御预警系统卫星2号成为太空中第一颗红外侦察卫星。然而，仅仅两天后，其遥测系统失效。导弹防御预警系统卫星3号于1961年年中成功发射并进入轨道，该卫星是当时美国最重的卫星。在整个计划周期内，共有 12 颗导弹防御预警系统卫星发射升空。这 12 个航天器采用了四种类型不同且日益先进的传感器，为后续的综合导弹早期预警卫星计划奠定了基础[16]。

外层空间条约

该条约的正式名称为《关于各国探索和利用包括月球和其他天体在内外层空间活动的原则条约》，于 1967 年生效，至今仍是国际空间法的基础。该条约旨在和平利用外层空间，并采用概括性语言，以适应航天工业的发展。

联合国外层空间事务办公室表示，该条约给出了以下原则[17]：

1. 探索与利用外层空间应造福于所有国家和全体人类；

2. 所有国家均可自由探索与利用外层空间；

3. 各国不得以主权要求、使用或占领，以及任何其他方式，将外层空间据为己有；

4. 各国不得将核武器或其他大规模毁灭性武器置于轨道或天体上，或以任何其他方式在外层空间部署此类武器；

5. 各国只能出于和平目的利用月球和其他天体；

6. 各国应将宇航员视为人类派往外层空间的使节；

7. 各国应对其政府机构或非政府团体在外层空间开展的活动负责；

8. 各国应对其太空物体造成的损害承担责任；

9. 各国应避免对太空和天体造成有害污染。

10. 截至 2008 年 1 月 1 日，《外层空间条约》已得到 98 个国家的批准，另有 27 个国家完成签署。

天基红外系统

天基红外系统是洛克希德·马丁公司为美国空军太空司令部

（AFSPC）开发的早期预警防御卫星系统。该系统由地球同步轨道卫星星座、大椭圆轨道有效载荷和地面处理控制系统组成。天基红外系统旨在提供远程监视和准确探测能力，以大幅增强美国的导弹防御力量和早期预警技术。该系统将能够同时感知和传输多个目标的红外数据，并取代美国空军的国防支援计划早期预警系统[18]。

历史背景

天基红外系统计划由美国国防部于1996年发起，最初计划包含高轨道和低轨道天基卫星以及地面处理设备。国防部于2001年将天基红外系统低轨道计划转交给导弹防御局，并重命名为太空跟踪与监视系统，而天基红外系统高轨道计划于2001年12月获得了运营认证，如今简称为天基红外系统[18]。

太空资源勘探与利用法案

太空资源勘探与利用法案又名空间法案，于2015年发布。该法案改变了商业太空现有政策，并为美国新兴商业太空飞行制定了新的指导方针。该法案向开采小行星资源的美国公司授予了产权，参与小行星资源商业回收的美国公民将有权“占据、拥有、运输、使用和出售”由此提取的材料，并始终遵守美国的国际义务。该法案旨在推动美国商业航天业的发展，并培养竞争力和企业家精神[19]。

太空跟踪与监视系统

太空跟踪与监视系统是一种近地轨道弹道导弹防御系统，可用于跟踪助推段、中段和末段三个飞行阶段的导弹。太空跟踪与监视系统可以区分弹头和诱饵，还可将传感器数据传输至其他系统，引导雷达并提供精确的拦截交战数据，使导弹防御拦截器能够击毁目标，或使目标失效[20]。

历史背景

2009 年 9 月，导弹防御局、NASA 和空军发射了太空跟踪与监视系统 D 型星座的前两颗卫星。这些卫星位于大约 1350 千米高的近地轨道上，由导弹防御太空发展中心负责控制，并于 2010 年完成了初期系列测试。

尽管太空跟踪与监视系统 D 型卫星能够实现精准覆盖和导弹发射跟踪，但覆盖全球需要大约 30 颗卫星。太空跟踪与监视系统 D 型卫星仅用作验证卫星，因此设计寿命只有两年。目前，该卫星已超过设计寿命，也没有发射更多卫星的新计划。

2015 年，授予美国国防承包商诺斯罗普·格鲁曼航空航天公司一份合同，负责太空跟踪与监视系统计划的在轨运营和维护[21]。

战略防御计划

战略防御计划是里根时代的导弹防御系统，旨在保护美国免受苏联洲际弹道导弹和潜在的核攻击。该系统可以拦截不同飞行阶段的此类导弹。该系统需要运用当时尚未研究或开发的极为先进的技术，才能有效打击这类高速移动目标。

上述防御系统的推荐设计包含天基和地基激光作战基地。陆海空均可部署极其灵敏的雷达、红外和光学传感器。

历史背景

1983 年 3 月 23 日，里根总统在电视讲话中提出战略防御计划，该计划俗称“星球大战”，源于同名系列电影《星球大战》。

该计划因费用高昂、存在技术不确定性而备受批评。尽管该计划已经启动，但要想实现其目标，需要大量技术研究和巨额资金，且无法获得即时回报。后来美国政府撤销了该计划的大部分预算。不过该导弹防御系统的理念影响了美国导弹防御系统的后续发展[22]。

跟踪与数据中继卫星

跟踪与数据中继卫星系统始于20世纪70年代初期，是太空网络太空段的组成部分。其航天器为地面站和轨道卫星搭建了有效的通信链路。目前，跟踪与数据中继卫星由十颗环绕地球的在轨卫星组成，能够提供可靠且几乎不间断的信息中继[23]。跟踪与数据中继卫星由NASA戈达德航天中心负责管理。

参考文献

[1] Maini, Anil K. 2018. Handbook of Defence Electronics and Optronics: Fundamentals, Technologies, and Systems. New Jersey: Wiley Publishers. Chapter 5, Military Satellites; p. 461.

[2] Union of Concerned Scientists. [Internet]. A History of Anti - Satellite Programs (2012); Feb 2012. [cited 2018 Aug 14]. Available from: https://www.ucsusa.org/nuclear-weapons/space-security/a-history-of-anti-satellite-programs#.W3M6Gc4zq70.

[3] Arms Control Association. [Internet]. armscontrol.org. The Anti - Ballistic Missile (ABM). Treaty at a Glance. 2012. [cited 2018 Jul 25]. Available from: https://www.armscontrol.org/factsheets/abmtreaty.

[4] IFPA. [Internet]. ifpa.org. Missile Defense, the Space Relationship, and the Twenty - First Century. 2009. [cited 2018 Jul 27]. Available from: http://www.ifpa.org/pdf/FAQ-bmd.pdf.

[5] Ballistic Missile Defense System. Selected Acquisition Report. 2017. c2018. [Internet]. [cited 2018 May 26]. Available from: http://www.dtic.mil/dtic/tr/fulltext/u2/1018994.pdf.

[6] https://www.globalsecurity.org/space/systems/bmews.htm.

[7] Global Security.org. [Internet]. c2018. Boost Surveillance and Tracking System (BSTS). [cited 2018 May 26]. Available from: https://www.globalsecurity.org/space/systems/bsts.htm.

[8] Missile Defense Agency. c2018. [Internet]. The Rise and Fall of Brilliant Pebbles. [cited 2018 May 26]. Available from: http://highfrontier.org/wp-content/uploads/2012/09/The-Rise-and-Fall-of-Brilliant-Pebbles-Baucom.pdf.

[9] Defense Support Program Satellites. [Internet]. c2018. U. S. Air Force Fact Sheet. 2003 March. [cited 2018 May 26]. Available from: http://

space. au. af. mil/factsheets/dsp. htm.

[10] Raytheon Fact Sheet. [Internet].c2018. Kill Vehicles: First line of defense against ballistic missiles. [cited 2018 Jul 26]. Available from: https://www. raytheon. com/capabilities/products/ekv.

[11] Global Security. org. [Internet].c2018. GBI Exoatmospheric Kill Vehicle. [cited 2018 May 26]. Available from: https://www. globalsecurity. org/space/systems/gbi - ekv. htm.

[12] U. S. Department of Defense. [Internet]. Ground Based Missile Defense; [cited 2018 May 24]. Available from: https://www. mda. mil/system/gmd. html; https://www. mda. mil/system/gmd. html.

[13] Fact Sheet. [Internet].Joint Functional Component Command for Space. 15 Mar 2013. [cited 2018 Jul 24]. Available from: https://www. vandenberg. af. mil/About - Us/Fact - Sheets/Display/Article/338339/joint - functional - component - command - for - space/.

[14] US Strategic Command. [Internet]. Combined Space Operations Center established at Vandenberg AFB. 19 Jul 2018. [cited 2018 Jul 26].Available from: http://www. stratcom. mil/Media/News/News - Article - View/Article/1579497/combined - space - operations - center - established - at - vandenberg - afb/.

[15] USGS. [Internet]. What is the Landsat satellite program and when did it begin? C2018. [cited 2018 Jul 24]. Available from: http://www. stratcom. mil/Media/News/News - Article - View/Article/1579497/combined - space - operations - center - established - at - vandenberg - afb/.

[16] Encyclopedia of Defense Systems. [Internet]. MIDAS. Missile Defense Alarm System; [cited 2018 Jun 24]. Available from: http://www. daviddarling. info/encyclopedia/M/MIDAS. html.

[17] United Nations Office for Outer Space Affairs. [Internet]. c2018. Intro Outer Space Treaty [cited 2018 Jul 26]. Available from: http://www. unoosa. org/oosa/en/ourwork/spacelaw/trea - ties/introouter spacetreaty. html.

[18] Air Force Technology. [Internet].Space Based Infrared System (SBIRS); [cited 2018 May 24]. Available from: https://www. airforce -

technology. com/projects/space - based - infrared - system - sbirs/.

[19] Congress. gov. [Internet]. c2018. H. R. 2262—U. S. commercial space launch competitiveness act; [cited 2018 May 24]. Available from: https://www. congress. gov/bill/114th - congress/house - bill/2262/text.

[20] CSIS Missile Defense Project. [Internet]. c2018. Space Tracking and Surveillance System; [cited 2018 Jun 24]. Available from: https://missilethreat. csis. org/defsys/stss/.

[21] Missile Defense Advocacy. [Internet]. Space Tracking and Surveillance System (STSS). 2016 Feb. [cited 2018 May 24]. Available from: http://missiledefenseadvocacy. org/missile - defense - systems - 2/missile - defense - systems/u - s - deployed - sensor - systems/space - tracking - and - surveillance - system/.

[22] U. S. Department of Defense. [Internet]. Ground Based Missile Defense; [cited 2018 May 24]. Available from: https://www. congress. gov/bill/114th - congress/house - bill/2262/text; https://www. mda. mil/system/gmd. html.

[23] NASA. gov. [Internet]. Tracking and Data Relay Satellite (TDRS); 07 Sept 2017. [cited 2018 May 24]. Available from: https://www. nasa. gov/directorates/heo/scan/services/networks/tdrs_main.

附录D 导弹防御时间线

截至2002年1月的时间线摘自以下网页并得到相关许可：

http：//www.atomcentral.com/missile－defense.aspx

从2002年3月起的时间线摘自以下网页并得到相关许可：

https：//www.ucsusa.org/nuclear－weapons/us－missile－defense/missile－defense－timeline＃bf－toc－2

表D－1 导弹防御时间线

20世纪40年代	
1944年9月8日	德国首枚V－2导弹袭击伦敦
1945/1946年	二战结束后，美国获悉纳粹德国计划在1946年之前向纽约市发射洲际弹道导弹
1945年7月4日	美国军官代表团对二战期间弹道导弹的使用情况进行调查后，建议制定一项研发计划，以开发应对这种新型武器的防御系统
1945年12月	美国陆军航空兵科学顾问小组发布了一份报告，其中涉及导弹的使用以及利用能量束防御导弹攻击
1946年3月4日	陆军航空兵启动了“桑普”(Thumper)和“巫师”(Wizard)两项长期的研究项目，这两项研究内容涉及如何使用拦截弹摧毁时速6 437千米、飞行高度152.4千米的导弹问题
1946年5月29日	史迪威委员会报告中建议研发弹道导弹防御系统。“超声速飞行的有翼或无翼导弹不可避免，预计洲际射程将超过4828千米，可携带原子弹有效载荷。这种导弹可远程控制，并配备能够探测声音、金属或热量的自动导引装置，因此无法用现有的任何设备(如：战斗机和防空火力)进行拦截，而需要根据从雷达探测站获得的电子计算数据发射制导拦截导弹”

续表

20 世纪 50 年代	
1953 年 9 月	在二战中负责领导苏联作战行动的七位元帅要求苏共中央委员会对研制反弹道导弹系统的可能性进行研究。研究发现,存在导弹防御的可能性,因此,苏联在 1953 年底开始启动反弹道导弹研发计划
1955 年	贝尔电话实验室的工作人员使用模拟计算机进行了 50 000 次对弹道导弹目标的模拟拦截。模拟结果表明,使用导弹攻击导弹的思路存在可行性
1958 年 1 月 16 日	指定美国陆军主要负责执行弹道导弹防御任务,空军因此缩减了相关研究活动,同时,实现了雷达、指挥与控制设备与陆军的奈基-宙斯弹道导弹防御系统的兼容性
	20 世纪 60 年代
1961 年 3 月 4 日	据报道,苏联首次成功拦截并摧毁导弹弹头。一份官方报告对苏联的首次拦截行动作了如下描述:“V－1000 反弹道导弹根据计算机发出的指令进行发射。根据计算机从地球发出的指令,反弹道导弹的高爆破片弹头在 25 km 的高空引爆,随后,胶片记录仪的数据显示,弹道导弹弹头开始解体”
1962 年 7 月 19 日	从陆军夸贾林环礁测试设施发射的一枚奈基-宙斯导弹成功拦截宇宙神洲际弹道导弹的一枚模拟弹头
1962 年 12 月 22 日	在太平洋上空进行的模拟拦截中,一枚宙斯导弹进入再入飞行器 200m 的范围内
1966 年 11 月 10 日	美国国防部长罗伯特·麦克纳马拉告知美国民众,苏联正在部署“橡皮套鞋”(Galosh)弹道导弹防御系统
1967 年 6 月 23 日	在葛拉斯堡罗峰会上,美国总统林登·约翰逊和国防部长罗伯特·麦克纳马拉表示,苏联应放弃部署导弹防御系统,因为美国只需在其洲际弹道导弹部队中增加更多的核弹头就可对抗这些防御系统。对此,苏联总理柯西金做出如下回应:“防御行为符合道德,但进攻行为却有违道德!”

续表

1967年9月18日	美国国防部长罗伯特·麦克纳马拉宣布林登·约翰逊总统关于部署“哨兵”弹道导弹防御系统的决定。该系统旨在保护美国免受所谓的“第N国威胁”,即由中国等国制造的一些粗制滥造洲际弹道导弹发起的攻击
1969年2月6日	在理查德·尼克松总统执政的新政府完成对美国战略计划的审查之前,美国国防部长梅尔文·莱尔德停止了对“哨兵”系统的部署
1969年3月14日	理查德·尼克松总统宣布部署导弹防御系统的决定,其主要目的是保护美国洲际弹道导弹阵地免受苏联导弹的攻击,该系统后来更名为“卫兵”弹道导弹防御系统
20世纪70年代	
1972年5月26日	美国总统理查德·尼克松与苏联总书记列昂尼德·勃列日涅夫签署了第一轮限制战略武器谈判协议(包括《反弹道导弹条约》)。条约规定,美苏两国只能部署两个反弹道导弹基地,每个基地配备100个拦截器
1976年	由于技术和《反弹道导弹条约》的限制,美国国会下令陆军关闭“卫兵”弹道导弹防御系统,苏联则继续在莫斯科附近部署反导系统
	20世纪80年代
1984年1月6日	总统国家安全决策指令第119号确立了战略防御计划,以探索研发导弹防御系统作为遏制核战争替代手段的可能性
1984年6月10日	陆军“撞击摧毁”拦截器新型核心技术在“外大气层寻的试验”中得到了成功验证,在该实验中,夸贾林环礁导弹靶场用一枚改进型“民兵”火箭成功发射了一个测试拦截器
1989年6月14日	美国布什总统表示,从总体上而言,战略防御计划的目标明确,这项计划应该加以延续,以便在未来几年内做出部署决定
1989年夏天	对“智能卵石”概念进行的四项主要研究表明,“智能卵石”是一个前景光明、技术可行的概念

续表

20 世纪 90 年代	
1991 年 1 月 18 日	新闻报道称，反弹道导弹首次在作战条件下成功拦截并摧毁了弹道导弹（美国“爱国者”防空导弹成功摧毁伊拉克发射的“飞毛腿”导弹）
1991 年 4 月 28 日—1991 年 5 月 6 日	4 月 28 日，发现号航天飞机从卡纳维拉尔角发射升空，搭载了战略防御计划组织几项重大的实验。在这项任务中，航天飞机执行了一次“马拉其奶昔”操作实验，在这项实验中，航天飞机发动机总共点火 16 次，旨在观察航天飞机发动机在不同条件下的点火情况，例如：在地球和黑色空间的点火情况。5 月 6 日，发现号航天飞机在卡纳维拉尔角着陆，此次任务圆满结束
1993 年 5 月 13 日	美国国防部长莱斯·阿斯平宣布，由于战略防御计划组织在国防部导弹防御计划中的重点发生了变化，该机构将更名为弹道导弹防御组织
1993 年 11 月 30 日	增程拦截器在新墨西哥州的白沙导弹靶场成功测试，与模拟测试作战预演模型（STORM）目标飞行器的弹头相撞
1994 年 2 月 16 日	在新墨西哥州白沙导弹靶场进行的一次测试中，增程拦截器成功摧毁一枚弹道导弹
1994 年 5 月 11 日	“飞毛腿”导弹袭击了也门共和国北部的萨那市
1996 年 3 月	中国发射了四枚 M－9 导弹，落在台湾附近
1997 年 1 月 24 日	改进型标准-2 Block4A 导弹在白沙导弹靶场成功拦截并摧毁了一个“长矛”导弹目标，这是标准-2 导弹首次成功拦截导弹
1997 年 2 月 7 日	弹道导弹防御组织和美国陆军太空与战略防御司令部对爱国者先进能力 2 型（PAC－2）导弹进行了测试，该导弹成功拦截了一枚战区弹道目标导弹
1997 年 6 月 24 日	弹道导弹防御组织下辖联合计划办公室与美国陆军国家导弹防御计划办公室和美国空军第 30 太空联队进行合作，共同完成了“为拟用于国家导弹防御计划而设计的红外传感器备选方案的首次飞行测试（IFT－1A）”

续表

1997年8月19日	箭2(Arrow 2)反战术弹道导弹在第五次飞行任务发射后不久就偏离了轨道,出于安全目的而不得不将其摧毁
1997年9月26日	海军使用改进型标准-2 Block4导弹,在夏威夷州考艾岛的太平洋导弹靶场进行了一次导弹飞行测试,此次测试风险大大降低,导弹没有进入高层大气,因此不符合主要测试目标的先决条件
1997年10月17日	美国陆军在卫星上试射了中程红外高级化学激光器,而在测试过程中,卫星的激光摄像机和卫星都没有损坏
1997年12月15日	第二枚爱国者先进能力3型(PAC-3)导弹使用14个姿态控制发动机执行了向上机动动作,导弹飞行只是象征性的
1998年1月15日	国家导弹防御系统综合飞行测试-2(IFT-2)顺利进行
1998年4月14日	“海妖”(Kraken)巡航导弹从加利福尼亚州穆古角起飞时坠毁
1998年4月17日	弹道导弹防御组织宣布成功启动“红乌鸦飞行测试”,以评估弹道导弹反制措施的作战性能
1998年5月12日	战区高空区域防御08飞行测试于山区标准时间05:22,在新墨西哥州白沙导弹靶场进行,但此次测试失败。初步调查显示,战区高空区域防御导弹在发射后不久便失去控制,恰好击中发射场以北约3千米处的白沙导弹靶场。随后对测试失败的原因进行了确定,即影响导弹推力矢量控制系统的电路短路。这是战区高空区域防御系统连续第五次拦截失败,第四次失败后,该项计划便引起了人们的极大关注

续表

1998年7月15日	美国面临的弹道导弹威胁评估委员会(拉姆斯菲尔德委员会)得出结论:“一些公开或潜在的敌对国家致力于获得能够搭载生物或核有效载荷的弹道导弹,这对美国、美国部署的部队及其盟国造成了越来越大的威胁。俄罗斯和中国现有的弹道导弹武器库是美国的一大威胁,虽然美国现在尚未与中俄两国发生冲突,但仍处于不确定阶段,除此之外,美国目前还面临朝鲜、伊朗和伊拉克新的威胁。这些国家虽配备新型的弹道导弹,但在精确度或可靠性方面却无法与美国的弹道导弹相匹敌。然而,这些国家一旦下定决心获取装载生物或核有效载荷的弹道导弹,不出5年(伊拉克则为10年)便可对美国造成重大破坏。在过去的几年间,美国可能并不知道这些国家早已做出了此类决定。”
1998年7月21日	伊朗对其流星3型中程弹道导弹进行首次飞行测试
1998年8月31日	朝鲜在日本上空约1609千米处,对“大浦洞1号”导弹进行飞行测试
1999年2月10日	国家导弹防御系统计划进行了第5次旨在降低风险的飞行测试,对相关硬件和软件能力及系统接口进行了实时验证
1999年3月15日	弹道导弹防御组织和美国陆军在新墨西哥州白沙导弹靶场成功进行了爱国者先进能力3型导弹导引头表征飞行测试。此外,爱国者先进能力3型导弹成功拦截了“赫拉”目标导弹
1999年3月29日	在白沙导弹靶场进行的飞行测试中,战区高空区域防御系统第六次拦截试射失败
1999年4月11日	印度成功试射烈火2导弹
1999年4月14日	在印度进行烈火2导弹测试三天后,巴基斯坦试射了高里2型导弹
1999年4月15日	巴基斯坦成功试射射程为724千米的沙欣导弹

续表

1999 年 5 月 25 日	当“赫拉”目标导弹未能遵循相应飞行轨迹时，战区高空区域防御导弹测试（13 次系列测试中的第 10 次测试）被中止
1999 年 6 月 3 日	俄罗斯白杨-M 洲际弹道导弹测试再次取得成功
1999 年 6 月 10 日	战区高空区域防御系统在白沙导弹靶场成功拦截一枚“赫拉”目标导弹
1999 年 8 月 2 日	战区高空区域防御系统第 11 次飞行测试圆满成功，该系统的拦截器在地球大气层外击中一枚“赫拉”目标导弹
1999 年 9 月 16 日	弹道导弹防御组织和美国陆军在新墨西哥州白沙导弹靶场对爱国者先进能力 3 型（PAC－3）导弹成功进行拦截试验，显示了地面系统和导弹探测、跟踪和攻击目标及收集数据的能力，以对导弹寻的功能进行评估
1999 年 10 月 2 日	弹道导弹防御组织和美国陆军太空与导弹防御司令部从加利福尼亚范登堡空军基地成功发射了改进型“民兵”洲际弹道导弹目标飞行器，大约 20 分钟后，一个国家导弹防御系统拦截器在相距 6 920 千米的马绍尔群岛共和国夸贾林环礁发射。此次拦截验证了外大气层动能杀伤拦截器拦截、摧毁外大气层弹道导弹目标的能力
1999 年 11 月 1 日	箭 2 导弹系统首次完全集成式拦截测试圆满完成，箭 2 导弹起飞后沿着标称轨迹飞行，捕获 TM－91 目标，随后锁定并瞄准目标导弹
21 世纪	
2000 年 1 月 18 日	在国家导弹防御系统的综合飞行测试-4 中，拦截器未能成功击中目标
2000 年 2 月 5 日	爱国者先进能力 3 型导弹在白沙导弹靶场的沙漠上空成功拦截“赫拉”目标导弹
2000 年 3 月 15 日	陆军从爱国者先进能力 3 型发射器发射了一枚爱国者先进能力 2 型生产型导弹，并“成功击中”MQM－107 无人机后方的目标

续表

2000 年 7 月 8 日	综合飞行测试-4 是美国国家导弹防御系统计划中的一项重要测试，此次测试未能按计划成功拦截目标
2000 年 10 月 14 日	弹道导弹防御组织和美国陆军完成了一项涉及三个目标和两枚拦截导弹的复杂测试。此次测试需同时使用爱国者先进能力 3 型和 2 型导弹与弹道导弹和吸气式无人机进行交战
2001 年 1 月 25 日	弹道导弹防御组织和美国海军对新研发的标准-3(SM-3)导弹成功进行了飞行测试
2001 年 6 月	国防科学委员会高能激光武器系统应用专门委员会完成研究后得出结论："高能激光"具有"颠覆未来军事作战的潜力"
2001 年 7 月 14 日	弹道导弹防御组织中段联合项目办公室和美国陆军圆满完成弹道导弹防御组织的中段外大气层动能杀伤拦截器综合测试
2001 年 8 月 31 日	弹道导弹防御组织从加利福尼亚范登堡空军基地发射了一枚导弹，助推器在三个阶段均运行正常，因此，弹道导弹防御组织认为此次测试取得了成功
2001 年 12 月 3 日	弹道导弹防御组织和美国陆军圆满完成了整个导弹防御计划中陆基中段部分的综合飞行试验-7(IFT-7)
2001 年 12 月 13 日	在助推器 3 号(BV-3)测试期间，助推器 3 号(BV-3)的弹道导弹防御系统陆基中段部分的助推器原型偏离了航线，出于靶场安全考虑，不得不在飞行了大约 30 秒之后令其自毁
2002 年 1 月 2 日	美国国防部长唐纳德·拉姆斯菲尔德发布了关于美国导弹防御计划执行的指导意见，其中包括将弹道导弹防御组织更名为导弹防御局
2002 年 3 月 15 日	陆基中段系统进行了成功拦截测试(综合飞行测试-8)，包括三个气球诱饵(一个大气球和两个小气球)
2002 年 6 月	在阿拉斯加州格里利堡破土动工建造六个导弹拦截发射井，作为导弹防御系统的试验台

续表

2002年12月17日	美国布什总统宣称，他已指示国防部长开始部署陆基导弹防御系统，该系统将在2004年达到初始作战能力
2002年10月14日	此次陆基中段系统的成功拦截测试（综合飞行测试-9）使用了与前一次测试相同的诱饵，但弹头经过了改进。舰载SPY-1雷达首次用于观察此次测试，对雷达跟踪远程导弹的能力进行了评估
2002年12月11日	此次陆基中段系统的拦截测试（综合飞行测试-10）没有成功，因为外大气层动能杀伤拦截器与助推火箭分离失败（与2000年7月8日进行的综合飞行测试-5的失败原因相同，详见上文）。这是首次在夜间进行综合飞行测试，之前的测试都是在清晨进行，太阳可从动能杀伤拦截器后方照亮目标
2004年7月22日	首个拦截器在阿拉斯加州格里利堡发射井安装就位
2004年12月15日	此次陆基中段系统的拦截测试（综合飞行测试-13C）以失败告终，因为携带拦截器的助推器在夸贾林环礁发射时未能成功离开地面，而拦截器的任务是拦截从阿拉斯加州科迪亚克发射的目标
2005年2月13日	此次拦截测试（综合飞行测试-14）是重复2004年12月15日进行的测试，但拦截器同样未能成功离开发射井
2006年9月1日	进行陆基中段系统的拦截测试（FTG-2）。从阿拉斯加州科迪亚克发射场发射的目标弹道导弹在太平洋上空被成功拦截。拦截器从范登堡空军基地发射，没有使用诱饵
2007年3月21日	在此次测试中，海基X波段雷达和两艘使用SPY-1舰载雷达的宙斯盾弹道导弹防御舰成功对目标飞行器进行了跟踪
2007年5月25日	在范登堡空军基地进行的陆基中段系统拦截测试（FTG-3）被中止，因为阿拉斯加州科迪亚克发射的目标飞行器无法飞行到太平洋地区指定的拦截区域内
2007年9月28日	重复2007年5月25日进行的陆基中段系统拦截测试（FTG-3A），从阿拉斯加州科迪亚克发射的目标导弹被范登堡空军基地发射的拦截器成功拦截

续表

2008 年 7 月 18 日	陆基中段系统测试最初只是尝试进行拦截，导弹防御局官员因测试拦截器中的故障部件，而开始重点关注跟踪测试目标的四个传感器性能，这四个传感器分别为：海基 X 波段雷达、X 波段 AN/TPY-2 雷达、宙斯盾远程监视和跟踪系统，以及加利福尼亚比尔空军基地的升级版预警雷达
2008 年 12 月 5 日	陆基中段系统进行拦截测试(FTG-5)。加利福尼亚范登堡空军基地发射的拦截器成功拦截了从阿拉斯加格里利堡发射的目标。虽然确实进行了拦截，但所使用的反制措施(两个气球诱饵)未能成功进行部署。导弹防御局报告称，这些诱饵“没有 2002 年飞行测试中使用的诱饵复杂”，因此与 FTG-5 之前 6 年的拦截测试相比，此次拦截器测试难度较小
2010 年至今	
2010 年 1 月 31 日	目标导弹拦截测试(FTG-6)。位于马绍尔群岛共和国夸贾林环礁的美国陆军里根试验场成功发射了目标导弹，大约 6 分钟后，一个拦截器从加利福尼亚范登堡空军基地成功发射。目标导弹和拦截器发射后均表现正常，但海基 X 波段雷达并未达到预期效果，因此拦截失败
2010 年 6 月 6 日	在此次飞行测试中，一个两级陆基拦截器从加利福尼亚范登堡空军基地发射，两级助推器在执行飞出动作后，将外大气层动能杀伤拦截器送到太空中的指定地点。外大气层动能杀伤拦截器在与第二级助推器分离后，执行了各种机动动作，以收集数据，进一步验证了其在太空中的性能
2010 年 12 月 15 日	在此次拦截测试(FTG-6A)中，位于马绍尔群岛共和国夸贾林环礁的罗纳德·里根试验场成功发射了一枚中程弹道导弹目标，一枚远程拦截导弹也从加利福尼亚范登堡空军基地成功发射。海基 X 波段雷达(SBX)和所有传感器按计划正常运行，但远程拦截导弹未能成功拦截目标
2012 年 9 月	美国国家科学院发布题为“导弹防御的可行性”的报告，报告称，研究表明，就实现导弹防御的成本效益基本原则而言，陆基中段防御系统存在“缺陷”。报告建议对拦截器和传感器及作战概念进行全面调整

续表

2013年1月26日	在此次飞行测试(GM-CTV-01)中,一个三级陆基拦截器从加利福尼亚范登堡空军基地发射,三级助推器将外大气层动能杀伤拦截器送到太空指定地点,外大气层动能杀伤拦截器在与助推器分离后,执行了各种预先计划的动作,以收集太空中性能方面数据。此次测试的工程数据将用于改进未来的拦截任务,这次测试是陆基中段防御可成功进行拦截测试的关键第一步
2013年3月15日	美国国防部长查克·哈格尔指示导弹防御局,为应对朝鲜核计划和导弹计划取得的进展,需在2017年之前再部署14个陆基拦截器,使防御系统配备全44枚拦截导弹。由于开发时间滞后,查克·哈格尔取消了"欧洲阶段自适应方法"导弹防御计划的第四阶段计划
2013年7月5日	在此次拦截测试(FTG-7)中,一枚目标导弹从位于马绍尔群岛共和国夸贾林环礁的美国陆军里根试验场发射,一枚陆基拦截导弹则从加利福尼亚范登堡空军基地发射井发射。此次测试中,外大气层动能杀伤拦截器需与陆基拦截器的上级助推器分离,并飞行到与目标相撞的路线,但动能杀伤拦截器未能与助推器成功分离。虽然此次测试出现异常的确切原因尚不清楚,但外大气层动能杀伤拦截器两次均未能与拦截器和助推器成功分离,第一次在2000年7月,第二次在2002年12月
2014年7月11日	五角大楼改变了对伊朗洲际弹道导弹前景的评估,称"伊朗已公开表示,有望在2015年之前发射一枚太空运载火箭,该枚火箭若配置成弹道导弹,则可达到洲际弹道导弹的射程"

续表

2014 年 9 月 8 日	国防部监察长发布报告，评估陆基中段系统动能杀伤拦截器的生产质量控制。报告指出："费用制约加之因失败而进行的计划调整，使计划一直不断变化。时间和成本是重中之重，这强化了"尽量保持现状"的传统，从而令外大气层动能杀伤拦截器面临制造方面的难题。该杀伤拦截器目前拥有 1 800 多个专用零件，工作说明多达 10 000 页，工艺步骤 13 万步，因此，该计划认为，外大气层动能杀伤拦截器的维修和翻新成本高昂，问题较多，杀伤拦截器容易出现质量问题。"
2014 年 9 月 30 日	陆基中段系统历经 10 年。2004 年 9 月 30 日，小布什政府宣布，陆基中段防御系统已能部署部分能力，这意味着该系统现在就可以在需要时投入使用。9 月 30 日当天只部署了 5 枚拦截导弹，创造了 7/16 的拦截成功记录
2014 年 11 月 5 日	美国海军作战部长格林纳特上将和美国陆军参谋长奥迪尔诺将军敦促国防部长重新审视弹道导弹防御的问题。二人表示，"目前基于采办的策略不具有可持续性"，五角大楼必须制定一种"更可持续、更经济、更长期"的导弹防御方法
2015 年 6 月	美国政府问责局发布的报告揭示了陆基中段防御系统的两个重要问题。五角大楼表示，在问题解决之前，将推迟"部署"拦截器，但不会停止生产。这样做的原因在于，在成功进行飞行测试之前推迟生产和组装，"会使风险大大增加，因为国防部长要求，到 2017 年底需完成 44 个拦截器的部署工作"
2015 年 7 月 14 日	《联合全面行动计划》谈判结束。伊朗和 P5＋1 大国（中国、法国、德国、俄罗斯、英国和美国）之间达成的这项协议，可大大限制伊朗发展核武器
2015 年 10 月	美国国会指示导弹防御局"开始对弹道导弹防御系统的天基弹道导弹拦截层进行概念定义，以提供（1）导弹防御助推阶段层或（2）针对直升式反卫星武器、高超声速滑翔飞行器和机动再入飞行器的更多防御方案"

续表

2016 年 1 月	导弹防御局对陆基中段防御系统进行了非拦截测试，旨在验证对动能杀伤拦截器的问题处理和更新，并收集系统如何区分目标和诱饵的相关信息。虽然导弹防御局称此次非拦截测试大获成功，但之后的信息显示，杀伤拦截器上的一个发动机在熄火后并未重新启动，且杀伤拦截器偏离其标称目标轨迹很远
2016 年 2 月	朝鲜成功将第二颗卫星送入轨道
2016 年 12 月	美国国会不再使用 1999 年《导弹防御法》中的相关措辞，并从导弹防御任务中删除“有限”这一修饰语，从而为建立导弹防御系统铺平道路，其目的不仅是为防御朝鲜、伊朗有限的导弹能力，也是为防御俄罗斯和中国的导弹能力。国会还要求导弹防御局开始进行研发，并对天基导弹防御计划进行测试和评估
2017 年 5 月 30 日	陆基中段防御测试 FTG－15 对据称是洲际弹道导弹射程范围的目标进行了测试，此次测试大获成功。在测试中，这枚射程约 5 800 km 的试射导弹与目标导弹进行了正面交战，创造出 9/18 的拦截成功记录
2017 年 6 月	俄罗斯公开声明在 2017 年 6 月发射一颗卫星，但坚称此举只为检查本国的天基系统是否存在损坏或其他问题，并针对问题进行相应维修； 大约同一时间，美国一位高级外交官声称，俄罗斯已完成另一颗具有反卫星能力、小型专业卫星的部署工作。自 2013 年以来，俄罗斯至少已部署四个此类系统。美国也为提高本国军事能力开展了一系列的行动，这些事态发展均表明，围绕太空敌对活动的国际框架存在不足[1]
2017 年 7 月 28 日	朝鲜导弹测试表明，其洲际弹道导弹能够打击美国主要城市
2018 年 2 月 13 日	特朗普政府最近调整了相关预算，将为美国导弹防御工作提供更多资金支持，因此，美国可在原有 44 枚陆基拦截器导弹的基础上，采购更多的导弹[2]

续表

2018年8月17日	美国国会责成导弹防御局尽快开发、验证助推阶段洲际弹道导弹(和高超声速武器)的拦截能力,其中之一便是天基激光器。负责研究和工程的美国国防部副部长迈克尔·D.格里芬表示,他相信,美国将在十年内通过在太空中使用兆瓦级定向能武器实现太空防御[3]
2018年8月18日	美国空军授予洛克希德·马丁航天系统公司一份价值29亿美元的合同,用于设计、研发三款下一代过顶持续红外地球同步轨道航天器,以取代当前的天基红外系统,到2023年,这些航天器将搭载天基红外系统[4]

参 考 文 献

[1] Missile Defense Advocacy Alliance. [Internet]. Russia has four potential "killer satellites" in orbit, at least that we know about. 17 Aug 2018. [cited 20 Aug 2018]. Available from: http://missiledefenseadvocacy.org/threat-news/russia-has-four-potential-killer-satellites-in-orbit-at-least-that-we-know-about/.

[2] Williams, Ian. Missile Threat. [Internet]. How to keep US missile defense on the right track. 13 Feb 2018. [cited 20 Aug 2018]. Available from: https://missilethreat.csis.org/keep-us-missile-defense-right-track/.

[3] Missile Defense Advocacy Alliance. [Internet]. US targets a megawatt laser by 2023 and then deployment in drones and satellites for hypersonic and ICBM defense. 17 Aug 2018. [cited 20 Aug 2018]. Available from: http://missiledefenseadvocacy.org/missile-defense-news/us-targets-a-megawatt-laser-by-2023-and-then-deployment-in-drones-and-satellites-for-hypersonic-and-icbm-defense/.

[4] American Machinist. [Internet]. Lockheed Draws $2.9B USAF Contract for Missile Defense. 18 Aug 2018. [cited 20 Aug 2018]. Available from: https://www.americanmachinist.com/news/lockheed-draws-29b-usaf-contract-missile-defense.